AF131796

MÉMOIRES D'UN FUGUEUR

MÉMOIRES D'UN FUGUEUR

Antoine Richard

Visuel de couverture
Scénographie des Images
Isabelle Beaujean

Mise en page
Laurence Dubranle

À Philippe, Gérard, David, Mylène
Sans qui rien n'eut été possible

Nid d'amour

Quand le docteur Louis Arsule reçut au milieu de la nuit, l'appel du vieux moulin des Combes, il n'avait nul besoin de se demander où se trouvait ce trou perdu.

Depuis plusieurs mois, il avait appris à connaître l'endroit ainsi que ses turbulents occupants. Il s'y était rendu parfois seul, parfois en compagnie du maire de Sainte Eulalie de Cernon, quelques fois dans le sillage des gendarmes. Il faut dire que les propriétaires des lieux n'avaient rien à voir avec le meunier de la chanson qui n'emmerdait personne et passait son temps à dormir.

À presque cinquante-huit ans, le vénérable praticien en avait pourtant vu des vertes et des pas mures. Son expérience de médecin de campagne lui avait offert un panel assez large et ô combien intéressant de pathologies et de personnalités plus singulières les unes que les autres. Qui a dit qu'un cabinet de médecin rural garantissait une tranquillité éloignée des fureurs de la ville, qui l'a dit ? Quelqu'un qui ne connaissait pas la ruralité à coup sûr ; un de ces technocrates au savoir virtuel et chiffré, logé sur des courbes savantes et des camemberts sans odeurs. Et ce chercheur devait à cette heure tardive, voyager dans les bras de Morphée, sur un océan de courbes larges, au vent des sondages ; alors que lui... L'ancien interne de la faculté de Montpellier avait certes ses années d'étude derrière lui, mais sa force et sa sagesse résidaient dans ce savoir empirique aux données et réalités plus têtues qu'un vieux Caussenard, acquises à force de sillonner le puissant, magnifique et hostile plateau du Larzac. Malgré toutes les vicissitudes liées à cette terre déserte et chaude en été, froide en hiver, ses habitants aussi solides et rugueux que la pierre, dont il fallait gagner la confiance et l'affection comme on cherche un trésor vrai, mais très bien planqué, il aimait son Larzac.

C'était bien avant les luttes mythiques des années soixante-dix, durant lesquelles les Caussenards avaient démontré avec beaucoup d'évidence qu'il ne fallait pas les prendre pour leurs moutons, qu'il avait découvert le plateau et ses hommes. Jeune médecin idéaliste et passionné par son métier, les grands espaces et la paix des immensités, ses options de carrière s'étaient naturellement dirigées vers un cabinet médical à Sainte Eulalie de Cernon, village charmant et pesant plusieurs tonnes au regard de la grande histoire.

Dès le début, la clientèle avait afflué. Le Caussenard est un être solide, certes, mais un médecin est toujours un personnage indispensable. Millau était proche, mais sans autoroute à l'époque, elle était quand même bien loin. Et puis Millau, c'était la ville, un autre monde. Et quand l'hiver frappait au plus fort, le plateau prenait en otage la majorité des gens, comme s'il avait voulu leur faire payer le simple et éternel défi de l'homme contre la nature, ou peut-être veiller jalousement sur cet amour entre lui et eux. Arsule était de ceux-là, vouant une véritable passion pour le plus grand des Causses. Au contact des Caussenards, âpres autant que généreux, il avait appris ce que l'on n'apprend pas à la faculté, la vie tout simplement. Cette nuit-là, pourtant, toute son humanité et son savoir allaient être mis à rude épreuve. Le moulin des Combes abritait des patients très particuliers, des cas parmi les cas, et pas du tout, mais alors pas du tout caussenards. Trois années auparavant, Michael Bonaventure le bien mal nommé et sa compagne Leila Ben Massara, avaient investi la vieille bâtisse. Curieux couple formé par ces deux-là. Deux âmes aussi tourmentées que paumées, que la vie, pour des raisons obscures, avait chargé comme des mulets, de bats aussi lourds que coupants.

Bonaventure, ça pétait pourtant bien pour réussir sa vie, en faire un truc acceptable et agréable. Il faut croire que le nom ne fait pas tout, et même parfois rien du tout.

Berrichon d'origine, Michael Bonaventure, né à Paris, était depuis sa plus tendre enfance un voyageur institutionnel. Issu de ce que l'on nomme avec pudeur, une famille en difficulté, ses copains d'école, pour faire plus court, le surnommaient avec poésie et délicatesse *« cas soç' de merde ». Cas soç de merde* ne chiait pas dans son froc, mais était incontinent, expression embarrassante et odorante d'une angoisse enracinée au plus profond de son être. Son univers familial se résumait à des adorateurs du culte de Bacchus, tendance Clairefontaine, blanc râpeux et autre Kronenbourg. Ces fervents adeptes déversaient leur ferveur sur le petit Michael en une violence avinée et beaucoup moins conviviale que des joyeux lurons fêtant l'arrivée du printemps. Entre les coups reçus pour se défouler, il avait droit à quelques variantes, fruit d'une imagination perverse et inventive. Un soir de la Sainte nuit de Noël, il avait été poussé dehors complètement à poil, pour faire, lui avait-on dit, « comme le petit Jésus à sa naissance ». Tous les plaisantins convives, parents y compris, passablement imbibés de mousseux bon marché, normal c'était Noël, en étaient morts de rire. Michael, quant à lui ne riait pas, mais avait failli en crever, sans être crucifié. Une pneumonie carabinée l'avait finalement conduit quelques jours plus tard, vers les services de la protection maternelle infantile, normal quand on a que trois ans. Médecins et travailleurs sociaux s'étaient alors penchés sur lui, comme les rois mages, sans la myrrhe, l'encens et l'or. Et puis comme le veut la tradition de ces hauts lieux de la réflexion sociale, plusieurs commissions s'étaient réunies pour comprendre comment un môme de trois ans s'était retrouvé nu sur un balcon, un vingt-quatre décembre autour de minuit !

Si on enlève l'hypothèse de la réincarnation christique, celle des mauvais traitements, moins belle, mais cyniquement réaliste, restait une explication valable. C'est ainsi qu'après trois ans de calvaire enfin révélés, deux réunions de synthèse, trois commissions d'étude des informations préoccupantes, deux signalements au juge des enfants, le premier n'étant pas suffisamment explicite, une convocation en audience du même magistrat, Michael Bonaventure, trois ans et des grosses poussières, était confié à la grandiose Direction Départementale des Affaires Sanitaires et Sociales. Il ne devait plus retourner dans sa famille naturelle et commençait un long périple dans le monde merveilleux des institutions de la protection de l'enfance. Au fil du temps, de multiples intervenants très, très qualifiés, des maisons et foyers pour « enfants en difficulté », des saintes familles d'accueil et des réseaux aux sigles extraterrestres périscolaires pour élèves en retard chronique, il était devenu un véritable et performant spécialiste du travail social. Il en connaissait tous les arcanes, les moindres recoins, peuplés par des espèces animalières, qui n'étaient pas, comme le panda, en voie de disparition. Éducateurs spécialisés en je ne sais quoi, assistantes sociales joviales ou aigries par le boulot et qui ont toujours raison, instituteurs spécialisés en grève, juges des enfants drapés dans le tissu propre et rêche de la loi, inspecteurs de l'aide sociale à l'enfance à la morale surréaliste, rongés par le dilemme récurrent entre projet éducatif et bilan comptable, directeurs hyper actifs et jamais à la maison, bref, tout un monde que n'aurait pas désavoué monsieur Darwin. Au rayon GPS socioéducatif d'un grand magasin, il aurait assurément été en tête des ventes.

À défaut de répondre aux attentes de tout ce compétent et beau monde en essayant de décrocher un CAP en n'importe quoi pourvu que ça laisse une trace honorable dans les bilans d'activité et les égos professionnels, Michael avait opté pour un BTS de petit délinquant avec spécialisation en deal de shit. Majeur, laissé définitivement à lui-même, il était passé au stade de fournisseur à des produits plus musclés, capables de vous laisser dans l'état voisin d'une maison qui aurait reçu à l'heure du thé, une unité de chars Leclerc. Il alternait les petits boulots sans jamais pouvoir honorer un contrat jusqu'au bout, les courts séjours en prison, assurés, eux, jusqu'au bout, les instants de déprime et de grosse défonce. Il n'est pas simple, malgré ce que disent les honnêtes gens, de traîner une histoire aussi généreuse. Pour finir, c'est en dealer rentier à la petite semaine qu'il s'était installé.

À presque vingt ans, il rencontre, au cours d'un cocktail mondain donné au fond d'une cave d'immeuble, celle qui allait lui donner la passion et l'illusion de l'espoir : Leïla Ben Massara, Française d'origine Marocaine de la troisième génération.

Sans avoir connu sa mère ou si peu, elle avait deux ans quand celle-ci était morte d'épuisement après une vie de misère et de violence. Laissé aux bons soins de son papa jusqu'à neuf ans, c'est là qu'elle lui fut retirée. Monsieur Ben Massara était un être complètement fondu, maltraitant sa fille comme on la nourrit, quatre fois par jour. Les coups n'étaient finalement rien pour la petite qui s'était accoutumée, bon gré mal gré aux humeurs de son géniteur. Le pire, le sordide restait les horreurs incestueuses qu'elle subissait régulièrement. Parfois même, sans doute dans un souci d'hospitalité, l'obligeant papa la livrait à ses camarades de beuverie, histoire d'agrémenter la soirée, puisqu'ils ne savaient pas jouer au scrabble. L'éducation nationale avait repéré des traces de coups et un comportement de repli inquiétant chez l'enfant. Après les multiples alertes d'une opiniâtre institutrice à sa hiérarchie monolithique, la situation dramatique de la petite fut révélée au grand jour, comme quoi tout arrive à qui sait attendre. Pour Leïla, l'attente ressemblait à un chemin de croix, pas mal pour une petite Musulmane. Une armée de travailleurs sociaux, sur ordre du magistrat, était donc partie en guerre, bien décidée à prendre le problème à bras le corps. En fait, c'est monsieur Ben Massara qui dégaina le premier.

Le fringant et résolu éducateur en milieu ouvert, envoyé en éclaireur, tel le chevalier blanc sur ces terres barbares, en fut pour ses frais... d'hospitalisation. Il ne fallut pas deux visites au domicile crasseux de l'accueillant papa, pour que se réveille sa légendaire hospitalité. Bilan de l'intervention, un œil artistement décoré et deux côtes cassées pour chevalier Bayard.

Monsieur Ben Massara avait autant d'amitié pour les travailleurs sociaux qu'un Pitt bull pour une portée de lapereaux. On passa donc au stade suivant. À l'issue d'une énième rencontre avec le magistrat, éducateur en kit et forces de gendarmerie, chacun alla vers son destin : Leïla au foyer de l'enfance, le père en incarcération, l'éducateur en suivi médical. Force restait à la loi, et l'étendard des psychos sociaux pouvait flotter fièrement !

Leïla, elle aussi, entrait dans sa vie par la porte des artistes du théâtre de la comédie sociale. Neuf années de parcours en institution allaient lui forger une vision très personnelle de l'existence. Elle ne devait plus jamais revoir l'auteur délicieux des drames de sa vie. À dix-huit ans, elle était devenue une magnifique jeune fille, élancée, aux cheveux de Jais et aux yeux sombres, dissimulant un caractère peu facile et une souffrance définitive. Fugueuse émérite, elle collectionnait les états de service comme un maréchal de l'armée Soviétique affiche ses campagnes. Elle était le cauchemar des éducateurs d'internats, des familles d'accueil qu'elle avait épuisées, à force de crises de violence et de fugues à répétition. Elle avait pourtant essayé de faire des apprentissages : coiffeuse bien sûr, et même peintre en bâtiment, pour, lui avait-on dit, « être heureuse et insérée ». Mais il est compliqué de s'insérer dans un monde qui vous met dès le départ dans le compartiment des assistés chroniques, des perdants, des indignes de confiance.

Majorité acquise, elle se retrouve à la porte du foyer « horizon », avec son sac à dos, un petit pécule en poche, et un futur plutôt bouché. De l'autre côté de la porte, on avait le sentiment « d'avoir fait ce qu'on a pu », et Leïla la rebelle aurait pu entendre un grand « ouf » de soulagement. À vingt ans, après avoir traîné sa vie merdique de squats en dépannages amicaux contre un petit coup sous la couette ou dans une cave, de passes payées pour se faire trois francs six sous, elle rencontre au cocktail des bateaux échoués son alter ego de galère, Mickaël. À première vue, on ne peut pas dire que le jeune homme lui fit l'effet d'un George Clooney. Un mètre quatre-vingt d'os, de peau et de shit, le tout garni de muscles décharnés constituait le tableau. Le shit, ça ne nourrit pas son homme, même si les accrocs écolos disent que c'est du bio. Visage long, osseux, les cheveux bruns et sales, coiffés comme un dessous de bras, Michael avait quand même un truc qui faisait mouche ; ses yeux d'un bleu profond, balayés par une douceur désarmante, à laquelle il était difficile de résister. Un bon et bien dodu cinq feuilles d'Afghane avait fait le reste, plus surement qu'un speed dating dans un bar sympa et tendance. Commença alors une relation orageuse et passionnée, ponctuée de disputes, de conflits dignes du Moyen-Orient, de retrouvailles, de promesses rarement tenues, de ruptures, de partage de sentiments intenses, en résumé l'association de deux blocs de souffrance et d'espoir, laminés par leurs histoires intimes.

La turbulence de leur relation n'avait cependant pas entamé cette espérance têtue qu'ils nourrissaient secrètement ; l'aspiration légitime à un petit morceau de bonheur. Ce n'est pas grand-chose un petit morceau, juste de quoi se poser et vivre juste, vivre, loin de ce fatras glauque et mortifère qu'était leur vie. Putain de bordel, ça devait bien être possible. N'avaient-ils pas assez payé d'avance pour accéder à un petit bout de quiétude ?

L'espoir, ce gros fainéant, allait se présenter à eux sous les traits de tonton Jean, plus exactement feu tonton Jean. Dernier rescapé d'une famille décimée par les cirrhoses du foie, les divorces, morts violentes et autres fantaisies, le grand-oncle de Michael venait de disparaître à l'âge exceptionnel pour cette famille, de quatre-vingt-deux ans. Dernier membre connu de la lignée, le garçon en était donc le seul héritier. Le vieux avait rendu l'âme dans un hospice modernisé, mais un hospice quand même, proche de Châteauroux. Ce n'était pas Aristote Onassis, mais l'opportun décédé laissait quand même cent quatre mille francs derrière lui, amassés on ne sait comment, autant dire le trésor des Templiers pour un Mickaël qui n'avait jamais possédé que deux mille quatre cents francs et treize centimes en une seule fois. Une telle aubaine ne se présentait pas tous les jours. Il descendit rapidement en Bas Berry, une fois que la poste et le notaire eurent retrouvé sa trace dans un foyer d'hébergement de la région Parisienne. En chemin, il écopa d'une amende pour non-possession du billet réglementaire dans le Paris-Port Brou : la routine.

Un projet ambitieux

Maître Ronsard, notaire de son état depuis trois générations, n'avait pas l'éclat de son illustre homonyme. Il correspondait à l'image parfois surfaite de l'officier d'état civil représenté dans la bonne ville d'Épinal : petit, étroit, sec comme une biscotte sans beurre, l'humour d'une chaise électrique. Aussi, quand il vit débarquer dans son étude le dénommé Mickaël, Jean, Honoré Bonaventure, il eut un choc. Son rendez-vous de dix heures quinze précises avait l'aspect défait de celui qui n'a vu ni lit, ni douche depuis l'école primaire. Ceci dit, on n'était pas loin de cela en vérité. L'entretien fut assez expéditif, chacun étant pressé de retrouver la sécurité et les codes de son univers, sans intrus. Pour Michael, l'errance et la crasse d'une vie, agrémentée maintenant d'un magot qui lui brûlait déjà les doigts. Pour Maître Ronsard, un bureau stylé, une Mercedes dernier modèle, le golf et une maison propre à bouffer par terre. Quelques signatures plus tard, et Michael repartait avec l'assurance de toucher dans quelques jours, sur un compte préalablement ouvert à la sainte et solide institution postale, une somme fort rondelette, honoraires de notaire déduits. La tentation de claquer tout ce fric dans *la beu*, la fête et les futilités d'une vie privée de tout jusque-là, lui traversa l'esprit. Il n'en fut rien, car pour la première fois, le jeune homme voyait à quoi ressemblait une promesse de meilleur. Il avait une idée.

Il courut retrouver Leïla à qui il exposa son projet. Elle l'écouta avec une attention inhabituelle, étonnée que son homme puisse avoir d'autres idées que celles qui consistaient à trouver de quoi manger, boire, fumer et se loger. L'idée était en soi séduisante pour deux êtres jamais fixés, tabassés plus que de mesure par la vie, en quête permanente d'un endroit où se poser, pour tenter de panser un peu leurs plaies à vif. Bien longtemps auparavant, à l'occasion d'un séjour de vacances pour adolescents, Michael avait découvert les grands Causses. La région l'avait profondément marqué, et il avait enfoui au fond de ses avens à lui, les images rugueuses et majestueuses de ces quinze jours passés là-bas. Le Plateau du Larzac, en particulier, ses immensités désertiques, s'était confortablement installé dans les replis de sa mémoire. Un magazine GÉO, dédiant un reportage à la terre et aux hommes du grand plateau, traînant providentiellement dans la salle d'attente de son psychiatre favori, avait ouvert la boite de Pandore. S'adressant à sa compagne avec une douceur rêveuse dans la voix et un rien de supplique, il expliqua son projet, son rêve plus exactement.

« Ça fait combien de temps qu'on galère ? Ça fait combien de temps qu'on nage dans la merde ? On a peut-être l'occasion de s'en sortir avec tout ce blé tombé du ciel. On dégage, on se barre de cette ville de merde, on part au sud. Une fois là-bas, on achète une baraque, on la retape et on loue des piaules aux touristes. Le Larzac, les gens kiffent trop, surtout ceux qu'aiment marcher comme des cons en plein cagnât avec un sac sur le dos. Je suis sûr qu'en se démerdant bien, on peut vivre assez peinards avec assez de tunes pour la bouffe et le reste. En plus, le climat est bon pour y faire pousser de la beu. T'en penses quoi » ?

Pour quelqu'un qui a passé sa courte existence à éviter de se faire violer par de grands dégueulasses, à supporter les humeurs et la sainteté un peu lourdingues des travailleurs sociaux, à vivre selon les règles et les horaires de foyer accueillant quinze fauves par groupes, où la lutte pour vivre sans être emmerdé est une idée trop simple à comprendre pour des éducateurs qui refont le monde autour d'un café, la proposition était loin d'être sans intérêt. La sauvage et jolie Leïla ne fut pas trop dure à convaincre. Elle ajouta simplement : « *C'est où, le... Larzac* » ?

On était à la fin des années Giscard. Bientôt, un nouveau président arriverait, porteur d'espoir et de désillusions. La France frémissait des parfums de campagne, l'horizon rosissait à vue d'œil. L'espoir, c'était bien ce qui portait les deux tourtereaux zonards, perdus qu'ils étaient dans leurs rêves de grands espaces et de gîte à gogo. Leur décision fut rapidement prise. Ils tailleraient la route plein sud. Quelques semaines plus tard, ils quittaient définitivement Paname. Quatre amendes SNCF plus tard, normal, ils étaient deux et ils ont été pécho deux fois, ils débarquaient dans la belle Millau. La ville, spécialiste de ganterie d'agneau, fleurait bon le début du printemps. Elle vivait toujours au rythme du grand plateau, de sa bataille contre l'extension du camp militaire, blottie à ses pieds.

Michael et Leïla connurent alors une des rares accalmies de leur histoire. En vieux briscards du social, côté obscur de la force, ils réussirent assez facilement à se faire admettre dans un foyer d'hébergement, le temps de trouver le logis de leur espérance. Ils ne mentionnèrent pas, naturellement, la somme rondelette confiée à la poste, prétextant que leur venue était liée à une recherche d'emploi. C'était à moitié vrai, car en réalité, c'était le rêve de leur vie qu'ils étaient venus chercher. Une fée nommée assistante sociale leur permit même de bénéficier de quelques subsides mensuels, d'un allègre coup de stylo magique.

À bord d'un vieux break Citroën acheté pour rien tant il était vieux, pourri, et antédiluvien, conduit sans permis, ils commencèrent leur chasse au lieu idéal. Tout le plateau ou presque fut arpenté, ce qui leur donna une connaissance géographique de la région non négligeable. Lors d'une de leurs pérégrinations, ils tombèrent sur un panneau non loin de Sainte Eulalie de Cernon, au départ d'une profonde allée, mentionnant « moulin à vendre ». L'enthousiasme grisant de relever les ruines de Pompéi, les empêchèrent sans doute de comprendre que la bâtisse qu'ils découvrirent au bout de la route était certes un moulin, mais un moulin rongé par le lierre et fiancé avec la ruine. Qu'importe ! C'était là, c'était lui ! Ce vieux bâtiment répondait au nom romantique de « moulin des Combes ». Il se logeait au pied d'une falaise, sa base reposant aux abords d'une rivière modeste, mais nerveuse. Non, ce n'était pas un torrent, juste sa fille et celle d'une rivière ; un truc bâtard, comme eux. Le vénérable ensemble était, parait-il, d'origine Templière, et c'est vrai qu'il n'avait pas l'air jeune. Mais il est vrai que sur le Larzac, tout respirait et sentait le Temple. Les Chevaliers au blanc manteau y avaient définitivement laissé leur empreinte. Michael et Leïla s'en moquaient. Pour eux, l'endroit répondait au nom de paradis. Ils ne le savaient pas, mais c'est l'enfer qui ouvrait ses portes.

Roger Raduriol, propriétaire des murs, agriculteur et chasseur de son état, s'y connaissait en pigeon. Il fut quand même surpris de rencontrer ces deux spécimens qui voulaient lui acheter le moulin. Aménagé à une époque en rendez-vous de chasse, il avait installé l'électricité, selon des normes à faire frémir un technicien EDF. L'eau du puits était acheminée jusqu'au robinet par une tuyauterie bricolée, garantissant un mince filet d'eau à l'arrivée, le chauffage, assuré par la grande cheminée fatiguée et peu fonctionnelle. L'ensemble, en effet, devait remonter aux croisades…

Désireux de se débarrasser d'un bien dont il avait presque oublié l'existence, notre agriculteur s'improvisa avec efficacité vendeur immobilier. Vantant l'aspect historique de l'endroit, il afficha l'hypocrite certitude que « oui, y créer un gîte était sûrement l'idée du siècle ». Il faut croire que certains sont nés pour se faire baiser, et que quoi que l'on fasse, on n'échappe pas à son destin et à ses astucieux bienfaiteurs. Raduriol petit mariole, leur fit dit-il, un prix avantageux, feignant de se séparer péniblement de ce vieux moulin plein de charme. Le prix pour une ruine ne pouvait être prohibitif. Il se révéla quand même… Templier. Qu'importe ! Michael et Leïla avaient, selon eux, conclu une bonne affaire. Ils investirent les lieux et mirent en marche la pompe du bonheur ; une pompe qui allait avoir de sérieux problèmes. Damoclès et son épée pouvaient craner, rien n'y changerait. Après une vie passée digne du curage d'une fosse septique, c'était là la plus merveilleuse des maisons, la promesse bancale, mais concrète d'un avenir qu'ils imaginaient lumineux.

Aussi beau soit-il, le Larzac n'en est pas pour autant une terre facile. Le soleil, la nature, les paysages de Terre Sainte, ne sont qu'un aspect du site. L'autre est beaucoup moins attirant, et il faut une énergie atomique additionnée à un peu de folie, pour espérer l'apprivoiser et y vivre, surtout quand on n'est pas du cru. La rudesse du climat été comme hiver, l'isolement, la nécessité de s'adapter à un environnement ardu, sont autant de difficultés auxquelles doivent se plier les prétendants du rugueux souverain. N'est pas Caussenard qui veut. C'est peut-être l'ultime leçon, qu'auront appris, mais un peu tard, les deux poulets aux herbes hallucinogènes. Tonton Jean n'étant pas Crésus, son legs fondit rapidement. L'achat du moulin, d'abord, un peu cher pour des murs délabrés, même Templier et au bord de l'eau, entama goulument le grassouillet pécule. Son état aurait intéressé la pioche des démolisseurs plutôt que la truelle des bâtiments de France. Et puis, il y avait les travaux ! Le Corbusier mort, Michael ne pouvait compter que sur lui-même, lui qui devait faire une réunion de chantier pour planter un simple clou. Leroy Merlin n'étant ni Arthur Pendragon ni l'enchanteur Merlin, la féerie sonnait comme un tiroir-caisse. Le minimum syndical fut donc fait : Bâche sur le toit, et réfection très sommaire de l'isolation de la grande pièce de vie. L'achat de quelques meubles d'utilité prioritaire accéléra l'épuisement de l'héritage du vieil oncle. En un an et demi, éphéméride en main, il ne restait plus aux deux naufragés sans emploi fixe, que le recours à la fée assistante sociale. Michael s'était fait connaître en effectuant de ci, de là, des petits boulots pour les gens du coin. Il avait même participé à un chantier d'insertion qui retapait les vieux bâtiments et autres monuments du passé de la région ; mais pas son moulin.

Les réformes annoncées par le nouveau président de la République, François Mitterrand, allaient bon train. Grâce à ce nouvel élan de nouveautés, le couple de plus en plus désossé bénéficia, parmi les premiers, du prometteur Revenu Minimum d'Insertion. Pour une fois qu'ils étaient premiers en quelque chose, ce n'était que justice de le saluer. La responsable de cette brillante obtention se nommait Ghislaine Rondin, assistante sociale. Cette dernière méritait bien son nom ; toute en rondeur, pétante d'énergie, elle avait roulé sa bosse dans pas mal de structures d'insertion avant de travailler pour le conseil général de l'Aveyron. Quarante ans bien tassés, Ghislaine la guerrière, s'attela sans attendre à la situation des deux châtelains sitôt que le maire de Sainte Eulalie, inquiet de les voir traîner leur misère à la recherche de travail, quatre fois par semaine à l'hôtel de ville, l'alerta sur ce… cas particulier. Il faut dire qu'elle était rompue, la Ghislaine à des problèmes insolubles. Là quand même, elle aurait pu avouer que cela relevait du raid commando. Il en fallait plus pour la décourager. Elle crut y arriver en les dépannant sans vraiment les sortir d'une mouise qui s'accentuait de jour en jour. Ses protégés, têtus comme des mules, refusaient de quitter leur moulin, leur seul bien en fait, partiellement, c'est un euphémisme, remis en état. Michael s'y mettait de moins en moins, entre des séances prolongées de relaxation à la bière bon marché et pétards bien tassés. Car de ce point de vue, rien ne stagnait, tout s'aggravait, pour oublier que la réalité s'avérait sans pitié.

Et comme un bonheur n'arrive jamais seul, les amoureux turbulents, dans l'élan fougueux d'une réconciliation ponctuant une dispute imbibée et violente où les coups et les assiettes volaient réciproquement, accomplirent sans capote et sans le faire exprès, le miracle de la vie. Bonjour le miracle !

Avoir une progéniture dans de telles conditions s'apparente au saut à l'élastique sans élastique, les pieds lestés de béton, en se disant « on verra bien ». Dès lors, du fond de leur demeure historique qui ne serait jamais le gîte d'étape de leurs rêves écornés, les futurs parents attendaient l'heureux événement, sans envisager faire-part niaiseux et dragées de hard discount. Pour rester aux côtés de sa compagne, Michael avait stoppé les travaux de toute façon très épisodiques. Son assistance se résumait à l'achat du matos nécessaire à la préparation des joints, à leur confection, et à leur consommation partagée. Il honorait de sa présence avachie dans le canapé d'Emmaüs, la grande pièce de la maison, douze heures par jour, devant une télé neigeuse, grésillante, épuisée, comme lui. Hormis ses quelques trajets pour ravitailler le moulin en cannabis et denrées consommables, le lien avec l'extérieur se limitait aux intrépides et bouillonnantes visites de la motivée madame Rondin. Habitée par sa mission, elle commençait tout de même à se demander ce qu'il allait advenir de ces deux paumés, et pire, ce qui se passerait à la naissance du bébé ; c'était loin d'être gagné. L'ombre du signalement aux autorités compétentes planait sur Les Combes. De haute lutte, elle avait arraché, en entretien, l'accord des deux meuniers pour un suivi médical de la future maman. Elle assurait les accompagnements aux rendez-vous obstétriques et prénatals. Le reste était l'affaire du bon docteur Arsule, qui s'efforçait de garder un difficile contact. Sa fermeté d'intervention était empreinte d'une douceur paternaliste qui avait fini par tranquilliser et apaiser la petite famille sauvageonne. Mieux : il avait gagné leur confiance. Il s'en serait bien passé car il était désormais le premier informé des moindres pets dans la vie du couple. Il avait fait intervenir les gendarmes deux ou trois fois, à l'occasion de scènes de ménage qui auraient pu tourner au drame.

Le maire de Sainte Eulalie, lui aussi s'était fréquemment déplacé. Aussi exaspérants et embarrassants qu'ils soient, les habitants des Combes leur inspiraient plus de compassion que de rejet.

C'est dans ce contexte aussi chaotique que les grands Causses eux-mêmes, que Louis Arsule, médecin généraliste aguerri de cinquante-huit ans, était amené à prendre le chemin du moulin, souvent, trop souvent. Oh ! Il en avait vu d'autres le vieux praticien, mais bon, à quelques encablures de sa retraite, il se serait volontiers contenté de l'arthrose des anciens et des épidémies de gastro-entérite ; plus reposant, moins bruyant, quoique…

Il est né le divin enfant

Le téléphone retentit avec la lancinante harmonie d'une trompette de cavalerie. A minuit passée, ce ne pouvait pas être autre chose que des emmerdes. Arsule comprit très vite que la situation « craignait grave » comme l'aurait dit Michael. La voix de celui-ci suintait la panique et l'angoisse. Le seul miracle de cette nuit pourrie aura été que pour une fois, le téléphone des Combes marchait suffisamment bien pour donner l'alerte.

« Docteur, vite, vite, faut venir vite, Leïla elle est mal, j'crois que le bébé arrive, vite, maniez-vous ! » Sans demander plus de précision à un être pétri de trouille incontrôlable, le toubib enfila un pantalon, attrapa au passage sa trousse d'urgence, et se jeta sur les routes du Causse, à bord de son vieux 4x4 Lada, car il ne possédait pas encore de bat mobile, bien qu'il eût l'étoffe d'un héros de bande dessinée. Cette année, la neige s'annonçait tôt, l'hiver promettait d'être rigoureux. Les chutes n'étaient pas encore très fournies, mais réclamaient une conduite prudente, la route s'enveloppant silencieusement et sournoisement d'un fin tapis blanc. Arc-bouté sur son volant, Arsule grommelait. D'accord, c'était le boulot, d'accord, il était de garde, mais abandonner une couette outrageusement confortable pour le tourisme hivernal et nocturne des routes du plateau, ça le laissait toujours grinçant, pour tout dire de mauvaise humeur.

« Accoucher la nuit de Noël, c'est vraiment une originalité un peu lourde ; d'autant que celui-là, il ne sera pas fêté comme le Christ ! » Ses propos ne traduisaient pas la réalité de sa pensée. Il était médecin, c'était sa vie, sa passion. En vérité, il était terriblement inquiet par l'appel de Michael. Ça n'avait rien à voir avec les coups de fil rageurs, aux relents d'herbe folle et d'alcool

qu'il connaissait de leur part. Non, c'était un appel à l'aide urgent, désespéré, vital. Arsule pressentait le pire, ce qui, dans la situation du couple des Combes, n'augurait rien de mieux qu'un aller simple pour l'enfer. Barbe naissante, les yeux plissés derrière ses lunettes pour apercevoir la route sans se planter, il s'engouffra dans un petit chemin, quatre kilomètres après le village. Traversant un bois sombre et dense façon « projet Blair Witch », il avait le sentiment d'une plongée dans les ténèbres. Une centaine de mètres plus loin, dans une petite clairière barrée par la rivière, apparut le vieux moulin. Ses murs épais se dressaient encore fièrement, proclamant l'orgueil perdu de ses supposés fondateurs. On eut dit qu'il était dérangé dans son sommeil, déjà agacé par ses occupants miteux, bruyants, crasseux, et au bout du compte, par ce médecin rondouillard qui osait braquer ses phares sur sa façade. Le vent et la neige redoublaient de vigueur, et l'ensemble du bâtiment se recouvrait d'un blanc manteau. On aurait dit un vieux Templier, fatigué, drapé dans sa cape et ses secrets d'un autre âge. Perdu une demi-seconde dans cette vision surréaliste, Arsule fut ramené d'un coup à une réalité un peu moins romantique, en voyant apparaître sur le pas de la porte un Michael gesticulant et complètement surexcité.

« Vite, vite, doc, venez vite s'il vous plaît ». Fallait-il que ce soit grave pour qu'il termine une phrase par « s'il vous plaît », lui, qui en temps normal, ponctuait ses phrases d'un « putain » non inscrit dans les ouvrages de madame de Rothschild. Le jeune homme, visage naturellement anguleux, accentué par une barbe peu fournie, mais laissée anarchique, ses longs cheveux sales attachés en catogan, avait l'aspect mortifié, les traits creusés à la serpette. Ses yeux témoignaient d'une terreur intérieure cataclysmique, étrangère aux soirs de grande défonce. Tout cela ne présageait rien de bon.

Le seuil franchi, on débouchait sur une vaste pièce à vivre, à vivre tout et n'importe quoi. La lumière peu puissante, alimentée par un lampadaire sorti du salon art déco d'une décharge et par les flammes dansantes du feu de bois, créait une atmosphère de messe noire et de fin du monde. Au fond de la pièce, un lit, non, un matelas perché sur un sommier dépressif, élevé au sol par des parpaings d'excellente facture. Des draps froissés et sales complétaient l'ensemble. Perdue au milieu de ce nid pour hirondelles déplumées, Leïla. Allongée sur le dos, chemise de nuit retroussée jusqu'aux genoux, la pauvre misère se tenait le ventre, la tête en arrière. Elle haletait, en sueur, malgré la chaleur très relative de la pièce. Ses cheveux noirs, jadis magnifiques, n'étaient plus qu'une masse informe, emmêlée, illustration de la souffrance et du combat engagé pour deux vies. Elle n'avait plus rien à voir avec la redoutable adolescente, cauchemar de générations d'éducateurs. Elle n'était plus que souffrance, désespoir et solitude. Mais avait-elle été autre chose ? « *Pauvre gamine* », pensa Arsule en la découvrant, tentant de se frayer un chemin jusqu'à elle.

Traverser une pièce est une chose simple en règle générale. Chez les Bonaventure, tout devient un défi, un parcours semé d'embûches qu'il faut tenter de surmonter. Pour un peu, une boussole aurait été la bienvenue. D'abord, longer le comptoir de la cuisine qui aurait dû être « Américaine », jamais terminée, en contreplaqué, taché de substances qu'on devinait d'origine culinaire ; puis enjamber des cartons à moitié explosés au contenu incertain de pièces de vaisselle, d'objets hétéroclites, de magazines « maison de rêves » des années soixante-dix. Ensuite, se faufiler entre une table à tout faire, embarrassée en permanence de restes de repas, de feuilles à rouler, de paquets de tabac éventrés, d'outils, de multiples objets dignes d'un inventaire « à la Prévert », et un buffet malmené sans doute par les aléas brutaux de ce couple hors normes. Le temps de se reprendre et l'aventure continue. Étape suivante, le divan défoncé comme un champ de manœuvre, cohabitant avec une table basse recouverte de brins de tabac, d'une barrette de shit entamée et d'un cendrier surchargé. Une télé bien sûr, datant du retour du général de Gaulle au pouvoir, raccordée à un fil d'antenne filant dans le plafond dégarni, à travers des trous prévus pour de très hypothétiques branchements électriques ou sanitaires. Passons sur les amoncellements douteux de « bric et de broc », les chaises dépareillées, le congélateur débranché, le frigo criant famine, et enfin une sorte d'étagère vitrine sans vitres.

Ce circuit touristique particulier effectué dans un temps record, le médecin se pencha sur la jeune femme. Le premier constat n'était pas rassurant. La future maman avait perdu beaucoup de sang, en même temps que la poche des eaux. Sa tension était en chute libre et elle sombrait peu à peu dans l'inconscience. Être enceinte n'est pas une maladie, c'est même une période de la vie que nombre de femmes décrivent comme un moment d'une intensité émotionnelle et physique exceptionnelle. Difficile de penser ça, ici, cette nuit. C'était plus un sacerdoce ou un chemin de croix, qu'un cadeau de la vie.

Porter un enfant affaiblissait considérablement Leïla qui avait toujours connu une hygiène de vie catastrophique. Une alimentation irrégulière de qualité médiocre, une consommation régulière de cannabis d'excellente origine, une vie agitée, ne garantissaient pas une grossesse sereine. Et pour confirmer une catastrophe annoncée, l'hiver naissant, lui, dans de bonnes conditions, l'avait gratifiée d'un coup de froid carabiné. Fièvre, toux sèche et rauque, sifflements pulmonaires inquiétants, affaiblissement général, le tout conjugué à un accouchement en cours, amenuisaient, minute après minute, les chances de vie de ce moineau aux rêves envolés. Le chauffage au bois, courageux, mais dépassé par ces murs sans isolation, ne pouvait contrecarrer l'offensive du froid. Arsule, en professionnel expérimenté, prit vite la mesure de la situation : gravissime. Michael, perdu dans sa trouille et son désespoir, faisait les cent pas en hurlant sa douleur. Il fallut l'autorité sans concession du médecin pour qu'il retrouve un peu de calme : « *Amène-moi de quoi la réchauffer, couvertures, manteaux, ce que tu trouves, vite, bouge-toi* » !

Il s'exécuta, remué par le ton péremptoire du doc. Leïla grelottait, semblait épuisée, à la limite de lâcher prise. Elle alternait halètements de souffrance et expectorations rugueuses. Le travail avait déjà commencé. Vu l'état de sa patiente, de l'isolement, du peu de matériel dont il disposait, Arsule savait qu'il était parti pour un moment épique de médecine de guerre. Les pompiers du coin pourraient peut-être arriver rapidement, il fallait cependant une équipe spécialisée et très médicalisée. Le SAMU le plus proche étant à Millau, déplacer une équipe SMUR prendrait du temps. Le seul hélicoptère disponible devait être cloué au sol par les intempéries à Rodez, il ne restait donc que la route. Le médecin, pour l'heure, ne pouvait compter que sur lui-même, dans la gestion d'une femme au pronostic vital engagé, ainsi que de son compagnon, sidéré et figé par une situation qui le dépassait. Le vieux professionnel fit donc avec sang-froid ce qu'il devait faire. Une injection en intraveineuse de morphine pourrait la soulager, mais la présence encore intra-utérine du bébé compliquait la donne. Il fallait absolument l'aide des urgentistes. Son seul lien avec le reste du monde était un téléphone satellite acquis en vivant dans cet environnement magnifique et ô combien impitoyable, surtout quand on est malade ici, en plein hiver. Il fit le dix-huit et obtint une liaison rapide. Il dressa le bilan de la situation avec concision et précision, et raccrocha. À l'autre bout du fil, on avait compris. Il fallait faire fissa. Pompiers et SMUR débarqueraient aussi vite que possible. Se tournant vers Michael, Arsule dit sur un ton volontiers rassurant : *« Les secours arrivent, il faut maintenant être patient. Viens près de ta femme, elle a besoin de toi ».*

Dévasté par l'angoisse, le grand échalas s'approcha doucement, à la fois tendre et pétrifié, s'assit près d'elle et caressa longuement les cheveux de sa dulcinée aux frontières de la mort. Elle le regardait avec supplication, comme s'il avait eu le remède à ses souffrances entre ses longs doigts osseux. L'amour turbulent ressortait d'un coup avec puissance, comme un défi aux abîmes ouverts devant eux. Louis Arsule les regardait, au beau milieu de ce fatras de désolation. Il ne put retenir un soupir de compassion envers ce couple qui, décidément, aurait la poisse jusqu'au bout. Profitant de l'accalmie, le praticien, tout à sa tâche de sauvetage de ce qui l'était encore, mit son savoir et son énergie pour aider la jeune maman à accoucher. Les secondes s'égrenaient, longues, douloureuses pour chacun. Arsule prodiguait ses conseils, ses encouragements, ses gestes, mille fois appliqués au cours de sa carrière. Le bébé arrivait, il le sentait, il le voyait, et au fur et à mesure que ce petit être prenait le chemin d'une vie incertaine, sa mère s'enfonçait dans le néant. Dans un ultime effort de vie, elle l'expulsa dans un monde peinant à se vouloir juste et sans embûche. Elle n'eut le temps que de le prendre sur elle, de le serrer contre elle, mélange de sang, de liquide amniotique, de sueur, de bonheur et de désespoir, et d'entendre Arsule dire, « c'est un garçon ». Puis, rapidement, elle sombra dans un gouffre d'inconscience. Michael restait interdit, regardant ce fils attendu, et sa Leïla partie en des lieux où il ne pouvait l'atteindre. Il était là, planté comme un santon de Provence, sans réaction.

Le médecin continuait à gérer l'urgence. Il coupa le cordon, enveloppa vite l'enfant, le calant du mieux qu'il put sur le lit. Absorbant la vie à pleins poumons, le nouveau-né braillait, brisant l'ambiance de mort qui régnait sur le moulin. Revenant à Leïla, la constatation du docteur était sans appel. La mort était bien au rendez-vous. Les hommes du feu arrivèrent les premiers, leur gyrophare renvoyant sur les vieux murs sa lumière bleutée, imprimant un aspect surréaliste au décor sinistre. Le SMUR suivit, tels des Templiers tout de blanc vêtus, dans leur sillage.

Les efforts, la maîtrise acharnée du combat pour la vie de ces équipes aguerries ne changèrent pas la réalité. Le moulin des Combes comptait un habitant de plus, et une habitante de moins. Leïla la rebelle venait de faire sa dernière fugue, à l'issue d'une vie que n'aurait pas reniée Monsieur Zola.

Tout le monde était atterré, sans voix. Perdre une vie est toujours une épreuve pour des soignants. Arsule, pourtant rompu à côtoyer la mort, ne put retenir une larme. Il avait fait ce qu'il pouvait, et c'était tragiquement insuffisant. Michael était toujours complètement sidéré, insensible aux paroles de réconforts de ces visiteurs dont il se serait bien passé.

Le seul qui ne semblait pas avoir de problèmes, si ce n'est celui qu'on s'occupe de lui, c'était le bébé. Deux kilos deux cent pour quarante-neuf centimètres, il n'était pas un nouveau-né au mieux de sa forme, mais ses cris perçants témoignaient d'une envie de rappeler que lui était bien là, et qu'il ne fallait pas l'oublier, s'il vous plaît merci. Pris en charge dès leur arrivée par les pompiers, puis des urgentistes, son état, au premier abord, l'inspirait pas d'inquiétude majeure. C'était inespéré, vu le contexte dans lequel il s'était développé.

Cinq heures quinze du matin. Une aube nouvelle allait poindre. La nuit, son cortège d'angoisses et de fantômes allaient laisser la place à un jour nouveau ; un départ avec handicap pour le petit, le vide absolu pour Michael. Tout le monde rapatria l'hôpital de Millau, épuisé, y compris Arsule, tenant à accompagner les Bonaventure jusqu'au bout. Père et fils furent admis avec diligence dans les services appropriés, tandis que la dépouille de Leïla gagnait les tiroirs de la morgue. La nuit s'achevait enfin, laissant le vieux moulin garder le drame passé. La neige, linceul immaculé, enveloppait maintenant la région, imposait le silence au Larzac, hommage ultime à cette femme qui avait nourri tant d'espoirs en s'y installant.

Quelques jours plus tard, Michael sortit de sa léthargie. L'éternel adolescent avait pris dix ans d'un coup. Il alla voir son fils sans manifester une tendresse excessive, ne pouvant le dissocier du décès de Leïla. Il mit cependant un point d'honneur à le reconnaître. Accompagné dans sa démarche par l'incontournable Ghislaine Rondin, rappelée au front sitôt qu'elle fut au courant des évènements, le nouveau père tenait à ce que le monde sache, que, lui, le raté, le looser, avait réussi un truc dans sa vie, et pas le moindre. Reconnaître cet enfant, c'était aussi sa façon de dire à sa femme disparue qu'il restait fidèle à sa mémoire. Le jeune Bonaventure fut enregistré à l'état civil le vingt-sept décembre 1981 sous l'identité de Bonaventure Mattéo, Rachid, David.

Mattéo, c'était le choix des parents ; Rachid en souvenir d'un grand-père aimé de Leïla ; David celui d'un papi gâteau, façon baba au rhum, de Michael. Ça faisait un curieux mélange pour un être commençant sa vie dans des conditions un peu spéciales, en restant sobre. L'hétéroclite hérédité risquait bien de peser sur les jours du petit Mattéo. Son avenir, il en fut question très vite. La situation déjà dégradée avant sa naissance, madame Rondin avait alerté la toute nouvelle Aide Sociale à l'Enfance, née de la décentralisation, pour protéger le bébé à venir. Réticent, c'est un euphémisme, Michael n'admettait pas que son fils puisse suivre le même parcours que lui et sa mère. Mais la mort de Leïla avait tout bouleversé. Terrassé par le chagrin, il ne se voyait pas récupérer l'enfant, et dut accepter, une blessure supplémentaire aux tripes, de laisser agir les institutions.

Le chemin était tracé. Juge des enfants, ordonnance provisoire de placement qui deviendrait un jugement reconductible, mais définitif, sélection d'une famille d'accueil où serait accueilli Mattéo.

À sa sortie de l'hôpital, la tête en vrac, Michael ne put revenir aux Combes. Brisé, il fit une apparition à Sainte Eulalie pour enterrer son seul amour, dans le carré des indigents, faute de moyens. La cérémonie terminée, et effectuée selon les rites de l'Islam, il se perdit dans la nature. On le vit rôder sur Millau, à la recherche sans doute de produits destinés à soulager son irréductible souffrance, et plus rien. Le moulin était fermé, barricadé de planches de bon bois, celui-là même qui aurait dû servir à refaire une partie des combles en chambre accueillante.

Quelques semaines plus tard, on repêchait son corps dans les eaux froides du Tarn. Incapable de surmonter la disparition de sa compagne, écrasé comme une punaise par la vie, il était parti rejoindre Leïla. Désormais, Mattéo, deux mois et demi, se retrouvait seul, ou presque. Bonne année petit bonhomme.

Un enfant prometteur

Carenac le haut. La famille Costalou était installée au bout du village, dans une ferme exploitée par Raymond, le père. Comme pour nombre de petits agriculteurs, le travail était dur et la terre ne suffisait pas à faire vivre toute la famille. Chantal, son épouse était assistante maternelle agréée, et accueillait de façon permanente des enfants confiés par l'Aide Sociale à l'Enfance. En plus des deux enfants du couple, Julie et Maxime, respectivement âgés de 12 et 10 ans, elle prenait en charge deux petits, Sabrina, 8 ans, et Mattéo, un an, arrivé après la tragédie à laquelle il avait bien involontairement participé. De l'histoire du garçonnet, les Costalou ne connaissaient que l'essentiel, à savoir qu'il était orphelin de père et de mère, sans aucune famille connue. Ils l'avaient récupéré quelques semaines après sa naissance, et l'entourèrent de la sécurité et de l'affection propre à leur mission. Les professionnels de l'enfance, qui connaissent tout mieux que tout le monde, leur avaient recommandé de « ne pas en faire trop », car il n'était pas leur enfant. La famille ne comprenait pas bien ce positionnement lapidaire qui signifiait sans doute qu'ils ne devaient lui donner que le minimum syndical en termes d'affection notamment. Ils n'étaient pas de ceux qui distribuent à moitié, et même s'ils n'étaient pas des travailleurs sociaux aux analyses affûtées sur la meule des certitudes bien pensantes, ils n'ignoraient pas que Mattéo n'était pas leur progéniture naturelle. Ils avaient fait le choix d'être famille d'accueil par vocation, en plus du salaire versé pour prendre en charge des enfants à demeure. Il n'était donc pas question de donner au petit une affection retenue, voire une attention moindre. Mattéo avait grand besoin d'abondance, lui qui était né dans la misère et la noirceur d'une vie sans aucun quartier.

Sa soif de vie et d'amour était inextinguible. Quel être, même le plus solide, ne poursuivrait pas cette quête, après un début vécu face à la mort et au chaos. Rien ne serait simple pour le bambin qui manifestait son mal être avec ses moyens. Endormissement difficile, crises de larmes à répétition, difficultés à s'alimenter, terreurs nocturnes, il affichait tous les signes d'un petit homme en proie à des angoisses et des peurs insondables, inconscientes, enracinées dans le tréfonds de sa vie balbutiante. Le cadre simple, sécurisant et chaleureux de la famille Costalou lui favorisa une prospérité affective et matérielle favorable à son évolution. Les règles étaient simples, empreintes de compréhension et de dialogue, d'autorité, de respect mutuel. Raymond, dit « Costa », était un homme modeste et courageux qui ne *psychotait* pas sur l'éducation des enfants. Rugueux et sensible, le bon géant appliquait des méthodes éducatives fermes, pleines de bon sens, où les gestes d'affection n'étaient pas absents. Chantal, elle, était toute en douceur. Elle ne criait jamais, mais savait très bien se faire écouter par toute la maisonnée, y compris son ours de mari. Enfants naturels et enfants confiés cohabitaient dans une harmonie ponctuée de disputes sans gravité et de fous rires idiots qui irritaient Raymond, envoyant alors, autant agacé qu'amusé, une « bande de nigauds sans cervelle ».

Si Sabrina partait toutes les fins de semaine et les vacances dans sa famille naturelle, Mattéo, lui, ne connaissait d'autre cadre que celui de la famille Costalou. Malgré un développement utérin mis à rude épreuve par la vie un peu dissolue de sa maman, consommatrice avertie de substances illicites, Mattéo avait quand même hérité d'une carcasse assez solide. Il faut dire qu'il avait eu l'occasion pendant neuf mois, de s'endurcir avant l'heure, ayant peut-être déjà fait le choix de lutter plutôt que crever. Comme son papa, il révélait un physique sec, pas très grand pour son âge, doté d'une vivacité et d'une curiosité toujours en éveil. La famille d'accueil avait bien repéré ces traits de personnalité chez le petit garçon et ne manquait pas une occasion de les cultiver. Mais Mattéo était un volcan en sommeil. À cinq ans, il était un énurétique confirmé, pissant au lit et dans sa culotte. Son tempérament d'écorché congénital s'affirmait, batailleur et vite énervé. Si, au sein de la famille Costalou, ces signaux d'agitation interne, obscure et torturée se géraient avec tout le savoir-faire de ses protecteurs, son adaptation à l'école fut toute autre. Scolarisé dès quatre ans à l'école maternelle, Mattéo ne fut pas d'emblée un élève modèle. Son énurésie d'abord posa problème, vite rejointe par des velléités agressives vis-à-vis de ses petits camarades. On y alla donc par étapes, en lui faisant approcher le monde scolaire avec patience et discernement. Son institutrice, jeune professionnelle, nantie du feu sacré de ses vertes années, trouva les moyens pour, à son tour, apprivoiser le petit sauvageon. Ajouté à l'engagement des Costalou, Mattéo finit par s'intégrer bon an mal an. S'intégrer à un détail près. L'enfance est une jungle où vivre et survivre est un exercice difficile. Heureusement, le petit en connaissait un rayon en matière de survie. Surnommé avec énormément de finesse « pissou, sac à pisse, pissotière » et autres déclinaisons avantageuses, c'est finalement le très sobre « pisseux » qui connut le plus de succès. Socialement, ça n'était pas le top pour faire sa place. Plus le temps passait, plus sa personnalité belliqueuse conjuguée à un esprit avide d'affection et de découvertes s'affirmait. La récréation était devenue un moment de torture autant que de combat. Comme des moineaux sur un sac de blé, les enfants tombaient littéralement sur Mattéo, à coups de poings et d'injures en tout genre. La réplique était sans failles. Le gamin répondait à cette violence par la sienne, distribuant allègrement les baffes à tous ceux qui lui cherchaient des noises. Plus le temps passait, plus il était seul ; mais ne l'était-il pas depuis toujours. Sa seule amitié était celle d'une gosse de huit ans prénommée Zoé. On n'emmerdait pas Zoé. Fille d'un agriculteur de Carenac, la gosse, bien plantée avait la délicatesse d'un camion-citerne, nantie d'un caractère farouche et d'une sensibilité à fleur de peau. Elle s'était prise d'amitié pour Mattéo, autant par affinité dans la solitude que par pure compassion pour ce gamin continuellement malmené par les autres. Ces deux-là s'étaient bien trouvés, partageant leur singularité tant détestée par le reste de la communauté enfantine. Malgré leur différence d'âge, cette amitié particulière se prolongea au fil du temps. Il fallut attendre le départ de Zoé au collège, pour que les liens se distendent. Mattéo avait maintenant 9 ans. Il n'avait désormais besoin de personne dans la cour de l'école pour faire valoir ses droits. Car maintenant, c'était lui qu'on n'emmerdait plus. Certes ses amis étaient aussi rares qu'un cheveu sur la tête d'un chauve, mais au moins il avait la paix. Sa réputation de cogneur décollant à la vitesse d'un mirage quatre le précédait et permettait de donner à réfléchir au plus intrépide. En classe, il se révélait un élève appliqué, aimant principalement le français et l'histoire.

Toujours isolé, comme partout, il participait peu, et son institutrice devait faire montre d'ingéniosité et d'autorité pour arracher quelques mots à ce môme rejeté qui lançait, au moment où il se levait pour répondre, un regard hostile sur l'assemblée de ses chers petits camarades, ce qui en disait long sur ses intentions en cas de provocation. C'était maintenant un volcan actif, soumis en permanence aux caprices sismiques d'une histoire dont il ignorait tout, mais qui le taraudait sans qu'il ait pu en déterminer le motif.

Son intelligence et sa soif de connaissance étaient exploitées à loisir par les adultes qui l'entouraient, ce qui, c'était une chance pour lui, l'aidait à grandir. Les adultes les plus crétins, malheureusement, n'étaient jamais bien loin. Nécessitant un « cadre cohérent et ferme », comme disent les spécialistes aux certitudes raides comme une falaise de la Dourbie, le sauvageon des Combes grandissait avec l'assurance farouche et incertaine de celui qui n'a rien à perdre.

Sur l'exploitation des Costalou, il prenait plaisir à aider Costa dans le soin aux chèvres, poules et lapins, gratter comme les grands le potager, accompagner l'agriculteur au bois ou sur le vieux tracteur, arpentant les quelques hectares à cultiver. Mais ce qu'il aimait par-dessus tout, c'était partir en balade sur le Causse avec un des membres de la famille, tous amoureux de la terre de leurs ancêtres. Mattéo se considérait comme eux, un petit Caussenard, car il ignorait tout de son histoire. Son histoire ! Il en était question justement dans les arcanes de l'aide sociale à l'enfance. On avait dépêché auprès de lui un monument de la science infuse : une psychologue. Madame Taillardier, clinicienne de son état, avait le physique d'un coup de trique et le sourire rare d'un bouledogue dépressif. Ses visites fort épisodiques étaient une vraie corvée pour le gamin et sa famille d'accueil. Nantie du savoir incontestable de l'imbécile, sa délicatesse de tyrannosaure se heurtait à la méfiance des différents membres de la maison. Chargée de le suivre au titre de la protection de l'enfance, elle avait à peine effleuré avec Mattéo, l'histoire compliquée de ses parents. À sa décharge, il est vrai que son jeune âge ne lui aurait pas permis de tout saisir et tout formaliser de leur saga désastreuse et mouvementée. Il n'aimait pas ces rendez-vous avec la dame des enfants, comme il la nommait, qui lui faisait faire des dessins, et lui demandait de dire ce qu'il reconnaissait sur des images représentant de grosses tâches. Plus les mois passaient, plus sa personnalité d'écorché s'affirmait. Il n'hésitait plus à partir se planquer lorsque venait la dame des enfants, qui tempêtait alors avec beaucoup de tact, sur cet « enfant sauvage et sans éducation ».

Au cours d'une brillante réunion de synthèse, il avait été décidé qu'il était maintenant assez grand pour entendre la vérité de son histoire, vaste et périlleux programme à l'issue incertaine, surtout pour lui. C'était une affaire d'experts, il n'était donc pas question que sa famille d'accueil assiste à ce numéro de haute voltige. Au besoin, ils seraient là pour ramasser le gamin si jamais il se cassait la gueule du trapèze sur lequel le cirque de l'aide sociale l'installait. On le fit venir dans les locaux du service, avec la délicieuse madame Taillardier, et quelques autres adultes   très sérieux et un rien mielleux, ce que Mattéo ressentit immédiatement comme un piège. Un peu plus d'une heure plus tard, après qu'on lui eut dit, *« ne t'inquiète pas, on va en reparler »,* et il repartait vers Carenac, la besace pleine d'informations aussi lourdes que les roches de la Jonte, aussi chaotiques que Montpellier le vieux, aussi obscures que les gouffres du Larzac. Et encore, il n'avait pas tout compris. Comme prévu, ce fut tatie Chantal et tonton Costa qui durent ramasser le petit, complètement déboussolé par ces vérités sorties de nulle part. Les pleurs firent place à la colère, qui fit elle-même place aux questions sans fin. Patiemment, comme ils l'avaient toujours fait avec ce petit oiseau aux ailes cassées, Chantal et Raymond répondirent aux interrogations, sans artifice, sans mots compliqués sortis des manuels de psychologie et éducatifs, avec amour et simplicité. Quand, enfin, très tard, le minot finit par trouver un sommeil agité, Costa laissa éclater sa colère.

- Nom de Dieu, qu'est-ce que c'est que ces abrutis qui cassent un môme sans prendre gaffe et qui nous le refilent en mille morceaux ? Vont pas s'en tirer comme ça, tu m'entends ! Demain, je descends les voir, ces spécialistes de mes deux ! Tant pis pour le bois à rentrer, il attendra.

- On ira tous les deux, lui répondit sur un ton lapidaire son épouse.

Mais il n'est pas aussi simple de remettre en cause une institution telle que la protection de l'enfance. Et ils descendirent les voir. Leur visite resta longtemps dans les annales du service. Les Costalou n'avaient pas l'art de parler avec un langage de faux cul, propre à ceux qui revendiquaient l'empathie, mais qui en réalité suintaient de trouille et de désintérêt pour l'autre. On faillit appeler la police, pour contenir un Raymond, ivre de colère devant la mauvaise foi et le mépris de ses interlocuteurs. Ce fut Chantal qui trouva les mots apaisants, laissant finalement Raymond dans le silence et la prostration de ceux qui ont compris que la bataille était perdue. Chantal, métamorphosée en crotale, gardait un sang-froid redoutable, assénant des vérités violentes à des gens qui se réclamaient hauts et forts, de l'intérêt de l'enfant. En sortant, épuisés, découragés, du service de l'enfance, les Costalou savaient que le pire était à venir.

Oui, une machine redoutable venait de se mettre en marche. Un truc hideux, sans queue ni tête, ayant pour vocation d'écraser les êtres avec les apparences trompeuses de la bientraitance et de l'écoute. Rentrés à la ferme, les Costalou eurent du mal à coucher Mattéo, devenu par la magie noire de l'administration un jeune fauve en position d'attaque. Car le gamin, loin d'être un « sauvageon » facile à museler, était un vétéran de la souffrance, qu'il avait connu dès le ventre maternel. Il aurait pu en apprendre à tous les professionnels de la relation d'aide. Puisque ces cons lui déclaraient la guerre, le gamin des Combes allait leur déclarer aussi. Et s'il n'avait pas les moyens de l'ennemi, il avait la détermination du résistant, bien décidé à plastiquer les murailles et faire sauter des trains quand l'occasion se présenterait.

Les jours suivants furent cauchemardesques. Les soubresauts engendrés par le séisme des révélations se succédèrent, entraînant l'enfant dans une spirale destructrice. Son agressivité, toujours latente, trouva un champ de courses inédit. Elle devint violence, explosant à chaque frustration, si petite soit-elle. Le mobilier de sa chambre ne fut pas épargné. Mattéo semblait devenir fou, incontrôlable, n'hésitant pas à se faire mal, se fracassant la tête contre les murs, se griffant, comme pour faire sortir de lui cette souffrance primaire, née dans les enfers de sa courte existence. À l'école, la situation devint intenable. Institutrice et collègues intervenaient plusieurs fois par jour pour soustraire Mattéo aux invectives violentes de ses coreligionnaires, mais surtout pour protéger ceux-ci de sa fureur dédoublée à la moindre altercation. Au bout du compte, les vaillants soldats de l'ONU scolaire déclarèrent forfait, signifiant à un couple Costalou bien démuni que leur protégé devait rester à la maison jusqu'à ce que, peut-être, les secousses finissent par s'épuiser. Vœu pieux en vérité. Dans un salmigondis intime de colère, d'incompréhension, d'injustice, de dégoût juvénile de la vie, Mattéo, encore mis au placard des asociaux, redoublait de colère. Une déscolarisation forcée était déjà une sanction impossible à digérer, mais dans les pattes d'une administration, ce serait du pain béni pour prouver que le môme était définitivement irrécupérable.

Vint alors ce jour terrible, ou la délicieuse madame Taillardier annonça à la famille, non sans crainte, qu'il allait falloir envisager un départ de son lieu d'accueil, devenu déstabilisant pour lui, vers un autre, plus équipé « techniquement », plus à même de prendre en charge une problématique complexe. Bref, un foyer.

Elle avait raison de se méfier la Carabosse de la psychologie infantile, car sans l'intervention salutaire de Chantal, Raymond aurait sans doute mis la dame en pâture à ses cochons. Le pire, pourtant, était encore à venir.

On était au début du printemps. Le dégel s'amorçait, gonflant vigoureusement les torrents et rivières, naturellement nerveux dans la région. Le temps oscillait entre éclaircies et averses fournies. La nature se faisait la voix, préparant déjà ses mélodies estivales. La journée avait été maussade, le mal être et le désœuvrement laissant Mattéo à ses démons. Raymond était parti en ville pour la journée. Chantal, toujours vigilante, avait eu fort à faire avec une machine à laver qui avait voulu imiter le Tarn en déversant des flots furieux dans la maison avant de rendre l'âme. Les heures passaient lentement, rythmées par l'effort consenti pour assécher la maison tout en remplissant les tâches quotidiennes. Ce jour-là, oui, elle avait eu peu de temps à consacrer au petit. Ce dernier, en proie à ses angoisses bourgeoisement installées en lui, errait dans la maison, allant d'une pièce à l'autre, *zombifié* par un fardeau trop lourd.

Fin d'après-midi. Il recommençait à pleuvoir. Les crêtes du Causse se voilaient progressivement d'une brume tenace. La luminosité diminuait, accentuée par la panne de soleil et le manque de clarté de la maison, ramassée entre ses murs épais. Chantal, c'est vrai était lasse, fatiguée par cette journée aux rebondissements électro ménagers. Ce fut l'instant choisi ou non par Mattéo, où il commença à s'agiter, multipliant les bêtises bénignes. Quand le verre de jus d'orange, servi pour le goûter connut un sort fatal en volant en éclat sur le sol, la conjonction des angoisses du gamin et de la fatigue de Chantal accouchèrent d'un affrontement violent.

En d'autres circonstances, l'incident aurait disparu aussi vite qu'il était apparu. Pas là, à ce moment-là.

- Mattéo, fais attention ! Tu en as mis partout ! Comme si je n'avais pas eu suffisamment à faire pour que tu en rajoutes ! Nettoie tout de suite !
- Fais-le toi-même, je suis pas ton larbin !
- Mattéo, ne me parle pas sur ce ton ! Je t'ai dit de nettoyer !
- Rien à foutre, je le ferai pas !

En temps normal, Chantal aurait assuré le coup avec finesse et assurance, entre douceur et fermeté. Mais la malédiction de la machine à laver avait frappé. La lassitude aidant, elle tenta de saisir le récalcitrant par un bras pour l'amener sur le lieu même du forfait. Mal lui en prit car Mattéo, chaud gaillard de dix ans, chauffé à blanc par les événements, entra d'un coup en éruption. « *Ira furor brevis est* » dit le proverbe, « la colère est une courte folie », et cela se vérifia à la lettre. Au moment d'être touché, le gamin survolté décrocha à celle qu'il aimait envers et contre tous une baffe digne de Monsieur Ventura. Chantal, sous la surprise et la violence du choc tomba en arrière, au milieu des chaises et de la vaisselle. Quand elle reprit ses esprits, encore sidérée par ce qu'elle venait de vivre, l'oiseau s'était envolé. Pour remplacer la colère de l'instant, Mattéo se retrouvait maintenant avec un sac à dos de culpabilité et de honte. Jamais il n'aurait cru possible de frapper celle qui demeurait un des seuls êtres humains dignes de sa confiance. Ne pas penser, surtout ne pas penser, et il sortit à la vitesse d'un chat pour se camoufler dans la grange à foin. Réfléchir, réfléchir. Non, ne pas penser, surtout ne pas penser. L'image du grand Costa découvrant sa femme au milieu d'une cuisine en vrac surgit dans son esprit, suivie de près par la figure de Taillardier la prédatrice.

« *Tiens*, se dit-il, *s'il y avait une prune à mettre, c'était à elle et non à Chantal qu'il fallait la mettre. Perdu pour perdu...* »

Sans reprendre ses esprits et pris d'une terreur panique, il s'extirpa de sa cachette et fila au bout du jardin. Au-delà, le Causse s'annonçait, prometteur de trous et autres coins où se dissimuler. Le Causse, qui l'attendait, noyé dans la brume, accueillant pour se cacher, redoutable par ses pièges, ses à pic, ses gouffres, sa température changeante, ses caprices mortels. Entre ce qui l'attendait dans le monde des humains, et la nature hostile, mais tellement plus simple du Causse, le choix était fait. En quelques secondes, le vieux monstre l'avait englouti dans son silence et ses brouillards.

Côté civilisation, le décor et l'ambiance avaient un aspect post éruptif. Cuisine témoin, mais pas pour la pub', partiellement dévastée par un drame domestique aux conséquences encore incalculables. La colère de Chantal avait aussi laissé place à la culpabilité et l'incompréhension. Aguerrie après toutes ces années à accueillir des enfants fracassés, elle ne put s'empêcher de fondre en sanglots, assise sur une chaise rescapée de la tornade. C'est ainsi que la trouva Raymond revenu de sa journée. Il ne comprit pas tout de suite l'étendue de la situation, sa gravité. Son premier réflexe naturel fut de se préoccuper de son épouse qui commençait à reprendre la barre du navire. Les autres enfants allaient revenir de l'école, et Mattéo avait disparu dans un état où l'on pouvait craindre le pire. Très vite, le couple fouilla de fond en comble la modeste propriété, n'épargnant aucun recoin, de la cave au grenier, de la grange à la niche des chiens. Après une heure de vaines recherches, il fallait se rendre à l'évidence. Mattéo était en fugue. La première d'une longue carrière.

Conseil de crise entre époux. Garder la tête froide et s'organiser. Ils ne perdirent pas de temps. Chantal, pourrie par l'inquiétude et la culpabilité, domina sa marche de martyre et décida de prendre en charge les autres oisillons à qui il allait falloir expliquer les événements, en tentant de canaliser les angoisses naissantes. C'est contagieux l'angoisse. Ça se refile plus vite qu'une MST, et ça progresse à la vitesse d'une avalanche. Un improbable exercice de voltige éducative se préparait. Raymond allait prendre le téléphone, alerter la gendarmerie, demander du secours. Ce n'était pas le plus dur. En dernier lieu, il devait prévenir l'ASE, qui ne tarderait pas à enclencher un discours moralisateur, ponctué de « on vous avait prévenu », et enfoncer un peu plus l'avenir de Mattéo. Car ce type de passage à l'acte ne resterait pas sans suite. Il le savait, et c'est la rage au cœur qu'il prévint le service. Chaque mot prononcé lui arrachait la gueule, conscient de la mèche qu'il allumait.

Pour l'heure, l'urgence était de retrouver l'enfant. La nuit effaçait doucement le jour. Le Causse, fabuleux terrain de randonnée, savait d'abord se révéler comme un univers ne pardonnant que peu d'erreurs. La nuit en plus, le danger se multipliait par dix. Il ne restait qu'à attendre les secours, garder confiance dans l'instinct de survie du minot... et prier.

À quelques centaines de mètres de la ferme en ébullition, un petit homme perdu dans son chagrin aussi pénétrant que la brume qui l'avalait courait toujours et encore. Pour fuir, la supposée colère de ces cons d'adultes, pour fuir la honte d'avoir frappé une de ces seules adultes qu'il aimait, pour fuir toute la merde de sa vie, encore jeune, pour fuir enfin, sans y parvenir ce monstre intime qui le dévorait, tranquillement installé sur le lit de ses souffrances. L'humidité le transperçait, la peur l'engourdissait, un feu ardent d'angoisse irradiait au fond de son estomac pour s'étendre dans chaque fibre de son corps, dans chaque interstice de son cerveau. Il courait pourtant, mu par un instinct de survie animal, qui dominait tout. Les ronces, les roches, les arbres sur son passage, les ravins et falaises qui l'obligeait sans cesse à modifier son parcours, semblait être une armée naturelle refusant son intrusion subite, presque sacrilège dans la solitude crépusculaire du Causse. Il avançait pourtant, et aucune force en ce monde n'aurait sans doute pu stopper la course folle de Mattéo.

Combien de temps courut-il ? Une demi-heure, une heure, plus ? Il n'en savait rien, le temps n'était pas sa préoccupation du moment. La seule chose qui l'importait, c'était fuir, se cacher, et peut-être même mourir. Au contraire, chez les Costalou, le temps était source de toutes les inquiétudes. Le gamin avait disparu depuis une bonne heure, et l'obscurité commençait à tomber. En ajoutant la météo humide et capricieuse, ça ressemblait à un beau tableau de fin du monde.

Quand le véhicule de Gendarmerie pénétra dans la cour de la ferme, Raymond était déjà en route, sur les traces du fugueur. Il avait avec lui un avantage, sa chienne. La bestiole répondant au nom de Cardabelle, en hommage à la fleur emblématique et endémique des grands Causses, était une bâtarde assez cabocharde, obéissante à ses heures, n'ayant pas la noblesse d'un chien de concours, mais profondément attachante et attachée aux membres de la maisonnée Costalou. Une sorte de Mattéo canin.

Cardabelle et Mattéo partageaient une même histoire de vie bancale. La chienne sortait d'un refuge SPA, et Mattéo aimait la compagnie de cette bête à l'allure bizarre qui le lui rendait bien.

Dans la chasse qui s'engageait maintenant, elle était une alliée de poids. Mise en alerte par le remue-ménage de ces dernières heures, sensible à l'angoisse grandissante de ses proches, consciente naturellement du danger, elle n'était plus la chose poilue calée au coin du feu, ou la chipie courant derrière les poules, mais une tête chercheuse dernière génération, une synthèse de Rintintin et d'un missile Exocet.

Avec son aide à quatre pattes, le rugueux et sensible Caussenard était sur la piste de l'enfant. Pétri d'inquiétude, mais armé d'une détermination redoutable, il marchait à grandes enjambées, ne se préoccupant pas de savoir s'il commettait un blasphème en arpentant brutalement la terre sacrée et faussement assoupie. Sa voix grave portait loin, apeurant bêtes, hommes et même roches. Tout en progressant derrière Cardabelle, il appelait à gorge déployée : *« Mattéo, Mattéo, t'es ou bonhomme ? Mattéo, reviens, y'a rien de grave, reviens bonhomme, on t'aime. »*

Pour que ce gaillard d'un mètre quatre-vingt hurle des *je t'aime* à tous les vents, il fallait vraiment qu'il soit inquiet, complètement retourné par une peur insondable. Car Raymond, né sur ces terres, grandi sur ces terres, les connaissait par cœur. Belles, majestueuses, ensorcelantes, passionnantes. Intransigeantes, cruelles, très dangereuses, capricieuses et changeantes, elles changeaient vite, devenant en quelques heures un enfer mortel pour ceux, peu aguerris et fragiles. Les Causses pouvaient offrir beaucoup, prendre encore plus.

Là où il se trouvait, Mattéo percevait les appels récurrents de l'homme, les interprétant comme de la colère, celle d'un homme, dont l'épouse venait de se faire brutaliser. Il se trompait et ne le savait pas, accélérant sa course pour échapper au fantasmatique vengeur.

Un torrent sans envergure lui offrit une sortie. Malin comme un renard, il marcha un temps dans l'eau froide. Là, il savait que Cardabelle, qu'il avait entendu aboyer, aurait du mal à continuer la piste. Au pire, ça retarderait à coup sûr sa progression. Le coup fonctionna au-delà de ses espérances. Arrivée sur le cours d'eau, la chienne renifla longuement la rive, tournant en rond, recherchant l'odeur perdue. En vain. Raymond comprit vite le stratagème, partagé entre la fierté pour ce môme capable de déjouer un chien lancé à ses trousses, et la trouille glaçante de l'avoir raté. Il hurla encore et encore le prénom du gamin. Le vent levant de la montagne fut sa seule réponse. L'évidence se dressait, sans appel. Le gosse était totalement livré à lui-même et aux facéties perfides de la région, la nuit. Il ne lui restait plus qu'à rebrousser chemin, rejoindre les gendarmes et organiser une vraie battue. Sur le retour, Raymond pleurait.

À quelques centaines de mètres, Mattéo continuait sa fuite vers le néant. Désormais trempé, transi de froid et de peur, il avançait à marche forcée dans ce ruisseau enragé, s'arrachant les pieds sur les cailloux roulants du cours d'eau. N'en pouvant plus, il s'extirpa du torrent, s'arrêta une poignée de secondes pour récupérer, et écouter. Entre deux souffles, il scrutait le silence, attentif à chaque bruit. À part les gémissements de Zéphire, le roulis de l'eau, les arbres remuants, rien. Ni les appels de Raymond ni les aboiements de Cardabelle. Il en fut d'abord rassuré et immédiatement terrifié. Il était maintenant seul, complètement seul, au milieu d'une nature qui n'avait plus rien d'idyllique. Curieusement, il se sentit en osmose avec l'environnement. Tout cela finalement ressemblait à sa vie. Hostile, inhospitalière, agressive, prête à en découdre avec qui voudrait la museler. Il repartit de plus belle, disparaissant dans le paysage sans savoir où il se dirigeait.

La cour de la ferme était devenue une scène de théâtre dramatique. Les gendarmes diligentés sur place étaient à pied d'œuvre, dirigés par le très carré major Le Haennec. Breton de Vannes, il ne laissait aucun doute sur son autorité. Grand, sec, visage carré, treillis militaire impeccable, pour le moment, il s'avança d'un pas décidé vers la porte de la maison, où l'attendait Chantal, les traits tirés par l'épreuve, ne tenant debout que par la force d'un caractère affirmé, et le stress de l'épreuve.

En dépit de son image un peu abrupte, le Major n'était pas sans empathie. La discipline imposée par sa fonction était rassurante dans une situation dramatique. Il sut, en quelques phrases sans flagornerie déplacée, donner à Chantal un sentiment réconfortant, celui qu'elle et sa famille n'étaient pas seules. Erwan Le Haennec ne se voulait pas pour autant assistante sociale. Il était là pour un motif précis, et il savait ce qu'il devait faire. Il était formé pour cela. À l'instant où les cartes du coin étaient dépliées sur la table du séjour, réapparut, hagard, balbutiant, fatigué, écrasé d'angoisse et de culpabilité, Raymond. Le grand gaillard ne l'était plus vraiment. Sans aucune pudeur, il tomba en sanglotant dans les bras de sa femme. Celle-ci s'en trouva autant émue que gênée, jetant un regard autour d'eux, perdus qu'ils étaient parmi les imperturbables militaires.

- Je l'ai paumé, tu entends, je l'ai paumé. Je suis sûr que je l'ai raté de peu ! J'ai rien vu, j'ai rien vu. Et la nuit tombe, il fait humide. Dieu sait ce qu'il peut lui arriver !

Personne ne savait que dire devant ce spectacle plus triste que pitoyable. L'impuissance se glissait d'un coup dans les esprits. Sauf dans celui du Major qui n'entendait pas se laisser piéger par une émotion stérile. Non, il n'était pas formé à cela. Son humanité lui permettait de comprendre la détresse des Costalou, et d'abord de la combattre en prenant les choses en main, excellent professionnel qu'il était. Oui, il était fait pour cela ! Brisant d'un coup la contagion du stress, il coiffa chacun de ses yeux sévères et reprit la main.

- Madame, Monsieur, je compatis à votre inquiétude. Je comprends votre sentiment. Oui, je le comprends. Cependant, rien n'est fini. Tout commence, et le petit n'a pas pu prendre une grande avance. Ne perdons donc pas de temps.

Le Breton avait raison, même si au fond de sa pensée, raisonnait, bien planquée, la petite sérénade de l'inquiétude. Il était né au bord de l'Atlantique. Il savait que la beauté de la nature cache toujours l'horreur. Le Causse n'était pas l'Océan. Dame Nature avait juste enfilé d'autres fringues. Ses colères, ses caprices restaient les mêmes.

« Messieurs », s'adressant à ses hommes, *« trêve de discours, action ! »* Le dernier mot venait de provoquer une réaction étrange pour qui n'est pas Militaire, Policier ou Pompier. Il venait d'allumer l'interrupteur de sa troupe. D'un élan commun, se redressant sans même s'en rendre compte, les gendarmes se rassemblèrent autour de leur chef. Ils étaient tous sous-officiers et constituaient pour l'heure, l'état-major du Breton. Le gros de la troupe *se caillait les meules* dans la cour, attendant les ordres.

Ils se penchèrent sur la carte, accompagnés par Chantal et Raymond qui n'étaient pas du tout décidés à être mis hors-jeu. La chasse commençait. Le gibier ne ressemblait en rien à un grand fauve, plutôt un petit chat sauvage loin de sa tanière. Mais comme toutes les bêtes sauvages, si chétives soient elles, il n'était pas question qu'il se laisse capturer sans lutter. L'instinct de survie, il l'avait musclé dès l'utérus maternel. Ceux qu'il percevait à cet instant comme des dangers devraient s'arracher les tripes pour le choper. La chasse pour les uns, le combat pour lui.

Sur le Causse, la nuit et la brume fêtaient maintenant leurs épousailles. Une manière allégorique pour dire que l'alliance de ces deux-là allait accentuer le bordel ambiant.

Sous la direction du fringant Major, plusieurs groupes se mettaient en marche pour retrouver l'enfant. Déployés en directions distinctes, trois groupes de quinze personnes chacun, composés d'hommes et de femmes, de militaires et de gens du village commençaient à arpenter le secteur. La nouvelle avait vite fuité. Tout le monde connaissait Mattéo, ce gamin étrange, au regard tellement lointain, que nul ne pouvait sonder. Personne d'ailleurs ne s'y serait risqué. Le petit extraterrestre continuait sa course éperdue. La peur, le stress, la fatigue constituent des alchimies contraires, mais éminemment efficaces. D'un côté, le cocktail paralyse, sidère, place l'individu dans une vulnérabilité totale. De l'autre, c'est la potion magique qui décuple la volonté, affute les sens, ramène à l'instinct primaire de l'être, celui qui lui permet de survivre, accessoirement de se défendre. Pas de bol, Mattéo avait avalé la seconde potion. Un temps passé, celui de reprendre souffle et esprit, le garçonnet reprenait son avancée. Mais son état d'esprit avait muté, de la panique à une détermination froide, inquiétante. Il savait qu'un bon nombre de gens étaient à ses basques.

En amont, la prédiction dépassait même ses pensées. Non seulement il y avait du monde derrière lui, chiens compris, mais le Haennec, en bon professionnel, avait demandé des moyens. Un hélicoptère décollait à l'instant de sa base. Personne ne plaisantait avec une disparition d'enfant, encore moins la nuit, sur un secteur où la nature pouvait afficher tous les excès. La grosse libellule ne pourrait pas tourner bien longtemps ce soir. Les hommes ne pourraient pas non plus chercher pendant des lustres. Dans moins d'une heure maintenant, l'obscurité et la brume auraient entièrement recouvert la région. Dans les esprits, la perspective d'une nuit d'angoisse s'imposait. À 19h30, on vit revenir un essaim de lucioles sur la ferme des Costalou. Les chercheurs, torche en main, battaient en retraite devant la nuit. Continuer dans ces conditions serait inutile et dangereux. La première manche était perdue. Elle n'était pas non plus gagnée par le fugueur, livré à lui-même au milieu d'un environnement agacé d'être dérangé en soirée. Une putain de longue nuit commençait pour tout le monde.

Le feu ronronnant de la grande pièce à vivre de la maison Costalou peinait à réchauffer l'ambiance. On dressait un premier bilan des recherches et surtout on envisageait la suite.

« Bien, commença le Major, essayons de rester calme et de réfléchir. Tentons un instant de nous mettre à la place du petit. Madame, Monsieur Costalou, vous le connaissez bien. Selon vous, ou pourrait-il se diriger ? »

Rester calme était déjà très compliqué pour eux. Chantal déployait des masses d'énergie en essayant de poser sa pensée. Raymond, plus brut de décoffrage, se livra aussi à l'exercice. Autant s'amuser à débourrer un cheval sauvage. Ça aurait peut-être marché sans l'arrivée malvenue d'un représentant de l'aide sociale à l'enfance. Cadre de garde ce soir, François Gourneau aurait mieux fait de se péter la jambe. La quarantaine rondouillarde, administratif pur jus, François Gourneau était un exemple du bon petit soldat dévoué à son administration quoiqu'il en coûte. Ça tombait bien, il aurait très rapidement l'occasion de le démontrer. Désireux de s'imposer dans une situation délicate où il pensait légitimement avoir son mot à dire, il s'avança dans la pièce avec l'assurance du gorille de montagne en conquête d'un clan. Mais n'est pas dos argenté qui veut. Il y en avait déjà deux dans la pièce. Le Major, en premier lieu, surpris et un peu irrité par cette arrivée incongrue.

Gourneau, interrompant les débats, se présenta sèchement et voulut savoir précisément événements et action : *« François Gourneau, cadre de permanence de l'aide sociale ».* Sans formule de politesse, avec la délicatesse d'une pelleteuse, il voulait prendre le leadership de l'affaire. Première mauvaise idée.

- Le gamin est sous la responsabilité du service. Je veux donc savoir où vous en êtes, ce que vous comptez faire, ce que vous avez déjà fait. Je vous rappelle que cet enfant fait l'objet d'un mandat judiciaire du juge des enfants.

Ce rappel à la loi était sans doute destiné à impressionner le Major. Piqué au vif, devant ses propres hommes par cet obséquieux personnage, il répondit avec la vitesse d'une droite de Mohamed Ali.

- Monsieur, ni votre fonction, ni la loi ne vous autorise à perturber sans respect cette réunion de crise. À mon tour de vous dire que c'est moi qui suis responsable de cette opération et qu'il est hors de question que vous me disiez ce que je dois faire. Vous avez, certes, le droit d'être ici, vous avez aussi l'obligation de vous mettre à disposition des forces en présence et de la fermer !

Cette dernière remarque, très appuyée, sur un ton qui ne tolérait pas la réplique sécha net l'arrogance de Gourneau. Il acquiesça, balbutia de vagues regrets et changea de cible, pensant certainement que les Costalou, employés par son administration, constitueraient des proies plus vulnérables. Il fallait qu'il affiche son autorité. Ce n'était décidément pas sa soirée. Le deuxième dos argenté était justement là.

- Madame et Monsieur Costalou, pouvez-vous m'expliquer comment un enfant de dix ans a pu échapper à votre surveillance ? J'ai pris connaissance de ce dossier et j'en connais les éléments. J'attends vos explications.

Aïe, aïe, aïe. Pauvre François aveuglé par un orgueil misérable et dénué de toute prudence... Écrasés par l'angoisse, tension nerveuse à son paroxysme, aborder les Costalou ainsi revenait à allumer un bâton de dynamite. Le grand gorille Costalou n'eut pas la maîtrise du militaire. Il avait mille raisons d'en vouloir à cette administration sourde, bardée dans des certitudes absurdes, sans aucune empathie. Sa seule réponse fut d'empoigner le pauvre garçon par le col de son costume bien taillé. La force du Caussenard était alimentée par des sentiments contradictoires, d'une violence interne extrême.

- Espèce de connard, tu es qui pour parler comme ça ? Toi et tes collègues, vous avez démoli ce môme et tu viens nous donner des leçons ? Tu viens me dire ça chez moi ? Pauvre merde ! Je vais t'écraser la gueule !

Hélas où heureusement, le grand gorille ne put aller plus loin. Quatre militaires, jeunes et vifs étaient sur lui, ahanant en mettant tout en œuvre pour le contrôler. Ils y parvinrent, non sans mal. Chantal semblait prostrée, partagée entre la violence subite de son mari, et surtout les coups de poignard assénés par Gourneau. Au bout du compte, elle aurait aimé être à la place de Raymond.

Elle pressentait quand même que l'épisode ne resterait pas sans effets, si toutefois on retrouvait Mattéo.

Loin de toute cette agitation, ce dernier employait son énergie à s'éloigner encore, à trouver un coin bien planqué pour passer inaperçu, suffisamment sec pour se reposer peut-être. La nuit favorisait sa fuite tout en limitant sa progression. Il devait s'éloigner des lieux où sa famille d'accueil ne manquerait pas de mener la meute. Il s'aventura donc au-delà de ces sentiers qu'il connaissait bien, les ayant souvent sillonnés avec Costa. Passés les derniers bois d'arbres tordus de la commune, il s'enfonça vers les hautes roches menaçantes bordant les falaises. En quelques minutes, sa frêle silhouette était digérée par la couverture brumeuse.

20h30. Un calme fragile était revenu sur la ferme. Costa ne s'était nullement excusé de son comportement. Il n'en avait pas l'intention, convaincu de son bon droit. Gourneau avait perdu de sa superbe, réfugié près de la présence rassurante et autoritaire du Major Le Haennec. Celui-là avait poussé une grosse gueulante, ramenant tout le monde à la priorité du moment, retrouver Mattéo, menaçant de menotter le prochain qui se hasarderait à se laisser aller. Message reçu par chacun. Personne ne voulait prendre le risque de vérifier la sincérité de la menace.

La soirée fut consacrée à l'organisation de la battue du lendemain. Départ prévu dès les premières lumières du jour. Trois directions et trois groupes de recherche. Le premier irait vers le bas des gorges où passe la route de Millau. Le deuxième groupe vers l'amont des gorges. Le troisième groupe orienterait sa marche sur le haut, au-delà des bois de la commune, en surplomb des falaises…

Le Haennec commanderait personnellement le troisième, exigeant de Raymond qu'il l'accompagne, soucieux de garder sous le coude cet ours à l'impulsivité trop égratignée. Il n'imaginait pas que ce grand bonhomme puisse être un vrai violent. Il le voyait surtout pissant de souffrance, d'angoisse, de colère. Un bien vilain mélange, stupidement accentué par ce crétin de l'aide sociale. Mais ça, il ne pouvait pas le dire. Il serait quand même plus serein en gardant Costa à ses côtés. Concernant Gourneau, il fut convenu qu'il rentrerait dans son service, où on le tiendrait au courant de l'évolution des choses. C'était un arrangement satisfaisant, surtout pour l'intéressé.

L'hélicoptère, enfin, patrouillerait sur toute la zone en plusieurs rotations. À 22h30, le briefing se terminait. Personne n'avait envie de dormir. Le repos était nécessaire pourtant. Bon gré mal gré, le groupe se dispersa. Quelques gendarmes demeurèrent sur place, à l'abri du barnum de commandement installé dans la cour. Les Costalou couchèrent avec peine les autres enfants, complètement retournés par tout ce bazar. Puis ils entamèrent une interminable nuit blanche.

À quelques kilomètres de là, Mattéo, trempé, en sueur et sale comme un cochon, cherchait un abri. Les trous, les cavités, ne manquaient pas dans le coin. Ils n'avaient pas tous un rapport identique à l'hospitalité. Certains, noirs et profonds, proposaient un accueil sournois, semé d'embûches susceptibles de happer l'imprudent dans les abîmes. Il le savait. Raymond l'avait mis en garde mille fois contre ces trous « sirènes », présentant une attirance, une tentation forte d'exploration, la fausse promesse d'aventures séduisantes. Planquée dans ces gouffres, la mort attendait. De toute manière, il était certain que c'est là que se porteraient en priorité les recherches. Idem pour les cabanes de berger et autres constructions. Il lui fallait donc un coin discret, où on ne penserait pas le trouver. Pauvre petit homme, qui s'imaginait naïvement qu'on ne le retrouverait pas. Au terme d'un parcours sans lumière, en lui et en dehors, il finit par jeter son dévolu sur un trou borgne, assez profond pour qu'on ne le distingue pas de l'extérieur. « Pas mal », se dit-il. En restant à mi-chemin de l'entrée, dans une sorte de coude, il pourrait bénéficier de la très faible lueur nocturne. La lune, entre deux nuages, apparaissait, passant aux nouvelles, et disparaissait aussi vite. Dans la pénombre de cet abri de fortune, il eut un semblant de sentiment de sécurité, ne se doutant pas une seule seconde, qu'à quelques mètres, dissimulé par l'obscurité, un à-pic d'une centaine de mètres attendait un faux pas de sa part.

Installé dans le ventre de la roche, il put enfin se poser. Le bilan de la journée se résumait en un mot : désastre. Ça avait commencé par cette dispute d'une connerie sans nom avec Chantal. Les mots, l'altercation physique lui revenaient douloureusement en mémoire. La fugue ensuite, et certainement une armée à son cul. Crevé, tué d'angoisse, trempé, trois galettes Saint-Michel en poche, perdu au milieu de nulle part, il prenait d'un coup la réalité en pleine gueule. Et ça faisait mal. Recroquevillé, autant pour tenter de se réchauffer que pour retrouver un semblant de sérénité en position fœtale, fixant un point imaginaire, il ne lutta point quand sa tête se transforma en lessiveuse. Des souvenirs, des images lointaines, presque irréelles, bonnes, mauvaises, des visages, des mots, des événements, des sons, l'école, les Costalou, la mère Taillardier, ses parents dont il ne savait rien ou si peu, tout cela se mixait en une bouillie infâme. L'épuisement physique, mental prenait la mesure, et Mattéo, pour une fois, capitula. Le barrage des larmes céda. Le torrent balaya tout, ponctué de sinistres sanglots. Quand son corps, à bout par tant de tension réclama son tribut de sommeil, il ne put résister et sombra rapidement dans un sommeil sans âme qui devait ressembler au désespoir. Si quelqu'un avait été à ses côtés en cet instant précis, il aurait entendu, juste avant qu'il ne s'enfonce, « *ils m'auront jamais !* ».

Fugueur, insoumis, pétri d'un sentiment violent d'injustice, le Mattéo nouveau venait d'arriver. Un vrai tord-boyau.

7h30. Le Major, en bon militaire, se présenta sur le pied de guerre devant le couple Costalou, complètement laminé par l'inquiétude et une nuit sans sommeil. Des cernes descendant aux genoux, coiffés comme des dessous de bras, ils étaient pourtant bien décidés à mener les recherches. Auprès d'eux s'étaient joints des proches, indispensables soutiens dans la prise en charge des autres enfants. Le relationnel, l'amitié fonctionnaient à plein régime, armée puissante contre la noirceur des heures passées. La journée s'annonçait anxieuse, laborieuse, lumineuse. La météo prédisait une belle journée, un peu fraîche, mais messagère de printemps. Ça ne serait pas un luxe. Tout le monde, sans le dire, prit la prévision comme un bon augure.

Le jour pointait, militaires et volontaires civils étaient réunis pour entendre les consignes du chef des opérations, la grosse libellule bleue bourdonnait sur son TARMAC, la traque du petit loup allait s'élancer. En gagnant les premiers sentiers aux côtés de Le Haennec, Raymond, athée jusqu'à l'os ne put s'empêcher d'adresser au ciel une prière intime : « *Dieu du ciel, si t'es vraiment là, alors bouge et protège-le. Je demande pas grand-chose, alors merde, bouge !* » Le canis lupus humanus minus en question sortait péniblement d'un sommeil court et mauvais. Ses démons ne le quittaient pas, ils le terrassaient. Pas assez pourtant pour entamer sa détermination. L'humidité et le froid le gratifiaient en prime d'une toux récurrente. Il restait prostré au fond de sa tanière, incapable de bouger. Et puis, tant qu'il restait planqué dans ce trou, il y avait peu de chances qu'on le repère. Ceci dit, il ne pourrait pas y passer sa vie. Même si c'était une vie à chier. Il décida d'attendre et de voir si quelqu'un s'approchait. Quelqu'un s'approchait en effet. La présence était lointaine, inaudible, invisible, mais elle marchait dans sa direction. Question de temps. D'un pas volontaire, le regard scrutateur, le Major menait sa troupe efficacement. Aucun groupe n'avait pour l'heure trouvé la moindre trace du gamin.

10h. Les équipes en contact radio permanent ne constataient rien d'autre que le vide absolu. Les chiens reniflaient, créaient l'espoir durant de longues minutes, et stoppaient, la truffe en échec.

L'hélicoptère estampillé Gendarmerie tournait depuis une bonne heure, abeille géante à la recherche de pollen. Celui-ci restait au fond de sa fleur de roche, alerté par le bruit du rotor. La réalité de l'instant résonnait dans ses tympans avec le bruit devenu terrifiant de l'appareil. Il prenait conscience du piège dans lequel il s'était fourré. Sortir, c'était se faire repérer tôt ou tard par les pilotes. Resté terré au fond de sa tanière, c'était s'exposer à l'être par les chiens et leurs suivants. Quand il entendit l'engin s'éloigner encore une fois, qu'il perçut des aboiements se rapprochant minute après minute, il prit sa décision. S'il y avait un moment, il était arrivé. Une seule chance, à tenter tout de suite. Prudent, sur le qui-vive, il pointa le bout de son nez à l'entrée de la caverne refuge. Rien dans les airs, le machin n'était plus là. Par contre, les chiens devenaient de plus en plus audibles. À coup sûr, ils seraient sur lui dans un petit quart d'heure. Il ne fallait pas traîner. Tel un avion de chasse décollant d'un porte-avion, il se rua au-dehors et fonça droit devant. Les gorges, elles, ne bougeaient pas, attendant, gueule ouverte.

Lorsqu'il s'aperçut qu'il n'y avait que le vide devant lui, il changea brusquement sa direction, frôlant le gouffre béant, pensant qu'on le verrait moins. Il ne fallut pas plus d'une dizaine de mètres pour que la fatigue, la panique n'enfantent un manque de vigilance dénué de droit à l'erreur. Il dérapa, glissa, hurla et se retrouva coincé sur une corniche offrant une belle vue sur le panorama et la mort. Une douleur aussi subite que violente irradiait sa jambe droite. Tétanisé par le vertige, il se blottit contre la roche froide, recroquevillé. Il attendait l'hallali. Qui porterait le coup de grâce ? Les gorges où les chasseurs maintenant tout proches ? Ceux-là, heureusement, ne ressemblaient en rien aux prédateurs de son imagination. Les limiers de la maréchaussée, assistés d'une Cardabelle essoufflée, venaient de trouver une vraie piste. L'angoisse, ça pue et ça sent fort.

Ils étaient tout près désormais. Mattéo entendait distinctement des voix, et ce n'était pas celle de Jeanne d'Arc. Raymond jetait au vent son prénom, à gorge déployée. Le désigné avait le choix des trouilles. Se signaler et être récupéré des griffes du néant, où celui de se laisser happer par celui-ci. C'est finalement Crac, superbe Labrador placé sous la conduite de son Maître, le Sergent Galliène, qui le délivra de ce dilemme. Le canidé venait de se positionner juste au-dessus de sa position avec force aboiements. Relayé par le sous-officier, celui-ci jeta un œil prudent sur la corniche. Replié sur lui-même, Mattéo s'était trahi en laissant traîner sa jambe blessée. À l'instant où le militaire lâcha au reste de la troupe, « là, il est là », avant de féliciter ce traître de chien, Mattéo comprit que la fin de l'acte était sonnée. La fin de l'acte, pas de la pièce. Le brouhaha quelques mètres au-dessus de la tête du blessé était largement dominé par Raymond. Mattéo fut surpris de ne pas se faire engueuler d'entrée. Au contraire, le grand Caussenard, ce rugueux aux coups de gueule proverbiaux, lui apparaissait étrangement doux, des trémolos dans la voix.

- Bouges pas petit, on arrive, tu es sauvé, bouges pas, j'arrive !

Occupé à communiquer la fin des opérations par radio, aux autres groupes et au PC, le Major interrompit Raymond brusquement :
- Bon, vous n'allez rien faire du tout et nous laisser faire. Vous reculez, s'il vous plait, qu'on puisse maintenant le récupérer. Je vous en prie.

L'autorité du gendarme ne laissait aucune place à la contestation. Elle se révélait même rassurante, dans l'esprit de Costa, épuisé pas ces heures de tension extrême. Il n'était pas loin de craquer.

Pragmatique, le Major donnait ses ordres et un de ses hommes s'équipait pour descendre sur la corniche, près du petit. L'hélicoptère revenait, positionné en stationnaire, prêt à redescendre le fugueur, blessé ou non. Casqué, harnaché, encordé, le jeune gendarme ne mit pas trois plombes à rejoindre l'ermitage forcé de l'enfant. L'exercice routinier, cent fois répété à l'entraînement, présentait un caractère d'urgence et de dangerosité pour la victime. Mattéo vit apparaître au bout d'une corde, un extraterrestre au regard doux qui se posa délicatement, en barrage protecteur entre l'abîme et lui. Les premiers mots du gentil homme vert furent rassurants.

- N'aie pas peur, tout va bien. Je vais te sortir de là. Mais d'abord, laisse-moi regarder si tout va bien.

Le pantalon déchiré, plaie ouverte, peut être fracture, le visage envahi par la peur et la douleur, il n'y avait nul besoin de sortir de la faculté pour constater que le petit avait connu des instants meilleurs. La seule chose qui interpella vraiment le gendarme, c'est l'absence de larmes, et le regard de ce sauvageon, dur. Avec précaution, sûr dans ses gestes, le sauveteur donna les premiers soins, plaçant une attelle provisoire au membre blessé. Mattéo se laissa faire, docilement. Docile, mais pas résigné. Une communication plus tard avec le niveau supérieur, et il se sentit happé vers le haut, lentement, très lentement, devenu pour un moment, un trésor aux yeux de ceux qui l'avaient sauvé.

Sitôt revenu parmi les hommes, tout s'accéléra. Dans l'esprit du petit blessé, les images se succédèrent à vitesse grand V.

Costa, d'abord, s'approchant, l'embrassant sur sa civière. Étonnant de voir ce géant fondre en larmes, lui serrant les mains, pressé de retrouver sa maisonnée réunie. Un discours métallique et parasité ensuite entre l'hélico et le chef gendarme. Des hommes en tenue kaki, s'affairant autour de lui. Cardabelle, enfin, manifestant sa joie, retenue par Raymond dans son élan de lécher son jeune compagnon. Au moment où, de nouveau, il s'arracha du sol, hélitreuillé, il eut l'impression furtive, légère, tellement agréable, de partir au Paradis, là où, enfin, on lui foutrait la paix. Alors il put baisser la garde et sombra dans la mélasse.

La trêve sonnait ; pas la Paix.

Yellowstone

Floriane Gersois était l'image de l'infirmière engagée. Son choix professionnel s'était toujours orienté vers la pédiatrie. Élancée, dynamique, de longs cheveux bruns regroupés en chignon, elle prenait son service d'après-midi et soirée. Diplômée depuis quatre ans, elle prenait sa tâche avec cœur, démontrant une empathie et une disponibilité reconnues. L'examen des admissions dans le service indiquait deux nouvelles arrivées. Une appendicite et une patte cassée ; la routine. Les mômes, c'était son truc, et ces deux petits nouveaux entraient dans la longue liste des mineurs qu'elle avait vu passer. Deux ans déjà que la jeune soignante apportait le meilleur d'elle-même auprès des jeunes et de leurs proches. Elle était convaincue que les enfants gardaient en eux une capacité de résilience bien supérieure à celle des adultes, une rage de vivre incommensurable. Cette idée traçait sa démarche, et c'est vêtu de cette armure idéologique, cet Idéal exactement, qu'elle alla à la rencontre de ses protégés, principalement les deux nouveaux. La fillette admise pour appendicite était sortie de Réa et récupérait sous le regard bienveillant de sa maman. Encore dans le potage, elle la reverrait bien assez tôt. Le tableau de la seconde entrée s'affichait très différent. Derrière la porte de la chambre numéro huit, pas de maman protectrice, pas de visage d'ange plongé dans les bras de Morphée. Rien d'autre qu'un regard noir, dur, méfiant planté dans les siens sitôt son entrée dans l'arène.

Mattéo était arrivé la veille, point final de sa fugue rocambolesque. Chantal et Raymond l'avaient accompagné, entouré, tentant, sans le convaincre de le rassurer. Du haut de ses dix ans et des brouettes, Le gamin faisait preuve d'une grande lucidité. Malgré le soutien sincère de sa famille d'accueil, le pardon sans faille de Chantal au sujet de cette altercation, il savait que les choses allaient changer de façon irréversible. Rapidement mis au courant de l'issue heureuse des événements, les shérifs de l'aide sociale n'avaient pas tardé à dégainer. Si les Costalou avaient été autorisés à l'accompagner à l'hôpital, ordre leur était donné de n'y retourner qu'avec l'accord des autorités de tutelle. Le juge des enfants, mis au jus par le service, était imprégné de leur rapport sans appel : « *La relation entre l'enfant et sa famille d'accueil est devenue nocive pour son évolution future. On note un fléchissement dommageable dans leur relation, d'ordre fusionnel. Il semble nécessaire d'envisager une nouvelle orientation pour le jeune Bonaventure. Celui-ci présentant des carences affectives graves et un comportement caractériel croissant, l'admission dans un collectif adapté, encadré par une équipe pluridisciplinaire parait être la meilleure option. Veuillez agréer, Monsieur le Juge des enfants, blablabla... »*

Bel exercice de style que n'aurait pas renié Robespierre. Le rapport de cinq pages retraçant l'anamnèse, la synthèse et les derniers épisodes de sa jeune existence se résumait en quelques mots dans un français clair et lapidaire. Il ne remettrait pas les pieds à Carenac le Haut. Dès sa sortie, il atterrirait en foyer de l'enfance, en attente d'une orientation adaptée. Ça promettait du sport pour lui comme pour les professionnels qui l'auraient en charge.

Floriane, ignorante de ces considérations futures, ne retint que la vision de ce petit bonhomme, empêtré dans sa perfusion, son plâtre, ses draps défaits, lui jetant à la gueule son infantile mépris pour les adultes, sa souffrance dégoulinante au premier regard. Son expérience l'avait burinée devant la douleur et la détresse. Mais celui-là, c'était un cas parmi les cas. LE cas, en fait. Le premier tir fusa, la porte à peine refermée : « *T'es qui, toi ?* »

Le point positif de la chose, c'est qu'il n'était pas apathique. Le négatif, c'est que le ton empreint d'agressivité et de défiance annonçait une prise de contact compliquée. Elle connaissait ce style de comportement d'embuscade, où chaque mot, chaque geste pouvait faire tourner l'échange à la guerre de tranchées. Ce n'était pas déstabilisant pour Floriane qui en avait vu d'autres. Son étonnement se situait sur un autre plan. Mattéo n'avait guère plus de dix ans, et il renvoyait l'attitude d'un ado de seize. Souvent, les enfants de son âge adoptaient le mutisme, les pleurs, la peur. Chez lui, tout renvoyait à une violence palpable, prête à exploser. Campé derrière sa muraille, il n'attendait que l'instant où il déverserait poix bouillante et pierres de taille sur l'assaillant, ou vécu comme tel. Les adultes en constituaient sa cible de choix.

L'adaptation est la première qualité d'un professionnel de la relation d'aide. Floriane savait, d'expérience et d'instinct, que le succès où l'échec du lien à construire ne dépendait que d'elle. Prouver son statut d'adulte et professionnel en affichant un discours, une attitude carrée, rigide, sans concession, ne servirait qu'à la rassurer, elle. Certainement pas à favoriser l'installation d'un minimum de confiance et de paix, indispensables préalables. Sa stratégie devait s'apparenter au renard, non à celle d'un taureau camarguais. Elle devait s'exposer pour le mettre à sa portée.

- Je suis Floriane, l'infirmière de soirée. Toi c'est Mattéo, c'est ça ?
- Mmmh.
- Je crois savoir que tu es arrivé hier, je me trompe ?
- Mmmh.
- Tu ne parles pas ?
- Pas envie.

Au premier abord, ça s'annonçait ardu. Mais derrière la dureté de son regard qui ne la quittait pas des yeux, Floriane devinait des failles profondes d'où n'émanait qu'une odeur pestilentielle de douleur.

- Bon, reprit-elle, je ne vais pas insister. Tu ne veux pas parler, c'est ton droit. Elle effectuait sa tâche tout en parlant. Refaire un peu ce lit, témoin d'un sommeil agité, vérifier la perfusion, un petit coup de pouls/tension.

Avant de quitter la chambre, elle planta à son tour ses yeux verts dans ceux de Mattéo.

- Je reviendrai. Des BD te feraient elles plaisir, des jeux aussi, ça te tente ? Le tout avec un sourire ignorant l'apparente agressivité de son interlocuteur.

- Des BD ? Je veux bien.

- OK. Heureuse de constater que tu n'es pas muet. À tout à l'heure.

Elle disparut aussi vite qu'elle était apparue, laissant un Mattéo dubitatif sur les intentions de cette fille enjouée. Bizarre. Dans le couloir, Floriane se promit d'en savoir plus au sujet de cet énigmatique rescapé. Le dossier, hors consignes strictement médicales, n'apporta pas grand-chose. Une annotation, cependant attira son attention : *« Aucune visite autorisée sans accord préalable du Service de Protection de l'Enfance. Enfant placé sous mandat judiciaire. Vigilance exigée ».*

Le service n'étant pas à vocation psycho éducative, il serait difficile d'obtenir plus de détails. Elle apprit de ses collègues l'épisode de fugue qui avait amené Mattéo jusqu'ici. Qui pouvait-il bien être pour que l'on mette autour de lui tant de précautions ?

Mattéo resta une dizaine de jours en observation. Tous les deux jours, un coup de fil de l'Aide Sociale prenait des nouvelles. Deux fois, elle aperçut un couple, admis en visite sur autorisation. Les Costalou étaient tenus à distance. La stratégie du service d'Aide Sociale était simple.

On admettait qu'adultes et enfant se voient pour clore une relation vieille de dix ans ; en limitant quand même les rencontres.

On considérait en haut lieu de la pensée infaillible que les Costalou étaient sortis de leur cadre d'intervention, nuisant durablement à l'enfant. Ils seraient sans doute sanctionnés. On parlait de non-renouvellement de leur agrément, sésame du service pour accueillir et garder des enfants. On leur laissait généreusement le soin d'expliquer cela à l'enfant. Cette raison, vraisemblablement, leur permit de le visiter deux fois. Dans les méandres de l'administration, leur problème était déjà aux archives. Toute humanité avec.

Le plus dur, ils le savaient, serait vécu par Mattéo. À l'issue d'une visite, Floriane avait croisé le couple, visiblement touché par la détresse et l'impuissance. Elle les aborda, comprit très vite la nature de toute cette merde ; et le piège dans lequel, avec les meilleures intentions du monde, ils étaient tombés, le petit en tête. Que pouvait-elle bien faire, sinon continuer de donner au petit locataire de la chambre 8, un peu de bien-être et de tranquillité ? À cet instant, elle se demandait profondément ce qu'elle foutait là, impuissante elle aussi. Elle multiplia les attentions auprès de lui, au risque de se faire ramasser par la cadre infirmière, voire le chef de service. Dès que son emploi du temps chargé le permettait, elle passait le voir. Il ne parlait guère, toujours sur le qui-vive. Floriane savait que le temps était compté. S'investir trop, sur dix jours d'hospitalisation le mettrait en danger. Il vaut mieux promettre ce que l'on peut faire, ce que l'on peut donner. Elle se borna à nourrir son imaginaire. Elle avait capté son intérêt pour les héros mythiques, les histoires légendaires, les récits de voyage. Mattéo s'évadait dans ces lectures. L'infirmière pensa que sur ce coup-là, elle ne s'était pas plantée. Peut-être même, osait-elle penser que cette passion naissante pour la lecture lui servirait.

Excellente hypothèse.

Au fil des jours, l'arrivée de Floriane le réjouissait, sans qu'il l'avoue ; pas question de dévoiler quoi que ce soit. Son visage le trahissait. L'entrée de la jeune femme l'adoucissait. Le regard de défi du premier jour avait disparu au profit d'un regard triste, mais sans violence. Il étudiait le livre du jour. Il donnait un avis. Pas le Pérou relationnel, certes, mais un vrai contact, thérapeutique de surcroît. C'était toujours ça de pris.

La bouffée d'air prit fin un vendredi soir. Le médecin en visite, déclara, gentiment et maladroitement à son patient, sa sortie lundi suivant, au matin.

- Mattéo, j'ai une bonne nouvelle. Tu es sortant lundi. Quelqu'un de la Protection de l'Enfance viendra te récupérer. Tu vas pouvoir prendre l'air. Et dans trois petites semaines, on ôtera le plâtre. Content ?

Pressé par le temps, il n'attendit pas la réponse pour passer au suivant. C'était mieux comme cela. On aurait mis un coup de poing dans son estomac, Mattéo aurait ressenti la même chose.

C'était tout sauf une bonne nouvelle.

« *Connard* », pensa-t-il. D'un coup, le gamin entendait sonner la fin de la trêve. Colère et angoisse sortirent de leur cage. L'estomac durci comme du granit, la tête chargée d'un irrépressible sentiment de ruine intérieure, son corps entier se raidissait. Abominable sentiment « *que seul sait l'homme des douleurs* ». Petit bagnard enchaîné à son lit, à l'isolement forcé, il ne pouvait même pas se tirer, déchaîner sa fureur. Il arracha la perfusion, mis en miettes les livres qui lui apportaient un peu de plaisir, fit le ménage de la table de nuit. Lorsque Floriane, de service comme tous les soirs, découvrit le tableau, elle hésita entre « Le radeau de la méduse » et l'éruption du Vésuve.

Mattéo était là, mais il était perdu. Elle le savait. Inaccessible au raisonnement, mutique comme jamais, les portes entrouvertes venaient de se refermer pour longtemps. Un enfant n'est pas une boîte de conserve, un anonyme numéro de dossier. Il allait se charger de le rappeler. Pour l'heure, il dut se soumettre à l'arsenal médical. Penser qu'il se calmerait était un espoir vain. Anxiolytiques et autres psychotropes vinrent à bout de la charge. Le week-end, finalement, serait plus calme que prévu.

Dimanche soir. Un calme étrange et froid régnait, celui qui précède les tempêtes. Deux jours que Mattéo ne desserrait plus les dents. Ce qui grondait en lui envahissait tout. Le traitement suffisait à *l'empâter*, sûrement pas à éteindre le volcan puissant poussant toujours plus au fond de ses entrailles.

Floriane était passé le voir, lui dire au revoir. Elle s'était heurtée à un mur épais, sans failles apparentes. Il l'avait à peine regardé. En dix minutes, elle battait en retraite, convaincue de l'impasse de sa démarche. La boule au ventre, elle s'apprêtait à sortir, quand elle entendit sa voix, en sourdine.

- Floriane.

Surprise, prise au dépourvu.

- Oui ?

- … Merci. Fin du débat.

Elle le fixa, afficha un sourire discret en le fixant.

- De rien. Prends soin de toi.

En retournant dans le couloir aseptisé, elle avait froid, ses yeux étaient lourd, la tête hachée par un sentiment mitigé. La colère de voir ce môme blessé laissé dans les mains de gens qui le rentraient dans leurs statistiques, dans le flot ininterrompu des enfants perdus ; l'Espoir aussi. La dernière phrase sortie de sa bouche le dévoilait, timide, fragile. Une toute petite porte, une meurtrière laissant passer le jour intra-muros. Ça n'était pas grand-chose et c'était énorme. Son Cœur cabossé résistait de toutes ses forces, renonçant sans le dire à sombrer dans l'inhumanité. Le petit monstre l'était bien moins que tous ceux qui multipliaient, avec force, arguments techniques, péremptoires, des synthèses à son sujet. Ceci dit, pensa-t-elle, ces derniers risquaient de ne pas rire longtemps. Souffrance et détermination. Les munitions du jeune soldat étaient chargées.

Lundi ressemblait à lundi. Triste, laborieux, lendemain de Week-end pourri. À 9h30, le nom de Bonaventure Mattéo rejoignait d'un bond la liste des sortants du service de pédiatrie à celle du Foyer Départemental de l'Enfance. Plâtré, béquillé, il pénétra à reculons dans ses locaux, chaperonné par Gilles Deniau, éducateur de l'Aide Sociale à l'Enfance. Sa jambe convalescente le rendait sinon inoffensif, au moins provisoirement neutralisé. Il donna l'attendrissante vision d'un enfant mélancolique, incapable de fuguer ou de faire acte de la moindre violence.

Assis gentiment dans la partie administrative du foyer, il ne disait rien, ne fixait rien, insensible aux tentatives de dialogue de son accompagnateur. Il serait officiellement intégré aux effectifs de l'établissement après le rite incontournable, une des grandes messes du socio-éducatif, LA réunion d'admission. Dix minutes à attendre jusqu'à ce qu'une femme d'une cinquantaine d'années, au visage rond et jovial, éclairé par deux yeux marrons, un tantinet sévère, qui détonnaient avec le reste du portrait.

- Bonjour Gilles, ça va ? Bonjour Mattéo, bienvenue au foyer. Je suis Solène Faustier, chef de service.

« Putain ! » se dit Mattéo, *« ça commence bien ! »* Regard en coin, observant celle-là, assorti d'un « B'jour » sans conviction.

- Bon, on y va, la journée est loin d'être finie.

Elle les précéda dans une salle de réunion, où se trouvaient déjà quelques beaux exemples du bestiaire psychoéducatif. Paumé, une fois de plus, au milieu de ces inconnus, il disparut au fond d'une chaise, dépassant les épaules et la tête de la table. Objet de toutes les attentions, scruté par des paires d'yeux à n'en pas douter avertis, il gardait le regard baissé, sans un mot. Il entendit les présentations.

Solène Faustier. Il l'avait déjà vu.

Gilles Deniau, le garde du corps de l'Aide Sociale : déjà vu.

Faustine Sennac, psychologue. Une espèce de Taillardier, en plus rond, lunettes rondes sur le nez. Une bonne tête somme toute, mais pas question de tomber dans le panneau.

Claire Gaumont, éducatrice. Malgré son sourire, malgré ses yeux pétillants encadrés par une belle chevelure châtain, elle appartenait selon Mattéo à la pire des espèces. Celle des éducateurs. Ces donneurs de leçon, ces empêcheurs de tourner en rond, ces adeptes du non sans concession, brandissant tout le temps les interdits du règlement. Pas de bol vraiment. C'était elle qui avait été désignée pour devenir « sa référente », une sorte d'éducatrice personnelle, presque un animal de compagnie.

Mattéo ne répondant à aucune question, on parla pour lui, spéculant sur ce qu'il pourrait penser, ce qu'il pourrait faire et devenir. *« Connards »,* pensa Mattéo. Décidément, il aimait bien cette insulte, « qu'est-ce qu'ils en savent de ce que je pense ».

À la lecture du règlement, groupe des « moyens », son lieu d'élection, sa décision était prise. Dès que sa jambe serait remise, il se tirerait. Pour le moment, profil bas. Son esprit en ébullition redoublait de colère. Tous des salauds. La caldeira du volcan commençait à remuer salement. Une demi-heure plus tard, l'affaire était pliée. Chacun s'éparpilla, laissant Mattéo seul aux bons soins de Claire.

- Bien. Je te fais visiter la maison. Ensuite, on t'installe.

Lieux logistiques, d'intendance, groupes des ados et des petits. Présentation aux personnes présentes, une masse d'informations lui arrivèrent qu'il n'assimila que partiellement. Au final, cerise sur le gâteau, le groupe des moyens, son groupe. À cette heure de la journée, l'endroit était vide, hormis la présence d'une dame qu'on lui présenta comme Alexandrine, la maîtresse de maison, missionnée pour gérer les besoins logistiques et ménagers du groupe et de ses membres. Enfin, sa chambre qu'il partagerait avec un autre garçonnet prénommé Alex. Ses futurs coreligionnaires étaient à l'école. Ils les rejoindraient bientôt. Son état ferait l'objet d'un traitement particulier.

On l'assisterait, on l'entourerait. Cette bienveillance ne lui plaisait pas. Ce qu'il voulait, c'était qu'on lui foute la paix.

L'image d'Épinal de ces pauvres enfants placés, tantôt maltraités, tantôt voyous, tantôt les deux, avait de quoi faire pleurer dans les chaumières. La réalité était bien différente. Si ces mômes étaient bien brisés par les adultes et leur société, quel que soit leur âge, un groupe de mineurs en foyer n'a rien d'un parc d'attractions. À l'instar de la mythique et inepte image de « la prison trois étoiles », un groupe s'apparente plus au « livre de la jungle » qu'à « Blanche neige et les sept nains ». Le groupe a ses rites, sa hiérarchie, ses lois tacites, non écrites, le tout sous la vigilance périlleuse et brave des Casques bleus de l'éducatif, les éducateurs d'internat. Un milieu de vie, de survie surtout.

Si Mattéo ressemblait à Mowgli, son mental correspondait plus à celui de Shere Khan. Le convaincre que les adultes qui travaillaient ici n'étaient nullement décidés à le réprimer, mais bien à le protéger, à l'accompagner, était un combat perdu d'avance. Sa solitude, née avec sa naissance, le murait dans un univers parasité par l'abandon. Le peu construit auprès de sa famille d'accueil venait d'être anéanti. Plus rien, plus personne ne pouvait être digne de sa confiance. Il se trompait, mais qui aurait pu lui reprocher à ce moment précis. Pour les éducateurs du foyer, mis en première ligne, il faudrait affronter le volcan, s'aventurer dans les enfers du jeune pour essayer de le guider vers des zones plus sereines. Pas gagné.

Claire en tête, l'équipe éducative prenait sa mission avec un engagement de poilu. À 12h, six enfants sur dix, Mattéo compris, déjeunaient au foyer. Filles et garçons arrivaient bruyamment. Ça discutait, babillait, se chamaillait. Le dernier arrivé de la troupe, coincé sur sa chaise, les observait, attendait le contact, ce qui ne tarda pas. Intérêt, curiosité, un nouveau suscite immanquablement l'attention des autres. Salut bref, quelques questions badines, ils auraient l'occasion de se connaître, de se jauger. L'urgence c'était le déjeuner. L'estomac a des droits prioritaires. Mattéo mangea peu, parla peu. Il ne perdit pour autant pas une miette de la conversation, des comportements de chacun, de l'attitude directive autant que tranquille de Claire. Ne manquait à sa nécessité de savoir où il tombait, que la présence d'Alex, son colocataire, resté déjeuner à la cantine.

Arrivé au terme d'une après-midi ennuyeuse, gavée d'informations, de présentations, il n'ouvrait la bouche que pour bâiller. L'arrivée d'Alex modifia la donne. Allongé sur son lit, l'esprit barré dans des images passées, la porte s'ouvrit sans délicatesse.

- C'est toi le nouveau ? Sans attendre la réponse, le gaillard se planta devant son lit. Moi, c'est Alex, je suis là depuis trois mois. T'es là pour quoi ?

Il le toisait du bout du lit, un ballon de basket dans les mains. Il devait bien faire une tête de plus que lui, large d'épaules pour les douze années qu'il affichait au compteur. Surpris par la brutalité de l'irruption, il se redressa sur un coude.

- Moi, c'est Mattéo, j'ai pas envie de parler de ça.
- Ouais. Te casses pas, toutes façons, on sait tout ici. Viens, ils donnent le goûter.

Ce premier contact, un peu raide, fut démenti rapidement. Si les autres enfants du groupe n'éveillaient aucun intérêt pour lui, Alex gagna une entrée dans la vie de Mattéo, assez vite. Ils parlèrent longtemps, le soir venu. Alex lui dressa dans le détail le portrait de chacun, éducs compris. Claire recueillait ses suffrages de sympathie, loin devant les autres dont il restait méfiant. Alex avait une famille, lui, dont il avait été retiré pour maltraitance et alcoolisme chronique des parents. Il partait une fois par mois chez sa sœur aînée, majeure et libre, échappée de cet enfer après être passée aussi par la filière foyer/famille d'accueil/ maison d'enfants. Il en parlait avec tendresse, admiration, mais c'était bien la seule.

A douze ans, Alex multipliait les conneries, fugues, petits délits, tout en étant attachant et dangereusement séducteur. Un malin qui savait repérer les failles et les utiliser à son profit. Rien d'étonnant qu'Alex délaissa le groupe, trop immature à son goût, s'intéressant carrément au sulfureux groupe Ados, les 14/18 Ans. Le terme était parfaitement juste pour définir l'ambiance qui y régnait cycliquement.

Quelques jours leur suffirent pour se comprendre. Mattéo reconnaissait en Alex un des siens, un semblable, livré en sacrifice à la voracité égoïste des adultes. Extraverti, Alex séduisait, enjôlait, ronronnait. Les éducateurs connaissaient son manège félin, constituant à anesthésier leur méfiance dans un but strictement personnel et rarement honnête.

Mattéo, s'il aimait bien Alex, continuait à en livrer le moins possible. Son intégration rassurait l'entourage, se félicitant de la docilité de celui qu'on leur avait dépeint comme un asocial. Il comprenait qu'avec le minimum syndical, il gagnerait un peu de paix. L'école l'ennuyait, malgré un bon niveau. Il décrochait clairement. C'était la face visible de l'iceberg, en plus de sa tristesse chronique. Cela n'avait pas échappé à la psychologue comme aux éducateurs. Ce qu'ils ignoraient, en revanche, c'est qu'ils pique-niquaient au bord d'un lac de cratère, prêt à exploser. Il patientait, attendant le moment d'être totalement rétabli. Conseillé, formé à la combine par son pote Alex, il avait, en catimini, eu des contacts avec « les grands ».

Les ados résidaient dans une autre aile des bâtiments. Les groupes ne devaient pas se mélanger, se rencontrer le moins possible. On craignait les influences néfastes et autres mauvais conseils. Sur le terrain de foot pourtant, pendant des instants de détente, il les avait côtoyés, au point de se faire choper dans leur groupe quatre fois. On commençait à regarder en coin l'énergumène trop tranquille, trop docile, surtout en compagnie de son copain de chambre. On se demandait même s'il ne serait pas salutaire de les séparer.

Trois mois passèrent. Son rétablissement physique se conjuguait avec un changement de comportement. Il s'était remplumé, gagnait en assurance, parlait un peu plus sans dire les choses essentielles. Il dominait largement ses collègues dans les discussions. Son intelligence et sa répartie n'étaient plus à démontrer. Dark Vador révélait de plus en plus fréquemment le côté obscur de la force. Il s'opposait maintenant sans défaillir à l'autorité, lâchant des répliques piquantes et désinvoltes ; principalement face aux éducs qu'il n'aimait pas. À tort ou à raison, il touchait à tous les coups. On n'en était pas encore aux insultes. Ça ne saurait tarder.

Claire n'était pas du style à se laisser démonter par un mioche de onze ans. Elle parlait sans filtre, avec une sincérité incontestable. Elle savait écouter, entendre, comprendre même. Mattéo ne s'y trompait pas. Il refusait de se l'avouer ; il aimait bien « sa référente », autant qu'il la craignait.

Il savait aussi que la guerre serait sans quartier. La sensiblerie était selon lui la sœur de la naïveté. Il ne pouvait pas se permettre de pactiser trop. L'aurait-il voulu qu'il en aurait été incapable. Il se contenait depuis des semaines, endiguant de plus en plus difficilement l'éruption qu'il sentait monter. Le sempiternel mélange de frustration, de violence, de sentiment d'injustice, d'abandon, d'indifférence, de souffrance intime, était un magma immonde, prêt à être vomi.

Claire le pressentait, le sentait. La sismologue de l'éducatif avait alerté ses collègues. Beaucoup l'avaient entendue. Une minorité stupide banalisa, méprisa ce qu'ils nommaient froidement, « le comportement classique de la préadolescence ». On n'évite pas une catastrophe en l'ignorant, pire en la traitant avec la rigidité d'un pylône.

Le printemps s'allongeait, offrant aux êtres la douceur de ses soirées. Le dimanche qui se consumait avait été tranquille. Les « moyens » étaient sortis faire du VTT. Mattéo y avait pris du plaisir, se défoulant sur les sentiers, crachant une énergie toujours renouvelée. Rien ne laissait pressentir une soirée à rebondissement.

« Les petits vents amènent les grandes tempêtes » dit le proverbe… c'est vrai. Une semaine auparavant, Guillaume Lestac, dit « tactac », dix-sept ans, était arrivé sur le groupe Ado. Pas méchant pour un sou, sa soif de liberté onirique, voire utopique, le guidait depuis longtemps vers des terres où l'herbe n'était pas plus verte qu'ailleurs, mais mille fois plus euphorisante et éthérée. Intelligent, cultivé même, ses poèmes, sans être du Verlaine, traduisaient une qualité d'écriture indéniable et un insatiable besoin de vivre hors cadre. Du haut de son un mètre quatre-vingt osseux, il donnait l'air d'une grue, oiseau migrateur entre tous. Ah ! ça, pour être migrateur, il l'était. Sa réputation de fugueur avait fait le tour des services socio-éducatifs, sans que personne n'ait jamais réussi à relever le défi de le retenir. En panne de solution, l'Aide Sociale l'avait envoyé au foyer de l'enfance, la troisième fois

depuis ses huit ans, en attendant de trouver « une solution adaptée », rhétorique connue pour dire qu'on avait plus d'idée et qu'on attendait impatiemment sa majorité. Barbe naissante, cheveux longs dévastés à la dynamite, Guillaume se souciait peu de son apparence. Ce légataire d'idéaux soixante-huitards avait morflé dans ses jeunes années. Au contraire d'un Mattéo qui croisait de plus en plus sur des mers houleuses, « tactac » avait trouvé la « Beu » et un détachement de tout placé au niveau de l'excellence pour masquer ses blessures. Le personnage agaçait, exaspérait parfois, mais on l'aimait bien. Sa non-violence y contribuait. Ses compétences en matière de cannabis et dérivés le rendaient populaire chez les ados, l'identifiant en fournisseur fiable. Son charisme, sa qualité d'interlocuteur, sauf lorsque la fumée le rendait incompréhensible même pour lui, faisaient le reste.

Mattéo et Alex, abonnés au passage en douce chez les Ados, étaient rapidement tombés sous son charme, multipliant les occasions de passer la frontière interdite. Une bonne poignée d'années séparaient les deux lascars du grand escogriffe. Ça n'avait pas empêché les trois de se trouver. Guillaume ne cherchait pas impérativement de la compagnie. Encore moins celle de deux furets repérés par les *éducs*, ce qui pourrait le faire se retrouver également dans leur ligne de mire. Malgré cela, les deux clandestins l'amusaient. En plus, il trouvait dans Mattéo, un résistant, un réfractaire à l'autorité, un interlocuteur surprenant en dépit de son âge, presque un disciple. Il avait vite pigé que le petiot voulait se barrer. Il avait aussi percuté qu'il s'intéressait de près à son cursus de fugueur aguerri. Il aimait bien ce petit bonhomme enragé. Au final, il se rappelait aussi que si Le Christ avait eu des disciples, c'est bien l'un d'eux qui l'avait trahi. Alors, bon, ça méritait méfiance et vigilance.

Ce dimanche soir, la conjonction de plusieurs éléments allait constituer le déclenchement de l'éruption du volcan.

Premier élément : plusieurs semaines s'étaient écoulées au cours desquelles l'équipe éducative avait constaté une évolution inquiétante du petit Mattéo. Elle s'était perdue dans des débats houleux à son sujet qui avaient accouché d'un statu quo stérile et dangereux.

Deuxième élément : l'éducateur de service ce soir-là, sans doute soucieux d'accomplir sa mission avec soin, était adepte d'une autorité militaire, carrée comme une brique, bornée comme une route nationale. Ajoutons la fatigue légitime d'un week-end de travail harassant et stressant, et vous avez un éducateur prêt, avec les meilleures intentions du monde, à mettre le feu aux poudres.

Troisième élément : Guillaume commençait à planifier son départ en fugue. Le week-end l'avait déprimé. Il s'était fait chier comme un rat mort. En plus il avait consommé toute la « Beu » en sa possession. Il fallait penser au ravitaillement. Pour l'heure, sa capacité de discernement se trouvait altérée par les « bedos » qu'il s'était enfilé à intervalles discrets et réguliers.

Quatrième élément : Alex, comparse de Mattéo n'était pas sorti ce week-end. Il s'en trouvait frustré et sa capacité à gérer ce sentiment était ridiculement amoindrie.

Cinquième élément : les deux conspirateurs envisageaient de passer un moment avec Guillaume sitôt la fin du repas. Ils étaient de service nettoyage de la salle à manger. Il serait facile de passer sur l'autre groupe sans être inquiété.

Synthèse des éléments. Un beau paquet de merde bien mûr, ne demandant qu'une étincelle pour arroser chaque protagoniste. La prière allait être très vite exaucée.

Le service de table expédié, personne à l'horizon de la salle des repas, les petits renards passèrent vite chez les ados. Guillaume était dehors, fumant une clope sur la petite terrasse du groupe. Les voyant arriver, il les interpella en riant bêtement, effet secondaire classique de ses fumeries de la journée. Ils n'eurent pas le temps de répondre. Derrière eux surgit Maxime, éducateur de leur groupe, planté comme un santon, les deux mains sur les hanches. Il formait une sorte de synthèse de rigidité et de réflexion autoritaire, et surtout de finesse souvent discutable.

- Qu'est-ce que vous faites là vous deux ? Vous dégagez tout de suite sur le groupe. Vous commencez à me gonfler à vous barrer dès que j'ai le dos tourné.

Guillaume, fumé comme un saumon, se prit pour le fils de Gandhi et de Mère Térésa.

- Tranquille Man, ils font pas de mal, on discute.
- Toi, tu t'écrases et tu te mêles de tes affaires.

Là-dessus, comme si ça ne suffisait pas, arriva l'éducateur des ados, alerté par le bruit. La gendarmerie éducative était en place. Guillaume, un peu perché, crut bon de placer une pointe d'humour.

- Eh ! Dupont et Dupond, vous énervez pas ! On n'est pas des terroristes !

Agacé par ce ton désinvolte et barré, Maxime ne laissa pas son collègue reprendre.

- Toi, ta gueule, je t'ai dit de la fermer.

La soudaine vulgarité nerveuse de l'éducateur fit monter le ton d'un cran.

- Oh ! Man, tu ne me parles pas comme ça !

Ignorant la remarque, il s'adressa aux deux plus jeunes, restés en retrait, souhaitant sans succès se faire oublier.

- Vous dégagez tout de suite !

L'incident en serait peut-être resté là si Maxime n'avait pas joué la surenchère en empoignant par un bras les deux gamins. Il n'en fallut pas plus pour libérer la rage que Mattéo contenait plutôt mal que bien depuis des semaines. Comme dit le proverbe, « la goutte en trop ».

- Tu me lâches là ! Tu fais chier !

- Quoi ? Qu'est-ce que tu dis, tu ne réponds pas, petit merdeux !

Erreur grossière à tous les sens du terme. Si l'adulte locomotive déraille, le reste du convoi ne tarde pas à suivre.

C'est une alchimie vicieuse et diabolique que celle qui sublime la souffrance en violence. Remontant du fin fond de son être, la fureur embolisa Mattéo. De son bras libre, il repoussa Maxime d'un violent coup de poing. La surprise plus que la force fit lâcher l'éducateur. Alors vint la nuée ardente, dévastatrice, inarrêtable. Il bouscula tout ce qui se trouvait à distance de ses mains. Jardinières, tables de jardin, chaises, cendrier, rien ne semblait pouvoir le stopper. Rapide comme un chat, petit et très, très énervé, il échappa à toutes les tentatives de capture. Sous les regards et la stupeur de Guillaume, Alex et des « Dupont », il libéra sa rage dans une diatribe sans nom.

- Fils de pute, connard, bouffon, c'est toi qui fermes ta gueule et tu me lâches les couilles.

La teneur des insultes n'était malheureusement pas une surprise. Ce type de langage, insupportable pour le commun des mortels, était galvaudé et utilisé à toutes les sauces par les jeunes de foyer, dès que la frustration pointait son nez. Non, la surprise était de retrouver cette rhétorique ordurière dans la bouche de Mattéo. De plus en plus rebelle, il n'avait jamais dépassé les limites d'une politesse râleuse. En quelques secondes d'une violence croissante, tout le désespoir d'une existence se déversait au grand jour. De plus en plus énervé, le mutiné bousculait, cassait, insultait, s'agitait si vite et nerveusement que nul ne pouvait le contenir ; à commencer par lui-même. Concluant son carnage par « je vous crèverai tous », il disparut dans la pénombre du jardin, tel un *Zorro* drapé de sa propre noirceur. Encore une fois, il courut à perdre haleine, une fuite en avant qui, pour l'heure, ne le mènerait nulle part. Sa fureur brûlante vomie de ses entrailles, il se sentit d'abord léger au point de se sentir aérien. Et puis d'un coup, plus rien. Jugeant que l'éloignement et l'obscurité le camouflaient suffisamment, il s'écroula dans une ruelle, entre deux containers à ordure, sa place naturelle tenant compte de son estime du moment. Les pleurs, les sanglots mêlés d'une bave rageuse, finissaient de l'achever. Il prenait progressivement conscience que quelque chose d'essentiel venait de se passer. Au-delà de l'épisode violent, il ressentait confusément qu'un « truc », un sale « truc » venait de se libérer, de péter ses pauvres digues intimes. La fracture originelle, née dans les entrailles de sa mère s'était réouverte. Un super volcan d'un mètre quarante-cinq, pesant trente-cinq kilos tout mouillé était né. Et il ne demandait qu'à se répandre.

Au sein du foyer, l'effet de surprise passé, la grosse artillerie anti-fugue s'organisait. Appel au cadre de permanence, appel à la police pour déclarer la fugue, tour de voiture dans le quartier pour tenter de retrouver le despérado. Réunion de crise, enfin, dès que la chef serait là. Guillaume et Alex attendaient cet instant, ce moment où l'ébullition de l'événement mobiliserait la majorité des forces éducatives en présence. Courte fenêtre de flottement dans la vigilance, où ils pourraient eux aussi s'éclipser et retrouver leur compagnon d'infortune. Stupéfaits par l'explosion de leur collègue, ils n'avaient pu réagir dans la seconde, se repliant loin de l'éruption et se débarrasser d'une ambiance malsaine et contagieuse. Cependant, il n'était pas question de laisser tomber Mattéo. La solidarité des mômes placés dépasse de loin celle des éducateurs syndiqués, ce qui, somme toute, n'est pas un exploit. Monopolisés par ce qu'ils venaient de vivre, les professionnels avaient besoin d'en parler, préambule à l'atterrissage sur le tarmac de la réalité. Ce serait court, mais suffisant. À l'affût tels des renards, ils guettèrent ce laps de temps où les *éducs* se calèrent dans leur bureau de campagne. Alors, à leur tour, ils détalèrent dans la pénombre, laissant une soirée chargée et très chiante aux *éducs* de service. En courant dans la nuit, Guillaume se rappela une phrase tirée d'une pièce de Molière ; « mais que diable allais-je faire dans cette galère ». Culture, quand tu nous tiens… Il n'avait pas envisagé sa prochaine fugue ainsi.

Les mômes de l'aide sociale ne sont pas tous les mêmes, mais ils ont des codes, des langages, des règles, des lieux aussi qui leur sont communs. Les gamins du foyer connaissaient tous les lieux et les circuits refuges à utiliser en cas de fugue. Des lieux parfois connus des *éducs*, pas tous, et le cas échéant renouvelés. Alex et Guillaume firent le tour de deux ou trois caches possibles, pour tomber au final sur Mattéo toujours planqué entre ses poubelles.

Passé la joie des retrouvailles et la stupeur digérée, la première règle du fugueur diplômé était de ne pas rester statique et se presser de se planquer, au chaud si possible. Alex, aussi audacieux qu'il le laissait paraître, n'était pourtant pas excité à l'idée de partir en fugue. Il avait beaucoup à perdre dans l'histoire. Les conséquences d'un tel acte rejailliraient immanquablement sur sa situation. Le juge des enfants n'apprécierait pas forcément la note bien torchée et sans doute salée que lui adresserait le foyer. Guillaume se moquait bien des conséquences, à deux longueurs de sa majorité, avec de toute façon une famille qui s'en battait les flancs. Restait Mattéo. Lui se trouvait dans un autre état d'esprit. Il n'avait pas de famille, absolument rien à perdre, la haine du monde et de la vie chevillée au corps.

Le conseil de guerre restreint des pieds nickelés ne dura pas des lustres. Alex rentrait au foyer, mais fidèle à ses potes, ne dirait rien. Ça ne serait pas apprécié, mais ça ne pourrait guère aller plus loin. Sous le regard perché de Guillaume, les deux petits frères d'armes se pressèrent d'une accolade « virilement infantile ». En s'éloignant, Alex leur lâcha avec défiance : « *Vous en faites pas les gars, je suis pas une boucave »,* (comprenez un donneur). Il n'avait pas disparu que les deux autres taillaient la route, aussi fantomatiques que des chats. Expert en fugues, Guillaume savait quoi faire. Le seul truc qui le titillait était la prime jeunesse de son compagnon d'errance. Il était partagé entre les reproches qu'on pourrait lui faire à ce sujet, et surtout le mal être et la rage perceptible du personnage. La règle du fugueur s'appliquait cependant avec force en lui. On n'abandonne pas un pote, même et surtout plus jeune. Celui-ci, fermement déterminé à se barrer, seul ou à deux, comptait quand même sur son aîné pour trouver un abri. Bonne pioche ! Guillaume était un fugueur organisé et expérimenté. Sans hésiter, il l entraîna à sa suite dans l'obscurité outragée çà et là par quelques impertinents lampadaires. Durant une bonne heure et demie, les deux ombres avancèrent le plus discrètement possible.

Une fugue déclarée, c'était un risque supplémentaire de se faire choper par les « keufs ». Ces derniers, déjà bien occupés, ne mettraient pas le GIGN sur le coup, mais la présence tardive de deux jeunes dans les rues pourrait faire naître chez les fonctionnaires de police un intérêt plus qu'ennuyeux, s'ils se croisaient.

La tension générée par cette soirée énervée n'était pas retombée. Mattéo ressentait au plus profond de lui-même la présence continue d'un câble à haute tension. S'ajoutaient là-dessus la faim, le froid et une fatigue qui s'insinuait. Il n'avait plus qu'un souhait, dormir, n'importe où, mais dormir. Le guide de l'expédition continuait sa marche avec la prudence d'un Apache. Prudent, mais sûr de lui, il l'emmenait dans les rues, ruelles, jardins, tous les chemins de traverse qui les rendraient plus discrets. L'horloge devait bailler une heure du matin quant à la périphérie de la cité, sur les coteaux débutant la sauvagerie du Causse, ils arrivèrent dans une petite allée bousculant un bosquet d'arbres vaguement entretenus pour déboucher sur une petite bicoque isolée, aux allures un peu inquiétantes. Pas de lumière, mais une bagnole antédiluvienne devant la porte.

- On est où ? questionna le gamin à un Guillaume arborant un sourire de soulagement non dissimulé.

- Là, c'est chez mes copains, Carmen et Phil, on peut les appeler aussi les coyotes. Là on sera peinards. En plus ils ont de la beu de folie ! T'inquiète pas, ils sont cools je te dis.

Cette première approche eut le don de refroidir un peu la tête chaude du gamin. Il avait beau être dur, la perspective de loger chez des gens surnommés les coyotes, dans une baraque digne de la famille Adams ne le rassurait pas.

Comme débarquant au milieu de l'après-midi, Guillaume tambourina sur la porte sans retenue. Au bout de quelques minutes, un bruit sourd résonna.

- C'est qui ?
- Oh ! Carmen, c'est moi, Guillaume, ouvre !

La porte libéra l'image d'une jeune femme qui aurait pu être jolie si sa coiffure ne ressemblait pas à un tas de foin, un visage fatigué et déjà usé par la vie et le cannabis. Sa sortie de sommeil ne favorisait pas l'ensemble.

- Putain, tu fais quoi, là ? Et c'est qui ce nain ?

Les humeurs sensibles de Mattéo auraient dû le faire réagir au quart de tour. Seulement, l'apparence peu engageante de cette marâtre calma ses ardeurs. Il ravala donc la remarque.

- C'est Mattéo, il est du foyer. On a eu une embrouille avec les éducs. On peut rentrer ?

Le « mmmh » qui s'en suivit signifiait le sésame.

- Évitez de faire du bruit, Phil dort. On a un peu fumé. L'odeur parfumée encore présente dans les lieux laissait penser qu'ils n'avaient pas fumé qu'un peu.

Sans poser de questions superflues, Carmen, sortant progressivement des limbes, alla à l'essentiel.

- Vous avez faim ?
- Ben, un peu, reprit Guillaume. Et si tu as un petit bedo à me filer, je suis pas contre.
- Ouais, bon, asseyez-vous, je vais vous chercher à bouffer.

Un repas plus tard, et quelques grammes de cannabis pour le grand, les deux évadés s'écroulaient dans les canapés douteux des coyotes. La maîtresse de maison était repartie se coucher. La maison replongeait dans le silence du Causse. Demain, il ferait jour, on verrait alors quoi faire. Pour l'heure, le ventre plein, la fatigue désormais conquérante, il ne restait qu'à dormir ; même la tête chargée d'émotions fortes.

Le matin s'anima avec son lot de questions et de découvertes. Des questions d'abord dans l'esprit du gamin qui n'avait finalement pas beaucoup dormi, l'esprit surchauffé, refroidissant lentement, libérant chaque seconde des parcelles cruelles de réalité. Il se remémorait les événements de la veille, suscités par des semaines de retenue, des mois de frustration, et ce sentiment tenace d'injustice. La souffrance, décidément, ne le lâcherait pas facilement. Il se sentait trahi, mais par qui finalement ? On est trahi que par ceux que l'on aime, pas par ses ennemis. Et toute cette bande institutionnelle, éducative et sans état d'âme l'était à ses yeux. Dieu ? Pour cela il eut été utile qu'il s'en préoccupe, mieux qu'il y croit. Alors qui ? Pas par les Costalou, victimes collatérales de ce carnage éducatif, les seuls au demeurant lui ayant donnés un peu d'Amour. Il en vint à la conclusion bizarre qu'il ne pouvait en vouloir qu'aux absents, ses parents.

Cette fugue-ci n'avait rien à voir avec la première. Son premier essai avait été entouré de la compassion de sa famille d'accueil et de leurs proches. Les professionnels de l'enfance ne lui avaient fait aucun cadeau, alors là, ça serait la curée. Il avait bousculé un éducateur, l'avait insulté, et au-delà, avait exaspéré toute une équipe, à une ou deux exceptions. Il ne regrettait rien. Il se posait juste la question de la suite. Il fut interrompu dans ses divagations vers 9 heures, quand il vit émerger dans la pièce un géant hirsute et poilu d'une taille impressionnante. La synthèse de Raymond et d'un grizzli. La créature se réveillait et vint directement vers eux. Aussi défiant qu'il pût l'être, le gamin, réveillé se contenta, prudent de n'ouvrir qu'un œil, tout le reste du corps immobile. C'est que cette carcasse n'avait pas l'air aimable et avenante. D'un coup de pied dans le canapé où se vautrait, béat, Guillaume, l'ours lança avec les décibels d'une machine à laver à l'essorage :

- Debout tête de nœud, et dis-moi ce que tu fous là.

Hagard, surpris, complètement à l'ouest, Guillaume, maugréa, ouvra un œil bien embué.

- Mmmh ! Fais chier le coyote, tu peux pas attendre ?

Le rire tonitruant de ce Gargantua des Causses résonna dans la pièce.

- Tu t'es encore tiré du foyer, hein, face de pet, et en plus tu nous ramènes quoi ?

Se tournant vers Mattéo d'un regard plus interrogatif que mauvais, il délaissa Guillaume pour s'accroupir à la hauteur du petit.

- T'es qui, toi ? D'où tu sors ? C'est le grand qui t'as entraîné dans ses conneries ?

Pas rassuré, mais toujours franc, Mattéo, ragaillardi, se redressa.

- Non, j'ai besoin de personne. Je suis parti du foyer tout seul. Je me débrouille tout seul !

- Allons bon, rétorqua l'autre en se grattant une barbe laissée elle aussi à sa seule volonté, « un rebelle des bacs à sable, manquait plus que ça.

Sans un mot, il alla se servir un café, bientôt rejoint par Guillaume, encore à demi dans les limbes.

Trois tasses de café plus tard, et des céréales pour Mattéo, coyote, revint à l'assaut.

- Dis donc le grand, que tu te tires du foyer pour venir ici, je veux bien. Mais tu te ramènes maintenant avec un minot. Là c'est carrément des emmerdes à l'horizon. Va falloir trouver une solution et vite.

Le nez dans son bol, le minot en question ne disait rien. Il savait au fond de lui que le coyote avait raison. Guillaume reprit.

- Ouais, je sais, mais je pouvais pas le laisser comme ça. T'aurais fait pareil !

- Ouais sans doute. Il n'empêche ; si les flics nous tombent dessus, on va droit au trou avec un gamin en fugue. Je suis pas chaud.

Comme rarement, Guillaume afficha un vrai désarroi. Pris entre sa loyauté envers Mattéo et la réalité menaçante d'être embarqué dans la fugue d'un môme de onze ans, il ne savait que faire. Mattéo, lui, savait. Dès que possible, il repartait.

La journée s'étira, incertaine, rythmée par les pétards et la bière. Mattéo laissa les grands dans leur fumée pour avaler des images télévisuelles. Il réfléchissait.

Le soir venu, Guillaume et ses deux compères étaient bien fatigués. Le dîner expédié, un pétard avec le café, ils ne tardèrent pas à payer les abus de la journée. Mattéo attendait que les ronflements deviennent réguliers pour passer à l'action.

22H30 à la pendule. Il n'eut aucun mal à se préparer, à récupérer un peu de bouffe, tant ses « hôtes » étaient loin dans le sommeil. Avant de se lancer dans l'inconnu, il laissa un mot griffonné sur la table encombrée : *« Je m'en vais. Comme ça, vous serez pas embêtés. J'ai pris un peu de quoi manger et une bouteille d'eau. Merci, pardon ».* Et sans se retourner, fidèle à lui-même, il prit la porte du jardin, enjamba le vieux grillage et disparut dans le Causse, toujours accueillant, toujours dangereux. Une demi-lune éclairait un ciel dégagé. On y voyait suffisamment pour progresser lentement et sans encombre, à condition d'être prudent. Il avait en tête les péripéties de sa première fugue. Il ne s'agissait pas de renouveler les mêmes erreurs. Il marcha d'un pas assuré une bonne partie de la nuit, alternant les pauses et les efforts. Le Causse lui laissait un répit, n'opposant pas de difficulté majeure à sa progression. Mieux, à l'aube, il lui offrit un abri rocheux relativement profond, au milieu de nulle part, pour se reposer. Nanti d'une couverture qu'il avait subtilisée, il s'installa un nid, somme toute assez confortable, compte tenu de l'endroit. De son sac, il sortit quelques denrées, cassa la croûte et essaya difficilement de dormir, le corps tout à l'affût.

Sans s'en apercevoir, il avait évolué depuis sa première fugue, chez les Costalou. Son expérience se révélait plus adroite, sa résistance meilleure, sa pensée bien plus aiguisée. Ça ne faciliterait pas le travail des heureux élus qui seraient chargés de le cadrer. Il ne se leurrait pas malgré son jeune âge. Tôt ou tard, il serait retrouvé, remis en un lieu d'où la fuite deviendrait plus compliquée. Ses sentiments se mélangeaient, se heurtaient. La peur était bien là, vieille copine un peu salope qui le tétanisait en l'encourageant à la dépasser. Par-dessus tout, il ressentait une impression bizarre, déjà perçue dans le passé au sujet de l'environnement. Ce n'était pas la peur. Le Causse motivait en lui une forme de respect, d'amour, donnant naissance à la crainte plutôt qu'à la peur irraisonnée. Il l'identifiait presque comme un ami, redoutable et protecteur, qui donnait beaucoup tout en pouvant à tout instant prendre plus. Peut-être bien que le Causse était un vrai pote, lui donnant, à son insu, des leçons de vie. Un jour peut-être, c'est lui qui le protégerait à son tour.

On n'en était pas là.

À l'issue d'un repos perturbé, le jour levé depuis un large moment, il sortit de son trou pour regarder sa situation. Il dominait un large périmètre peuplé par la roche, une végétation pauvre, un royaume désert soumis aux éléments. Le roi de l'instant était le vent, lancinant, continu, entêtant. Sa force restait supportable. Il chassait sans mal les quelques nuages intrus, irrévérencieux de violer ainsi son territoire. Une chaleur printanière montait doucement, rendant les lieux presque hospitaliers. Gardiens majestueux du royaume d'Éole, une dizaine de vautours fauves tournaient, portés sans forcer par les courants ascendants, pompes à air naturelles. À la recherche d'une charogne, l'œil perçant, ils devaient se demander ce qu'était cette bestiole à deux pattes, perdue au milieu de ces immensités. Mattéo pensa, amusé, qu'il avait au moins la chance que ses poursuivants ne possédaient pas l'acuité des grands rapaces. Ceci dit, ils avaient d'autres atouts, qui douchèrent son esprit. Il passa le reste du jour à regarder, à écouter. Comme envoûté par l'endroit, il demeurait immobile, contemplatif, l'impression vive de liberté emplissant son être. Cela non plus n'allait pas faciliter la tâche de ceux qui en auraient la charge. C'était obsessionnel. Il avait cette pensée collée à son cerveau. Il serait retrouvé. De temps en temps, il percevait un écho lointain, promené par le vent. Cris d'oiseaux, voiture ou chien, plus inquiétants. Rien pourtant ne vint perturber l'instant. Deux longues journées passèrent ainsi. Au crépuscule de la seconde, le fugueur du Causse constata que son stock d'eau et de nourriture n'était pas celui d'un hyper marché. Il allait devoir bouger.

À la faveur de l'obscurité, il reprit sa fuite en avant, marcha un long moment, arriva aux abords d'un hameau. Avec un peu de chance, il trouverait quelque chose à se mettre sous la dent, un fromage frais, des noix, des pommes. Resté aux aguets une bonne heure, il finit par se risquer vers une grange un peu à l'écart des habitations. À peine le renard était entré dans la bâtisse qu'un chien aboya avec force et régularité. Mattéo maudit l'animal qui ne faisait que son travail. Réfugié derrière des balles de foin, il tenta, en vain, de se faire discret. Le flair canin ne s'y trompait pas. Il y avait un indésirable sur son territoire. Très vite, il aperçut un trait de lumière venant de la maison. Une silhouette la traversa d'un pas assuré.

- Sage, Pataud, sage. Qu'est-ce qui passe ?

L'homme s'approchait du bâtiment, un fusil en main, convaincu que le chien venait de surprendre un renard ou quelques nuisibles du genre. Quelle ne fut pas sa surprise de découvrir rapidement, aidé par son gardien, un enfant blotti au regard apeuré. Le Caussenard est un être parfois rugueux, rompu à affronter un univers difficile. Trouver chez lui à une heure du matin, un garçonnet de onze ans le laissa un instant pantois. L'homme, de petite stature, trapu et le muscle dur, pencha son regard buriné par le temps, le soleil et le vent sur Mattéo qui n'en menait pas large.

- Qu'est-ce que tu fais là, toi ?
Et mêlant le geste à la parole, il le tira par un bras de sa cachette. Son étonnement était palpable. Il observa sa découverte avec beaucoup de circonspection. Abel Sansac n'était pas un mauvais homme. Retraité, veuf, il vivait là depuis toujours.

Il réédita sa question :
- Qu'est-ce que tu fais là ?
Le silence pour toute réponse, il embarqua le gamin apeuré jusqu'à la maison, sans avoir omis de féliciter Pataud pour un travail bien accompli. Une fois installé autour d'une table, au sein

d'un lieu de vie propre et assez austère, il pensa qu'il ne tirerait rien de ce petit sauvage en demeurant trop autoritaire. Il changea de ton.

- Bon, écoutes petit, je vais pas te manger. Dis-moi juste ce que tu fais ici, chez moi, à une heure du matin sur le plateau. Et puis t'as peut-être faim.

Sans attendre de réponse, il sortit une miche de pain enveloppée dans du tissu, du fromage et fit chauffer du lait sur une vieille et robuste cuisinière. Le vieil homme attendit patiemment que Mattéo sorte de son mutisme en sirotant un café agrémenté d'une cigarette roulée dans du tabac râpeux. Son attente fut récompensée par un *« je me suis perdu, je vais chez moi »,* qui alerta sa méfiance.

- T'es perdu, dis-tu, à une heure du matin, et tu rentres chez toi. Tu te foutrais pas un peu de ma gueule, petit ?

Les yeux plissés et acérés du vieux Caussenard rappelaient à Mattéo, celui des grands rapaces en chasse. Pourtant, Abel n'avait rien d'un charognard ou même d'un prédateur.

- Bon, moi, je te veux pas de mal, mais je crois que tu ne dis pas tout, et que tu mens. La réplique était lâchée sans colère. Juste une vérité, une évidence.

Se sachant piégé, le captif finit par cracher le morceau.

- Je m'appelle Mattéo et je me suis sauvé du foyer.

- Du foyer ? Quel foyer ? Celui qui est en ville, où on met les gamins tordus ?

La remarque était sortie sans méchanceté, née dans la connaissance relative de l'homme sur le sujet, coloré par un vocabulaire rude et imagé.

- Mais te rends-tu comptes de ce que tu as fait ? Es-tu fou ? C'est pas la place d'un gamin seul, le plateau. C'est dangereux. T'aurais pu te tuer. On aurait retrouvé que tes os. Les vautours t'auraient nettoyé, crois-moi. Bon, ben c'est pas le tout, mais faut prendre les mesures. Déjà, tu vas dormir un peu, t'as l'air crevé. C'est vrai que les nuits à la belle étoile, entrecoupées de marche forcée pompaient pas mal d'énergie.

- Et puis, il faut que je prévienne les gendarmes.

Cette dernière remarque fit frémir l'enfant. Il ne broncha pourtant pas. Lucide, du haut de ses onze ans, il savait que la partie était encore perdue ; cette fois-ci seulement. Avant de se blottir sous la couette rembourrée de plume, il n'eut qu'une question.

- Dites Monsieur, vous dites qu'on est sur le plateau. Mais c'est quoi le plateau ?

Presque amusé par cette question un peu surprenante à ses oreilles, le vieux, sourcils relevés, un petit sourire aux lèvres teinté de fierté répondit :

- Quel plateau ? Mais Le Larzac, évidemment.

Sur ce, il éteignit, ferma la porte, et appela la gendarmerie. La suite, prévisible, respecta la logique. Récupéré par les gendarmes, il ne tarda pas à réintégrer le foyer. Sanctionné, isolé un temps, il eut droit aux réprimandes et reproches de tout le monde ou presque. Pressé de questions sur son escapade, où et surtout avec qui, il ne lâcha pas la moindre indication, le plus petit renseignement qui aurait pu mettre ses compagnons de fugue en difficulté. Il tenait bon, loyal jusqu'au bout du code tacite en vigueur chez ces évadés de leur propre existence. Chez les enfants, il devenait un héros, une sorte d'exemple, un mec qui « en avait ». Pour les adultes, il commençait à devenir ce qu'on appelle dans le milieu éducatif « une patate chaude ». En résumé, on ne savait que faire et comment faire avec lui, personne n'étant pressé de l'avoir dans ses effectifs.

Mattéo ne voulait rien de tout cela. Sa nouvelle réputation parmi les autres, il s'en foutait. Ce qu'allait faire de lui le foyer, il s'en foutait. Il pensait qu'on le percevait comme un dossier à traiter, un sujet emmerdant qui nuisait au confort et à la routine des boites. Lui, ne demandait que peu de choses. Qu'on lui foute la paix. Ce nouvel échec de fugue le laissait démuni, presque résigné. Les semaines passant, il s'endormait, comme un vieux volcan gardant en lui une incommensurable violence, un feu aux entrailles qui gronde imperceptiblement et qui grossit méthodiquement.

De temps à autre, l'énergie et la révolte s'acoquinaient pour lui laisser déverser le trop plein. Il se révélait velléitaire, irrespectueux, insultant, violent quel que soit son antagoniste. Son regard débordant de défiance effrayait ou énervait. Qu'importe ; Mattéo était en guerre, cherchant en permanence la faille, le défaut de la cuirasse. Les éducateurs les plus aguerris, pourtant excellents dans leur pratique, ne savaient plus que faire. On fit, pour se rassurer, des réunions de synthèse, des points de situation, en commun avec une aide sociale qui promettait beaucoup, qui donnait peu, abandonnant Mattéo et ses encadrants quotidiens à des heurts et heures pénibles.

Le petit monstre sortait le grand jeu, assorti d'un bonus de violence inédit. Mais, curieusement, les fugues avaient disparu, ce qui désespéra finalement certains professionnels, perdant là une occasion d'avoir une trêve. Le plus inquiétant chez le gamin, c'était le silence. Il ne se confiait plus, ne parlait plus que de banalités, n'évoquant ni devant Dieu, diable, éducateur ou psychologue, les secrets de son ressenti intime. Chaque professionnel du foyer l'avait observé. La confiance était brisée. Le temps passant, la situation devenait ingérable, à commencer pour Mattéo. Sa souffrance engendrait toujours plus de colère. L'école, devenue pour lui un lieu de passage intermittent entre deux renvois, ne pouvait plus lui offrir cette source de savoir qui, contre toute attente, l'attirait. Les journées passées au foyer, il devait faire des travaux scolaires. Peine perdue. Personne ne réussit à le faire bosser. Réfugié dans sa chambre, attendant le début de soirée pour partir au combat, il prenait goût à lire. Ce maigre support n'avait pas échappé aux éducateurs les moins bornés qui pensaient à juste titre que faute de travail scolaire, la lecture l'apaiserait un peu et les ferait légitimement souffler.

Par bonheur, la bibliothèque du foyer était bien fournie et peu utilisée. Thor Heyerdal et son Kon Tiki, Ernest Hemingway et son vieil homme, Saint Exupéry et son petit prince, le Larzac et ses Chevaliers du Temple, fournirent des renforts non négligeables. Il se passionnait pour les grands horizons, l'aventure, le Larzac, en résumé tout ce qui pouvait lui amener de l'air frais.

Depuis sa dernière fugue où il avait débarqué sans le savoir sur ce dernier, Mattéo se découvrait une attention inattendue pour le vieux plateau. Était-ce le résultat de ses contemplations, un héritage paternel venu du fond des gènes, ou la simple et puissante attraction émanant de cette terre de géants ?

Il n'aurait pas su le dire, personne n'aurait pu. C'était un constat…évident. Le refuge des Templiers veillait peut-être sur ce mioche cabossé, attachant, et rebelle comme lui.

Son attente du moment demeurait son orientation. Et il y avait des chances que ce ne soit pas l'office du tourisme des Grands Causses.

On lui annonça un jeudi matin le plan pondu, fruit des cogitations et des tritures de méninges des spécialistes qu'il n'avait, pour la plupart jamais vu ou si peu. Mais bon, un spécialiste sait ce qui est bon ; point barre.

La sainte commission missionnée pour dégager une orientation conclut que le garçon connaissait d'importants troubles du comportement et de la personnalité, issus de carences affectives graves, générant une instabilité chronique, un détachement partiel de la réalité, une asociabilité ascendante, un manque inquiétant d'affects, pouvant le mettre en danger comme son entourage.

Déblatérer un salmigondis de termes *technicoabscons* sur six pages permettait à la justice de prendre très au sérieux les « experts ». Ça permettait également de se rassurer et de rentrer chez soi avec le sentiment du travail bien fait. Pour Mattéo, cela représentait un étiquetage gluant, le cataloguant dans le monde des gamins sacrifiés au monde de la folie. Il n'était pas fou. Carencé certes, mais pas fou et encore moins détaché d'une réalité qu'il se prenait en pleine gueule à chaque seconde. Il n'était pas un psychopathe ou un sociopathe en puissance.

Les seuls malades dans cette affaire restaient les *crétinopathes* bien ancrés, qui avaient marqué au fer du diagnostic un enfant de onze ans. Chargé d'un tel paquet, il n'était pas près de sortir le cul des ronces. Les heureux élus, désignés pour l'accueillir, furent les personnels de l'Institut de Rééducation « Les Roches », aux confins du Larzac. Précédé d'états de service que n'aurait pas renié un truand de haut vol, il débarqua dans son nouveau lieu de vie encadré par trois personnes de l'aide sociale à l'enfance et du foyer. L'image renvoyée de cet oiseau déplumé avançant la tête basse et l'œil vif, escorté par trois adultes veillant à ce qu'il ne s'éloigne pas d'un mètre recelait une vision dérangeante, décalée, pour le coup hors réalité.

Le jeune Bonaventure s'était construit une image de l'établissement très répressive. Une sorte d'Alcatraz Caussenard, nanti de barbelés et miradors. Il fut donc surpris de découvrir une grosse ferme restaurée, entourée de bâtiments plus récents, sans véritable enceinte fortifiée et sécurisée. L'ensemble dominait le paysage sec et presque vierge d'habitations. Il comprit vite l'inutilité d'une sécurisation anti-fugue. Le gardien était là, silencieux, immobile. Le Larzac suffisait à dissuader ou au moins à faire réfléchir des candidats fugueurs. Désert, inhospitalier, nu par endroit, il fallait en vouloir pour défier cette terre peu avenante. Il en faudrait plus, pensait-il, pour le décourager, au risque d'apprendre à ses dépens, les rudes leçons de ce monstre endormi.

L'accueil fut chaleureux tout en révélant une intransigeance et une discipline inflexibles. Les éducateurs ne paraissaient nullement impressionnés ni même concernés par le pedigree du nouvel arrivant. Ils en avaient vu d'autres. Ils accueillaient Mattéo, lui proposant une chance de construire une vie déjà bancale. Ils étaient la Loi et semblaient attachés à leur mission.

Ce qu'ils savaient, et pas Mattéo, c'est qu'ici, ils avaient des alliés insoupçonnés. Les autres enfants, d'abord, confrontés aux mêmes problèmes que lui. Faire sa place dans un groupe tel que celui qu'il intégrait allait demander de la sueur et des larmes. Second allié, et pas des moindres, le plateau lui-même. La majorité du personnel était issu de son sein. Ils le connaissaient, le respectaient, le craignaient parfois. Et lui ne discutait pas, ne négociait pas, facturait chaque erreur au prix fort.

Le village le plus proche était à deux kilomètres, desservi par une ligne de bus vers des contrées plus peuplées. Tout le monde connaissait tout le monde et les « p'tits blaireaux des roches » se repéraient facilement... Troisième allié.

À presque douze ans, Mattéo entrait dans une nouvelle période de sa vie. La puberté pointait le bout de son nez, annonciatrice d'une adolescence prometteuse et le cadre de vie qu'il découvrait allait lui donner un apprentissage contradictoire. Si les autres avaient du mal à lui imposer leurs règles, c'était une tout autre affaire avec le Causse.

Dans ces lieux perdus au milieu de nulle part, la zone d'influence du révolté se limita vite à l'institution. Le groupe auquel il appartint se constituait de garçons et filles du même âge. Une quinzaine de jeunes fauves, éraflés, maltraités, oubliés par la vie et la société. Là, Mattéo se confronta à une émulation brutale, sans pitié. La violence des rapports se traduisait souvent en confrontation physique. Il commença par se prendre quelques branlées mémorables, se fit dépouiller des quelques bricoles qu'il avait, se fit racketter son argent de poche par le groupe des plus grands, qu'il croisait quotidiennement, pleura beaucoup, ne dit rien, continuant, la tête basse et l'esprit bouillonnant à avancer en attendant le moment propice de créer la surprise à ces enfoirés.

La scolarité était dispensée dans l'établissement. Curieusement et contre toute attente, il se distingua par son bon niveau, assombri par une participation proche de zéro. Le cadre strict de la maison, la dureté des rivalités, l'environnement extérieur hostile, ses capacités de défense limitées lui proposaient des barrières et des garde-fous efficaces. Bon gré, mal gré, Mattéo s'installa dans cette cage sans trop de mal, trouvant, au moins, une routine et un cadre très contenants. Il subissait le diktat des autres, tout en engrangeant expérience, savoir et force.

Sa colère, sa souffrance n'étaient pas mortes. Elles se nourrissaient silencieusement de ces nouvelles frustrations, remontaient en pression pour atteindre le seuil éruptif. Yellowstone préparait une nouvelle catastrophe.

Deux ans passèrent, encadrés en permanence par un personnel devenu familier. Leur autorité lui pesait, certes, mais il s'était accoutumé à leur présence dirigiste sans être pour autant dénuée d'empathie. Certains recueillaient presque de la sympathie de sa part, les profs, ceux de Français et d'histoire principalement, des *éducs'* sur l'internat. Chacun restait sur ses gardes cependant, les adultes connaissant les surprises possibles avec de tels énergumènes, et Mattéo vis-à-vis d'eux, dont il avait appris les trahisons toujours possibles.

Physiquement, il changeait vite. L'adolescence installait chez le gamin ses usines à hormones. Il grandissait, ressemblant un peu plus à un papa dont il ignorait presque tout. Il prenait du muscle, du poil, une voix désaccordée, de l'assurance. Les filles devenaient un sujet d'étude particulier. Le temps des plaisirs nocturnes et solitaires pompa, si l'on peut dire, du temps et de l'énergie. Le petit mâle devenait grand. Phénomène normal, mais diablement annonciateur d'emmerdes. Cette observation n'avait nullement échappé aux éducateurs d'expérience.

Celle-ci se vérifia ses quatorze ans passés. Une fille, justement, en fut la cause. Histoire classique qui oppose deux jeunes coqs, une demoiselle entre les deux. Tellement banal que cela se retrouve dans quasiment toutes les espèces vivantes.

Kévin régnait sur le groupe depuis au moins deux ans ; une sorte de taulier des châteaux de sable, qui avait su imposer sa loi grâce à un physique trapu, robuste et nerveux, doublé d'une malice capable de séduire un cobra.

Un cobra peut-être, mais pas Mattéo. De son coin, il observait le manège séducteur autant que menaçant du dominant. Ce dernier gardait un œil sur lui, comme sur les autres garçons, sans vraiment s'en soucier, Mattéo ne cherchant nullement à s'imposer. En retour, le jeune Bonaventure ne nuisait en rien à son leadership, tant que celui-ci ne mit pas en danger ses propres intérêts ; une forme de paix armée.

Ses intérêts prirent le nom de Katia, jolie fleur de quatorze ans, sachant exactement utiliser son pouvoir de séduction. Ses cheveux bruns et bouclés, son regard vert, ses formes rondes, ne peinaient pas à attirer l'attention des garçons, qui, nigauds qu'ils étaient, tombaient à tous les coups dans ce piège délicieux. En sa présence, les plus introvertis trouvaient des ressources inédites, des catalyseurs hormonaux les promenant parfois aux frontières de la connerie la plus travaillée ; un grand classique.

Kévin et Mattéo n'échappaient pas à la règle. Leur adolescence fébrile et bouillonnante suffisait à les rendre très cons en certains points. Côtoyer la jeune fille les envoyait au Nirvana de la stupidité. L'incident survint le dimanche matin. Mâtinée calme en perspective, chacun profitant du repos dominical pour dormir et traîner. Rien n'aurait pu différencier ce jour du Seigneur des autres.

Ce matin-là, pourtant, la conjonction des planètes, la profusion grandissante de testostérone, le hasard malheureux ou la responsabilité d'un croissant beurre qui n'avait rien demandé à personne, déclenchèrent ce que les scientifiques appellent une réaction en chaîne, d'autres la théorie du chaos.

Le croissant, viennoiserie proposée aux enfants tous les week-ends, constituait une proie convoitée. Les trois protagonistes de la scène s'étaient levés les derniers. Sur la table, quatre croissants attendaient leur sort funeste. Les trois premiers remplirent leur mission, engloutis par les trois traînards. Pas d'embrouille, situation sous contrôle, discussion banale et sans grand intérêt, les deux coqs prenant leur temps pour émerger avant d'entamer la danse de séduction devant la belle. C'est le dernier croissant, abandonné dans la panière, qui posa problème. En chef de groupe prioritaire sur tout et tous, Kévin se précipita sur lui sans demander aux deux autres s'ils en voulaient. C'était son droit de chef, point. Katia, dans le même élan, arriva une demi-seconde trop tard. Sa déception n'échappa pas à Mattéo, trouvant là une occasion trop belle pour se distinguer. Il interpella le glouton.

- T'aurais pu lui laisser.
- De quoi j'me mêle ? renvoya l'autre.

Pas question de se dégonfler devant la belle, attentive aux réactions de ces deux prétendants en lutte pour ses beaux yeux.

- J'me mêle de ce qui me plaît. Tu bouffes ça comme un porc. On dirait que t'as rien avalé depuis huit jours.
- Et toi, bouffon, tu t'es vu avec ta gueule ? Ferme-la ou c'est pas un croissant que je vais te faire bouffer !

Là, ça commençait à être mal barré, et le seul médiateur possible, l'éducateur de service, vaquait logiquement dans les chambres pour vérifier la bonne tenue des levers.

On ne sut jamais vraiment qui tira le premier. Ce qui est sûr, c'est qu'un verre de jus d'orange se vida de son contenu, que les effets de table volèrent et que les deux bébés chevaliers s'empoignèrent. Le pauvre croissant responsable, parti dans l'oubli de la digestion, ne sut jamais qu'il n'était que le prétexte d'un conflit annoncé. Un coup de poing atterrit avec force et justesse sur la joue de Mattéo. Réponse immédiate, la même dose pour Kévin. La violence entrait en spirale, les coups pleuvant sans désarçonner l'un ou l'autre.

À l'instant où arriva Jean, l'éducateur, il était temps. Kévin, au sol, se protégeait comme il pouvait, sous les coups de pied, de poings, d'un Mattéo, au summum de sa violence. Montant crescendo, en attente depuis trop longtemps, elle explosait d'un coup, dans un festival terrible, ponctué d'insultes : « *Fils de pute, sac à merde, je vais te crever !* » Trois adultes durent conjuguer leurs forces pour venir à bout du petit monstre, et mettre à l'abri le chef détrôné. Et tout ça pour un croissant...

Une éruption finit immanquablement par se calmer. Le tout est de savoir quand. On n'en était pas là avec Mattéo, mis à l'isolement dans sa chambre, qu'il dévasta méthodiquement. Katia, il s'en foutait à cet instant, Kévin aussi d'ailleurs. Les vieux démons étaient au rendez-vous. Toute sa souffrance de gamin perdu remontait en surface. Elle avait toujours été là. Elle avait attendu. Emporté par elle, il ne raisonnait plus, se mettait automatiquement en mode survie, ne nourrissant que le désir de fuir. Échapper aux autres, représentant un danger mortel. Fuir, partir, loin de toute cette merde. La merde, malheureusement, ça colle aux godasses, on l'emmène partout à moins de nettoyer ses semelles. Il n'en était pas là. La paix, la seule vraie, était à faire avec lui-même ; il l'ignorait encore.

Ses réflexes de fugue, restés aiguisés, prirent le pas. Le renard se faufila hors de la chambre, fila vers la porte de secours, l'alarme en panne n'ayant pas été réparée, ce que tous les mômes savaient, et il se précipita au-delà des limites de l'institut, en direction du village. Évitant la route, il traça son chemin par les champs desséchés, parsemés de bosquets faméliques, résistants intemporels aux caprices du Larzac.

Une ferme se dessina. C'était celle du vieux père lapin, ainsi nommé parce qu'il élevait des générations de rongeurs, vendus sur les marchés. Dans la cour de la ferme, rien ni personne. Et surtout pas de cabot. Il devait être avec son maître, parti chercher herbes et autres plantes autour de la petite exploitation. Devant la maison, une vieille 4L Renault utilitaire somnolait. Sa décision, irréfléchie, frappa son esprit à la vitesse d'une balle de fusil. Il allait piquer la voiture pour partir plus loin, plus vite.

L'établissement en possédait une et il en avait souvent été le passager. Il avait eu tout le temps d'observer le conducteur dans son maniement. Il connaissait parfaitement l'engin, en théorie. La pratique viendrait avec, se dit-il. Pari risqué, dangereux. D'autant plus que l'attendait un autre gardien, le plateau.

Jamais fermé, le véhicule fut investi en une seconde. Les clefs n'abandonnaient pas le tableau de bord. Le moteur, souvenir de lui-même, toussa, ronfla. Sur de longs mètres, le conducteur improvisé cala, redémarra, recala. Ce n'était pas si simple, accompagné de surcroît par le risque de voir débarquer le légitime propriétaire de la vénérable légende au losange.

Enfin, réveillée trop brusquement de son roupillon, malmenée par un conducteur novice et brutal, la vieille dame s'ébroua péniblement en toussant. Mattéo quitta les lieux aussi vite qu'il pouvait, tout en prenant son premier cours de conduite. Père lapin ne reverrait pas sa voiture.

Les petites routes et les chemins carrossables retinrent la préférence du voleur. Il ne connaissait pas le coin en tant que pilote de rallye improvisé. Il se retrouva au milieu d'un désert de cailloux et d'herbes rases sans savoir où il allait. Il roulait en prenant garde à ne pas changer de vitesse, freiner le moins possible, aller le plus vite possible. Son empressement, son inexpérience au volant, sa jeunesse réunissaient tous les ingrédients d'un drame. Au bout du chemin emprunté par la 4 L antédiluvienne, des à-pics attendaient gentiment leur repas sacrificiel. Piquer une bagnole est un exercice toujours hasardeux. Quand on pimente l'épisode d'un itinéraire aveugle et truffé de pièges mortels, on passe du délit à l'acte suicidaire. Il continua sa route, certain d'avoir au cul toutes les forces de gendarmerie. Sa pensée déroula des images confuses, entremêlées. La famille Costalou, à qui on l'avait retiré ; sa fugue rocambolesque au-dessus de Carenac ; la carabosse de l'aide sociale, le foyer de l'enfance, Guillaume et les coyotes, laissés sans nouvelles ; la violente altercation avec Kévin, enfin, où il s'était déchaîné jusqu'à vouloir le tuer. Cette mélasse immonde l'atteignait en plein cœur. Il n'était pas un monstre, il culpabilisait profondément de libérer autant de violence, de rejet. Mais que pouvait-il donner d'autre. Mis à part les Costalou, personne ne lui avait refilé un minimum de compassion totale, sans retenue. Il se dit que tout cela ne valait vraiment rien. Il poussa un peu plus le vieux moteur.

Les premiers virages de descente se présentaient, à quelques kilomètres. Le gouffre présentait sa langue de bitume, gueule ouverte, prête à avaler l'insecte. Un vent venu du sud se leva, brinquebalant la carcasse légère de la Renault. Une tragédie s'annonçait et rien ni personne ne pouvait l'enrayer.

Rien ? Rien, ça ne tient à rien. C'est dans l'insoupçonnable et le plus misérable que se manifeste parfois la providence, la chance, le « truc » qui empêche l'inévitable. Le « truc », ce fut la voiture, sans doute outragée de subir un tel sort, qui décida de ralentir dans un bruit épouvantable et une fumée de paquebot. À défaut de tuer Mattéo, le Causse, bien aidé par ce pilote du dimanche, venait de finir la pauvre 4L.

Un croyant pourrait dire qu'un tel événement relève du miracle ; que Saint Christophe, en vacances dans le coin et un peu désœuvré, trouva là de quoi s'occuper… un mécano auto aurait sûrement une explication plus terre à terre. Quelle qu'en soit la raison, cette mise à mort automobile écartait Mattéo du pire, pour un moment en tout cas. Le véhicule du père lapin termina donc sa vie au bord d'une route, en plein Larzac. Son voleur se trouva, comme la cigale de la fable, fort dépourvu par ce coup du sort mécanique.

Délaissant sa victime, le larron suivit la route, à pied. Le vent se faisait la voix, le soleil activait son barbecue. Il devait être autour de midi. Les événements de ce dimanche l'avaient dépouillé d'une grande part de son énergie. La tête en vrac, la pensée brouillée, un gros nœud d'angoisse à l'estomac irradiant tout son être, il avançait sans direction, un navire sans instruments de navigation. Les jambes lourdes, presque tétanisées par la tension nerveuse, il commençait à atterrir durement après ces quarts d'heure de folie. Mattéo savait que sa fuite était vaine, sans issue. L'alerte devait être donnée, la meute se mettrait bientôt en marche. Que lui avait-il pris ? Tabasser ainsi un autre, pour rien ou si peu ?Voler la voiture du père lapin, cet homme sans méchanceté qui possédait déjà si peu ? La réalité s'affichait abominablement. Envahi de culpabilité, à la limite du désespoir, il se retrouvait une nouvelle fois au milieu du néant. La route le torturait, alternant faux plats et montées énergivores.

Si les hommes se chargeaient de lui faire payer ses conneries, ils ne seraient rien à côté de celui qui, maintenant, présentait son droit de passage. La journée s'étirait. Il avait pris un chemin poussiéreux où il s'était perdu, se retrouvant en plein cagnard, sans eau, sans ombre.

Des grondements sourds hantaient l'horizon. Les nuages sombres s'amoncelèrent sournoisement au-dessus de sa tête. La nature et ses vassaux, Larzac en pointe, se préparaient à donner une leçon mémorable à ce moucheron belliqueux et minuscule, tellement minuscule. L'air, lourd d'électricité, précéda quelques gouttes inoffensives. Le reste des troupes arrivait.

Ici, pas de cachette possible, pas de recoin de roche salvatrice, pas de cabane. La peur le prit, au moment où le tonnerre se déchaîna, et l'averse se déversa puissamment. Il se mit à courir, inutilement. L'orage crachait sa colère, lui dictait la loi du plateau, le réduisant à l'état de jouet avec lequel on se distrait avant de le jeter. Il n'était plus qu'un paquet d'angoisse, de souffrance et de fatigue, ballotté par des éléments en fureur, lui rappelant qu'on n'utilise pas le Larzac impunément pour dissimuler ses actes. La pluie fouettait son visage, rejoignant les larmes et la morve.

À cet instant précis, Mattéo était vaincu. On ne réveille pas un géant endormi. Le gamin tomba à genoux, comme implorant la clémence du ciel et de la terre. Il est vrai que pour la journée, c'était beaucoup pour une seule personne. Et elle n'était pas terminée.

Pour la première fois de sa courte existence, il ne songeait plus à lutter. S'abandonnant à la vindicte de cette nature écrasante, il ne bougea plus, recroquevillé, défait ; orgueil, fierté, dignité, malmenés, anéantis. Il ne manquait plus que la foudre le consume sur place. Elle tomba bien, mais pas sur lui ; suffisamment loin pour l'épargner, suffisamment près pour le terroriser. Au bout d'une heure qui parut un siècle, les éléments se calmèrent, jugeant probablement que l'avertissement envoyé était assez net. Peu à peu, les nuages se dissipèrent, rendant la place au roi soleil. Ainsi passaient les caprices du temps sur ces terres millénaires. Aucune modération, toujours de l'excès, porté à son paroxysme. Les Grands Causses ne sont point des lieux de tiédeur, de demi-mesure. L'homme est ici toléré pourvu qu'il ne dérange pas l'équilibre et le respect dus à leur puissance. À ses dépens, Mattéo venait d'en recevoir une cruelle leçon. Combien de temps resta-t-il figé, souillé, imprégné, baptisé de la terre rouge, humide et collante ?

Il n'aurait su le dire. Il finit par se relever, reprit un peu ses esprits. Il réfléchit, le regard perdu dans ce désert.

D'un pas lent et déterminé, la peur au ventre, il rebroussa chemin vers le monde des vivants. Cette fois-ci, il avait perdu le combat. Quitter une nature peu conciliante est une chose. Retrouver la civilisation des casseroles au cul en est une autre. Il avait laissé un sacré bordel. On ne l'accueillerait pas avec bouquet et fanfare. Mais c'était la seule solution. Le plateau lui avait communiqué à sa façon, son refus de servir encore une fois de refuge après ses humeurs, fondées ou non.

Il marcha, encore, du pas du pénitent. Crevé autant par l'épreuve physique que morale, il arriva fort tard à un village. Les habitants de ce trou parleraient un moment de l'irruption soudaine de ce morveux crasseux qui demanda lui-même d'appeler « Les Roches ». Le taxi venu le récupérer ne fut pas celui de l'institut. Celui qui s'arrêta chez le maire, prévenu, était d'un très beau bleu, un gyrophare sur le toit. Après la loi du plateau, celle des hommes revenait à sa rencontre. Il faut dire que cette fois, il avait bien chargé la mule. La fugue n'est pas un délit. Coups et blessures, vol de voiture le sont. Le malheureux Kévin était hospitalisé, une côte pétée, le nez fracturé, et bien commotionné. La voiture du père lapin gisait, moteur explosé au bord d'une route après avoir été empruntée par Mattéo. Le résumé tenait en quelques mots :

Ça allait chier pour sa gueule. Son jeune âge ne le sauverait pas. La gravité des faits justifiait une sanction. Vivre une existence difficile peut expliquer les choses ; elle ne les excuse pas systématiquement.

Hébergé de longues heures dans les locaux de la gendarmerie, Mattéo ne joua pas les révoltés. La fatigue et la trouille l'enveloppaient complètement. Les hommes de la Maréchaussée, expérimentés, avaient l'habitude de traiter des affaires et des personnalités complexes. Mais la vision de ce garçon de quatorze ans à peine sorti de l'enfance et des turbulences de la région les laissa dubitatifs. Comment et pourquoi de tels actes ?

Leur statut de représentants de la loi les rendait intransigeants, autoritaires, le discours ferme et carré, réclamant avec sévérité des réponses à leurs questions. Ils n'en demeuraient pas moins des êtres humains, attristés de voir un môme se mettre dans une telle béchamel. Il aurait pu être leur propre fils. On lui permit de se nettoyer au minimum. Il put se rafraîchir et manger quelque chose. Il n'échappa pas à la cellule en attente des auditions. Assis sur une chaise de bois qui avait vu passer le cul de malfrats d'une autre trempe, Mattéo ressemblait à un ballon dégonflé.

Le maréchal des logis Jacques Bonneau se tenait de l'autre côté du bureau. Il avait de la compassion pour cette petite grenouille qui avait voulu devenir aussi grosse qu'un bœuf. Il n'en montra rien. Il voulait savoir, il allait savoir. Pour le bénéfice du jeune délinquant, il devait le faire réagir et prendre conscience de la gravité de ses actes.

- Bien ! Tu t'appelles donc Mattéo Bonaventure, tu as quatorze ans et tu es résident de l'institut Les Roches, tu confirmes ?

Silence radio de l'autre côté du bureau. Semblant ne pas en tenir compte, il continua.

- Ce matin, tu t'es battu avec un autre garçon, et tu t'es enfui, volant au passage une voiture Renault 4 L appartenant à monsieur Louis Santori, tu confirmes ?

Le silence encore. L'interpellé paraissait loin, les yeux rivés sur les lames du parquet. Bonneau s'agaçait. Il utilisa cette colère embryonnaire pour faire réagir le gamin.

Acte1, scène 1. La colère du gendarme.

Coup de poing sur la table.

- Oh ! Tu me fais quoi, là ? Tu comptes jouer au cow-boy silencieux longtemps ? Je te pose une question, tu réponds. C'est simple. Je te rappelle que tu n'es pas ici pour un vol de bonbon. Ce que tu as fait est grave, très grave ! Alors si tu veux que l'on t'aide et si tu veux t'aider toi-même, tu as intérêt à me répondre. Le temps est avec moi, et après moi, d'autres prendront le relais. Alors, on fait quoi ?

Sursaut du jeune brigand. À l'instant où il releva la tête, le militaire vit qu'il avait fait mouche. Pas bien compliqué d'ailleurs, Mattéo étant complètement rincé. Les larmes affleurèrent. Il apporta une réponse parasitée par les sanglots, libérant la tension.

- Oui, je m'appelle Mattéo et je suis aux Roches. Je me suis battu avec Kévin et j'ai eu peur. Je voulais pas faire tout ça !

La suite fut inaudible, noyée dans les larmes.

Bonneau nota, et reprit, plus calme.

- Écoute bien, petit. Je veux bien croire ce que tu dis, mais c'est au juge des enfants qu'il faudra raconter tout. J'imagine bien que la vie ne t'a pas gâté, mais elle commence ta vie, alors il ne s'agit pas de faire n'importe quoi.

« Pas gâté », c'était un euphémisme. Ce discours sincère et convaincu attendrait encore un moment avant de rentrer dans son disque de tête dure. Sa souffrance de gosse et son sentiment d'abandon formaient une telle muraille, que le siège pour la prendre d'assaut serait digne d'un livre d'Histoire.

Bonneau aurait préféré auditionner un de ces délinquants classiques qu'il arrêtait régulièrement, racontant leurs salades et hurlant à l'erreur judiciaire, plutôt que ce « Rémi sans famille », plus malheureux que dangereux. Il mena son audition jusqu'au bout, calmement, prenant son temps et gardant son calme pour ne pas le braquer ni l'apeurer encore plus. Selon lui, et il n'avait pas tort, Mattéo avait son compte pour aujourd'hui.

On le remit en cellule et on appela « Les Roches ». Peu après minuit, il était de retour. On l'autorisa à prendre une douche chaude, à grignoter, et il intégra « la chambre des fugueurs », ainsi nommée parce qu'elle avait vocation à héberger les lépreux d'un soir, d'une nuit, excentrée du groupe afin d'exclure tout contact avec les autres. Mattéo s'exécuta, se coucha, cherchant un sommeil introuvable. Prendre du repos et des forces était une nécessité. Les jours à venir promettaient d'être usants.

Ce qu'il venait d'accomplir ce dimanche n'était malheureusement pas inédit. D'autres avant lui s'étaient lâchés dans une créativité délinquante, émanation toxique de leurs vies sans vrai repère, sans racine identifiable. Ils voulaient exister, exhorter les démons rôdeurs de leurs esprits égarés dans une solitude intime glaciale. La violence qu'ils vomissaient à gros bouillons était une usurpatrice. La seule véritable cause se nommait la peur. Peur d'eux-mêmes, peur des autres, peur du monde environnant. La vaincre pouvait être une des portes de sortie de l'enfer.

Les professionnels de l'enfance le savent tous, s'ils sont authentiques et réfléchissent plus loin que le bout de leur nez. Ceux des « Roches », dans leur majorité, en étaient. Ils prirent donc le cas Mattéo sans se cabrer, vieux briscards de l'éducatif rompus à ce type de bataille. Il n'échappa pas aux entretiens fastidieux et prévisibles de la hiérarchie, des thérapeutes, et en dernier lieu, à sa convocation devant madame le juge des enfants.

Madame Nicole Carrier était une magistrate burinée par les cas dramatiques qu'elle avait eu à instruire. Réfléchie, à l'écoute, dotée d'une autorité naturelle forte, elle glanait là où elle le pouvait, auprès de qui elle le pouvait, tous les éléments susceptibles de faire avancer un dossier dans l'intérêt de l'enfant. La quarantaine bien tassée, petite, de larges lunettes sur le nez, elle était connue sous le surnom de « la grenouille ». Globalement on l'aimait bien, en dépit de décisions dures, pour les enfants ou les adultes, mais chaque fois mûrement réfléchies. Mattéo connaissait « la grenouille ». Il l'avait rencontrée par le passé ; jamais toutefois pour des délits.

Dans le silence des murs froids du palais de justice, Mattéo, accompagné de la chef de service de l'établissement, d'un éducateur, et d'une personne de l'aide sociale à l'enfance, attendait son tour d'entrer dans le bureau capitonné de madame la juge. Certaines corporations ont une notion de l'heure approximative. Médecins, dentistes, magistrats, administrations en tout genre ; liste non exhaustive et dénuée de généralisation.

Trois quarts d'heure de retard plus tard, le greffier appela le petit groupe. Le principal protagoniste n'en menait pas large. Trônant derrière un vaste bureau, la juge Carrier salua les entrants avant de plonger dans le dossier Bonaventure, qui avait pris un peu d'embonpoint depuis quelque temps.

Prenant le temps de relire quelques phrases, elle ne parlait pas. Ce silence studieux rajouta un poids à la lourdeur de l'instant. Tous attendaient docilement que la magistrate commence. Relevant la tête, elle plongea son regard bleu perçant dans celui de Mattéo, incapable de le soutenir. Il baissa les yeux. Ignorant à cette seconde le reste de l'assemblée, signifiant là au gamin que c'était lui qui était au centre des débats, elle envoya la première salve, policée, formelle, détachée d'un iceberg.

- Monsieur Bonaventure, je vous ai convoqué pour des faits d'une extrême gravité. Vous avez quatorze ans et six mois, et vous commettez des délits sanctionnés sévèrement par la loi.

Elle appuyait volontairement sur les mots, mettant en scène le théâtre coupant de la justice, rappelant à tous qu'on ne badine pas avec elle...

- Qu'avez-vous à en dire ? Je vous écoute.

Stupéfait qu'elle le nomme « monsieur », scotché par l'entame directe et concise, il ne parvenait pas à sortir un mot. Le but premier recherché venait d'être atteint. Tuer dans l'œuf toute rébellion éventuelle en signalant que la loi c'était elle, que l'autorité, c'était elle, que la décision, c'était encore elle.

- Bien, en attendant que ce jeune homme retrouve l'usage de la parole, pouvez-vous me dire, madame Ben Saïd, le rappel des faits et le fruit de vos réflexions. Nous verrons ensuite ce que l'aide sociale envisage.

Aicha Ben Saïd était chef de service aux « Roches » depuis cinq ans. Éducatrice spécialisée, sa trajectoire de vie correspondait à celle de beaucoup de ses pairs. À l'issue d'une adolescence turbulente, cabossée, elle aurait pu se retrouver à la place de ces enfants qu'elle accompagnait. Des rencontres opportunes, une volonté de revanche intelligente, la chance aussi, l'avaient poussée vers son métier. Elle avait franchi tous les stades. La réparation, en premier lieu, confuse et motrice. La professionnalisation et la formation ensuite. De son histoire de vie, elle avait construit une démarche professionnelle, le socle sûr de sa vie de femme. Enfants, ados, l'aimaient bien, la craignaient. Difficile de vouloir donner la leçon à quelqu'un qui avait aussi connu les blessures fondamentales de l'enfance.

- Madame la juge, Mattéo vient de commettre des faits graves, c'est vrai. Pour cela, il est nécessaire que la loi soit rappelée, que la justice rappelle que l'on ne peut pas faire n'importe quoi, principalement contre autrui, quelles qu'en soient les raisons. Nous vous avons transmis un rapport complet sur les événements, le comportement et l'évolution de Mattéo depuis son arrivée à l'institut. Vous y trouverez aussi, en conclusion, des propositions de travail avec lui. Elles s'appuient sur une réparation de ses actes, compte tenu de son âge et de l'espoir que nous gardons de le voir évoluer positivement.

Discours classique, aucune surprise pour un baroudeur des foyers comme Mattéo. La fin l'interrogeait. Que voulait-elle dire en parlant de propositions de travail et de réparation ? Il s'attendait au pire.

Le débat s'engagea autour de cette question. Aïcha Ben Saïd, secondée par son équipier, développèrent longuement leur idée. Mattéo devait être sanctionné en tenant compte de ses actes, de son âge et de l'absence de précédent.

La représentante de l'aide sociale s'était manifestement concertée avec eux auparavant. Elle ne discuta que des points de détail, histoire de rappeler que son service avait la garde du garçon. Elle n'avait pas en plus envie de récupérer le paquet si les propositions des « Roches » n'étaient pas retenues.

Nicole Carrier écouta attentivement, posa quelques questions, joignit ses deux mains sur le dossier Bonaventure, sembla réfléchir une demi-seconde.

- Bien. Mattéo, (le ton n'était plus au monsieur), avant de vous demander ce que vous pensez de tout cela, car c'est bien de votre vie que l'on parle, je dois vous dire qu'aucune plainte n'a été déposée. Prenez cela comme une vraie chance. Monsieur le procureur peut encore se saisir de votre dossier pour de possibles poursuites, sachant qu'il s'appuiera sur ce que je lui présenterai au sortir de cette convocation. Maintenant, c'est à vous de faire un choix. Continuez ainsi et je vous garantis que l'on se reverra. Reprenez-vous et vous aurez une vraie chance de bâtir un avenir viable. C'est à vous de donner votre avis, avant que je ne conclue.

Écrasé par la solennité de l'instant, un peu pris au dépourvu, la juge ne l'ayant jusqu'ici autorisé qu'à écouter, Mattéo resta bouche bée. Il se tourna vers ceux qu'il connaissait, les deux membres de l'institut, attendant de l'aide. Fallait-il qu'il se sente à ce point vulnérable pour chercher secours auprès d'éducateurs !

Aicha comprit.

- Vas-y, madame le juge te demande ton avis. Toi qui veux toujours le donner, c'est le moment. Vas-y !
Sur un ton hésitant, il lâcha d'un trait, pressé d'en finir :
- Je, je, je suis d'accord, je vais le faire madame.
Fin de l'allocution. De toute façon, que pouvait-il dire face à ces adultes, plus sympas qu'il n'aurait cru. Il n'avait pas les armes. Mieux valait acquiescer. La suite, il s'en foutait. Le volcan n'avait pas terminé de cracher. Si les Anges existent, le sien devait s'égosiller pour lui dire de faire quand même attention à ce que la juge des enfants venait de dire. À prendre TRÈS au sérieux.

De retour aux Roches, il s'agissait maintenant de s'atteler aux décisions prises dans le bureau du magistrat. Ça tenait en quelques points simples, méthodiques, pragmatiques, assez éloignés des grands blablablas qui ne servent qu'à *« enculer les mouches »*, citant là un vieux sage. La justice ayant rappelé le cadre, le temps revenait à l'éducatif. Personne n'était réellement convaincu des résolutions du trublion. On commença sans tarder à appliquer les mesures décidées dans l'enceinte feutrée du tribunal.

Doucher ses ardeurs belliqueuses était le premier point. Les contenir à chaque instant relevait de l'utopie la plus farfelue. Au sein de son groupe, il n'avait plus de rival de taille, le seul étant en convalescence loin du centre, mis à mal par ses soins. On allait donc lui en proposer de nouveaux, plus frais, plus solides, avec lesquels il devrait réfléchir avant de lâcher ses coups. Mattéo arrivait sur ses quinze ans. À quelques mois près, il pouvait intégrer le groupe des « grands », celui des ados confirmés. Le risque d'être maltraité, selon l'équipe éducative, était amoindri par la capacité maintenant révélée du jeune à pouvoir défendre sa place. Il aurait fort à faire, mais on comptait que tout ce petit monde finisse par trouver un équilibre de fonctionnement.

La reprise rapide de la scolarité formait le deuxième objectif à court terme. Mattéo était un élève intéressé et intéressant quand la tarentule locataire de sa cervelle n'avait pas les pattes à l'envers.

Et puis, et avant tout, il devait présenter ses excuses à ses victimes et réparer. Là, rien n'était gagné. Sa rébellion enracinée, le feu de l'injustice brûlant pensées et entrailles pouvaient nourrir une fierté déplacée. Il s'y était engagé en audience, certes, mais n'était-ce pas un moyen d'avoir la paix ?

Cerise sur le gâteau, il avait accepté de consacrer une partie de son temps de loisirs à réparer, comprendre et aider le père lapin dans certaines tâches. Rentrer des stères de bois, curer les chèvres, se déclinaient en échantillons des possibilités ingrates. Il serait, pour plus de sécurité dans l'accomplissement de sa « peine », accompagné d'un éducateur. Il n'était pas question de laisser le trublion s'en tirer en passant, à l'usure du temps qui passe, à travers les mailles de ses propres actes. Son histoire, pétrie de souffrance n'était en rien un passe-droit l'autorisant à se libérer de ses responsabilités. Le but était plus de l'aider que de le punir.

Le garçon étant loin d'être un sot, il était plus que temps de lui tendre vraiment la main. Aider n'est pas tout excuser, accepter tout, être d'accord avec tout. Il devait le comprendre et saisir cette main tendue. En ligne de mire, en dernier tir, l'accompagner dans la connaissance de son histoire. Une des clefs restait enfouie, quelque part dans les cartons éventrés, jamais triés, de ces années troubles, des images voilées de ses parents, de ses racines, tellement ignorées par la justice et les services éducatifs, qu'elles se perdaient dans la profondeur de ses terres volcaniques, au fin fond de l'enfer. Bref, et comme aurait dit le père lapin, *« y'avait du boulot »* !

On le transféra chez les ados un lundi matin. Chargé de ses sacs, il fut accueilli par Michel. Grand, ridé, les cheveux en broussaille, le regard plissé, perçant à l'image d'un rapace, il accusait une quarantaine solide.

C'était un enfant du plateau, né à La Cavalerie, un habitant à l'année de sa chère Couvertoirade. Têtu, bougon, il possédait une voix de baryton à faire trembler les murs de la maison à l'occasion de colères mises en scène avec une réalité saisissante. Les ados le surnommaient « fox ». Quand il plantait les dents dans le mollet, comprenez un débat, un conflit, il ne lâchait jamais... Lui savait pourquoi il faisait ce boulot ingrat, baigné de violence, absorbant la patience comme une terre desséchée le fait avec l'eau. On aimait bien « fox », même s'il était souvent agaçant et irrévérencieux avec l'autorité. Un *éduc'* d'internat pure race, un professionnel engagé, n'aimant guère les simagrées et le dédain de l'aide sociale à l'enfance vis-à-vis de gens tels que lui, et surtout des enfants placés. Compte tenu de ces traits de caractère ursins, on le désigna comme référent de Mattéo ; le sismologue, premier de cordée dans le cratère. Entre ces deux-là, le combat promettait d'être beau.

« Fox » gardait des recettes personnelles concernant l'accompagnement de ses protégés. S'adapter était l'ingrédient de base. Il n'était pas du genre à attendre que l'autre vienne prêter allégeance, demander de l'aide. Ces enfants-là recèlent en eux une méfiance et une fierté qui leur bloquent l'accès à la confiance. C'était à lui d'entrer en enfer avec eux, chercher patiemment la meilleure stratégie d'approche, risquer de rencontrer une opposition violente, agressive, trouver la clef d'entrée de la forteresse pour découvrir dans ses murs des trésors de sensibilité, de fragilité, d'humanité prisonnière. Il aimait répéter à ses détracteurs partisans de méthodes primaires que les murs les plus épais sont ceux qui ont le plus de choses précieuses à cacher. Être éducateur, dans son éthique humaine et professionnelle, c'était prendre des risques, rechercher des solutions là où il n'en existait pas. Partir en terre hostile voulait dire aussi qu'on partait armé, prêt à s'engager dans le combat sans hésiter. Il n'était pas missionnaire, il était guerrier. Ses maîtres mots, inscrits dans le marbre de son métier : « S'engager, risquer, combattre, respecter, écouter. » Il connaissait plus Mattéo que l'inverse. Il comptait bien utiliser ce premier avantage. Avare de mots, il le laissa s'installer dans sa chambre, individuelle, lâchant, lapidaire, sans enluminures, en refermant la porte :

- Quand tu seras installé, viens me rejoindre au bureau, on doit se voir. Ne mets pas deux plombes, j'ai pas que ça à faire, et je ne suis pas toujours d'un naturel patient.

Cette première pierre posée, jetée dans le jardin du nouvel arrivant, il alla se faire un café.

Agacé autant qu'inquiet, l'ado ne tarda pas à débarquer dans le bureau, repaire bien connu de ces putains d'éducateurs. Il ouvrit la porte d'un coup, affichant ainsi sa détermination. Elle fut refroidie en une phrase.

- D'abord, tu frappes à la porte et tu attends que je te dise d'entrer.

Regard de prédateur en chasse planté dans ceux de l'audacieux, « Fox » arborait un visage dur, sans amabilité. Fauché dans son assaut, Mattéo hésita, recula finalement en maugréant.

« Toc toc ».

- Entre.

Le vieux renard s'était replongé dans son cahier, ignorant l'arrivant, autorisé à entrer dans la tanière. Sans quitter son écrit des yeux, il poursuivit.

- Assieds-toi, je suis à toi dans une seconde.

Il prit le temps de relire sa rédaction, ôta ses lunettes posées sur le bout du nez, se gratta tranquillement sa barbe naissante avant de fondre sur sa cible.

- Bien. On ne va pas perdre de temps. Tu en as assez perdu et je n'aime pas gaspiller le mien. Règle numéro un : Je suis la loi. En tout cas je garantis son respect. Ça peut te paraître injuste, *casse-couille*, humiliant peut-être, mais c'est comme ça. Chacun sa place et les brebis du Larzac seront bien gardées. Je suis celui qui aura toujours le dernier mot, parce que je suis l'autorité. Ceci dit, je t'encourage à dire ce que tu penses, et surtout à l'argumenter avec calme, intelligence et respect. Je me suis laissé dire que tu n'étais pas trop con. Alors, prouve-le, et utilise-moi comme une clef. Il y a une porte devant toi. Tu l'as tellement encombrée avec tes conneries que tu ne peux pas l'ouvrir. Je veux bien te filer la main sur ce coup-là, on me paie pour ça, mais fais-la-moi à l'envers une fois, et je te donne ma parole que je te dépouille. Tu me feras peut-être passer des nuits blanches, tu me donneras peut-être des migraines, tu me pourriras mon temps ici, mais ce n'est rien à côté de la riposte. Tu feras chier tout le monde, mais c'est ta vie que tu flingueras, pas la mienne. Réfléchis bien. Tu as presque seize ans, des années pourries derrière toi, et un avenir à faire. Ton histoire, je ne vais pas dire que je m'en branle, mais elle ne va pas me suffire pour excuser tes coups foireux. Elle peut les expliquer, pas plus. Alors me joue pas le numéro du pauvre petit malheureux, ça ne servira à rien. En bien comme en mal, j'aime bien tenir mes promesses. Renseigne-toi auprès de tes collègues, ils te le diront. On va sûrement s'agripper tous les deux. Ça fait partie du deal. Le principal, c'est que tu avances, et de préférence positivement. Tu peux compter sur moi, en bien, en mal. Je dois pouvoir compter sur toi. Si on n'arrive pas à se faire confiance, c'est toi qui resteras dans ta merde. Moi, ma vie est faite. Tu en penses quoi ?

Comme discours inaugural, c'était plutôt simple, carré, et sans ambages. Le regard de l'éducateur ne l'avait pas quitté une seconde, le capturant dans un face-à-face sans fuite possible. Curieusement, sa pensée s'embrouillait. D'un côté, il vivait l'agacement chronique de règles qui n'étaient pas les siennes. De l'autre, il aimait ce qu'il venait d'entendre. Pas de longs discours moralisateurs, de phrases toutes faites et littérature éducative à paumer un GPS, rien que du brut de décoffrage, clair, simple. Restait à savoir si cet ours serait à la hauteur de son discours. Il comptait bien le vérifier. Naturellement, paradoxalement mis en confiance relative, il se lança à son tour, prudemment :

- Mmouais ! Si je comprends bien, j'ai le droit de rien faire, j'ai juste à fermer ma gueule. Je suis pas un pion, j'ai des droits.

L'autre ne réagissait pas, sphinx imperturbable. Mattéo, déçu par l'absence de réaction, en rajouta, avançant sans se méfier dans le piège tendu.

- J'ai besoin de personne pour faire ma vie et c'est sûrement pas des *éducs* qui vont le faire. On m'a assez baisé comme ça. Rien à foutre, je ferai ce que je veux !

Mauvaise réponse… Quelques décibels en plus, une dose savante de surprise, le tout enveloppé dans une théâtralité éducative mille fois exercée suffirent à décapiter d'un coup la diatribe du révolutionnaire des bacs à sable. Sans se départir de sa position assise, les yeux toujours plantés dans ceux du gamin, Michel envoya sans prévenir un feu nourri de missiles de croisière qui ne s'amuse pas.

- Ta gueule Bonaventure, ta gueule. Je te pensais moins con. Ton numéro de cirque à deux balles, je l'ai vu cent fois. T'en a rien à foutre ? D'accord. Moi, pas. Alors que ça te plaise ou non, je suis là et bien là. Envers et contre toi, je vais t'accompagner, et tu verras combien ça peut être pénible si tu fais n'importe quoi. Tu peux faire le branleur, le caïd, ne crois pas une seconde que tu vas gagner. Dans tous les cas, tu seras le perdant. Espèce de crétin, je te tends la main et tu refuses, abruti que tu es à vouloir paraître ce que tu n'es pas. Putain ! Tu dégueules de compétence, de capacités, de qualités, et tu continues à préférer le rôle du solitaire dangereux. Mais quand tu fais ça, tu n'es rien de plus qu'une sous merde sans cervelle. Je te le redis Mattéo. Ne casse pas tout ce que tu peux faire. Mais tu as raison, c'est toi et toi seul qui choisira ta vie. Seulement tes choix, il faudra les assumer. C'est à ce prix que tu seras un adulte, un homme. Dans le cas contraire, tu resteras un connard qui vivra de rêves creux, remplis de regrets. Ça sera de la merde ta vie. Ce qui me rend furieux, c'est de voir que tu peux réussir, et qu'au lieu de ça, tu me sers ta soupe de merdeux. Maintenant, dégages, va rejoindre le groupe et je te conseille de pas la ramener. Et comme je suis têtu, je te demande de réfléchir à tout ça. Une fois que tu auras démêlé ce bordel et trouvé la bonne fréquence, reviens me voir avant que ce soit moi. Sors !

Le poulain ombrageux venait de commencer son débourrage. La confrontation entre le vieux renard et le jeune débutait. Le tout pour le plus grand bénéfice de Mattéo.

Le discours fleuri et un peu brutal du vieil *éduc'* avait souvent heurté les bien-pensants de la théorie éducative. À une chef de service de l'aide sociale, offusquée par le ton et les mots de son discours vis-à-vis de ces jeunes en perdition, il avait simplement répondu : « *Madame, sauf votre respect, je pensais naïvement que votre fonction vous ouvrait à une réflexion pratique sur l'approche de ces gamins. Quand on veut entrer en contact avec quelqu'un, on s'efforce, en principe de parler une langue qu'il comprend. On parle japonais à un Japonais, espagnol à un Espagnol, ado à un Ado. On ne vous apprend pas cela à l'ASE ?* »

Cela amusait ses propres chefs qui connaissaient parfaitement les citations métaphoriques de cet emmerdeur patenté et diablement efficace sur le terrain. La chef de service à qui il s'était adressé, elle, n'en avait pas vraiment apprécié la saveur. Aujourd'hui, au bout de sa longe, Mattéo, poulain prometteur, pur-sang insoumis en proie à ses démons. Son rôle ; en faire un destrier, armé pour le combat de la Vie.

Michel n'eut pas beaucoup à intervenir auprès de lui les semaines suivantes. Le groupe travaillait à sa place, donnant à Mattéo l'occasion de dépenser son énergie et de se retrouver suffisamment acculé pour être cadré. Faire sa place demandait des efforts constants, douloureux. Subir le bizutage rampant des autres, consolider sa position pour évoluer prenait du temps, de la peine. Mattéo savait qu'il ne faisait pas le poids devant des garçons et des filles aussi perturbés que lui, bien en place, alignant deux ou trois années de plus au compteur. C'était peu et beaucoup à la fois. La tâche immédiate de « Fox » consistait à veiller à ce que le petit dernier ne fût pas trop malmené. Mattéo, de son côté, pouvait voir Michel tel qu'il était ; un homme intransigeant, bougon, chiant comme la fumée, pénible comme une diarrhée, mordant, tendre, cabochard et fiable, « Fox » qu'il était. Il n'était pas encore prêt à se laisser aller à des confidences, mais il tenta quelques approches qui n'avaient pas échappé à l'éducateur. Demandes insignifiantes, blagues un peu potaches et échanges sur des sujets généralistes constituaient l'essence des rapprochements. Michel le laissait venir, tranquille, sans pour autant baisser la garde. Avec un tel phénomène, il s'agissait de ne pas s'endormir. Son adaptation sur le groupe se passait normalement, sans heurts majeurs. Il avait repris sa scolarité intra-muros, avait accepté sans broncher les réprimandes du père lapin, chez qui il effectuait une aide régulière, lui avait platement présenté ses excuses ainsi qu'à

Kévin. Bref, tout semblait rouler. L'histoire de Mattéo avait déjà connu ce type de retour au calme. Ça ne signifiait pas que le volcan était éteint. « Fox » savait bien que tous les volcans sont les enfants du chaos, et qu'un endormissement n'est qu'une période entre deux éruptions. Cette paix relative n'était en rien une bonne nouvelle. Il fallait juste en profiter pour se rapprocher, creuser, gratter les vieilles failles pour les comprendre, les neutraliser si possible ; et surtout rester vigilant. Connaissant l'oiseau, ça péterait à l'instant où on l'attendrait le moins.

Le grand Tazieff guettait les signes avant-coureurs des explosions de l'Etna et autres monstres. Michel guettait ceux de Mattéo. Les entrailles de la Terre réservent des catastrophes inégalées. Elles vomissent leur rage sur la surface, la façonnent, la recréent, la fertilisent. Celles de l'être humain, proportionnellement, gardent la même force destructrice et créatrice. Accompagné de près par son pisteur éducatif, Mattéo évoluait, avançait, grandissait, maturait. Il avait commencé, non sans méfiance, un cycle de rencontres régulières avec la psychologue de l'IR.

Graziella, thérapeute clinicienne pratiquait ce type de gamins depuis une dizaine d'années. Cinquante ans, sa longue chevelure nattée, jadis blonde, laissait maintenant paraître les couleurs blanchissantes de la maturité, peut-être même de la sagesse, allez savoir. Des rides marquées démontraient ses batailles passées, ses rires, ses pleurs, une vie. Elle ne forçait en rien ceux qui la rencontraient. Elle patientait, laissait venir, parfois longtemps en affût, avant de commencer à gratter les plaies.

Mattéo, adolescent de seize ans, écorché vif, véritable fauve blessé, demandait une prudence accrue. Les pulsions de l'âge, le bouillonnement des hormones, le changement physique dont l'ado ne savait que faire, épicé d'une histoire abandonnique et lourde comme un camion constituaient une alchimie explosive digne des plus beaux feux d'artifice. Le garçon avait déjà démontré quelques échantillons de son style qui lui valaient maintenant une réputation flatteuse.

Graziella savait comme Michel que l'évolution vers la grande adolescence pouvait annoncer une nouvelle éruption dix fois plus puissante. Il s'agissait de marcher à pas feutrés, pesés, mais sûrs.

Doté d'une intelligence réactive et stimulée aux forges ardentes de la survie, l'énergumène avait pris de l'épaisseur et de la taille, ce qui en faisait désormais un dominant sur son groupe. Il ne nourrissait pas une ambition de leader, il désirait juste, comme toujours, qu'on lui foute la paix, ce que les atours de son esprit et de son physique ne peinaient pas à préserver. Les seuls à même de l'emmerder étaient les encadrants. Une sorte de paix armée s'était instaurée. Mattéo, dans la mesure du possible et de ses intérêts, se pliait aux consignes. Une chance, il ne fumait pas ni tabac ni cannabis, considérant à qui voulait l'entendre que ce dernier rendait complètement crétin. Et nul parmi les fumeurs repérés et patentés du groupe ne se serait hasardé à le contester. La vérité profonde, tapie au fond de lui-même, c'est qu'il avait constaté la perte de maîtrise qu'occasionnaient les joints, et cela il ne pouvait l'envisager. S'ajoutait à cela le long périple entrepris avec Graziella sur son histoire et celle de ses parents. De ces derniers, les éléments livrés par le dossier de l'aide sociale étaient pauvres. Pas grand-chose à se mettre sous la dent avant sa naissance. Les zones d'ombre recouvraient une grande partie de leur existence, sur le plateau notamment. Quelques notes retraçaient brièvement leur situation, le décès de Leïla, celui de Michael. Entre les lignes, on devinait quand même leur mal être, leurs chimères, leurs blessures... et leur moyen banal d'y remédier : le cannabis. Hors de question, in fine, de suivre ce chemin-là. Un asthme naissant de plus en plus présent ne l'encourageait de toute façon pas dans cette voie. Il était une des multiples manifestations visibles de l'angoisse intime qui continuait à le ronger, signe que le volcan n'était qu'en sommeil partiel.

Ses seize ans ne le protégeaient pas de la peur, bien au contraire. Sa métamorphose physique, son mètre soixante-quinze et son caractère versatile, débordant parfois sur de la violence, dissimulaient une fragilité archaïque. Ses séances chez la psy ne le laissaient pas intact. Les jours suivants une heure avec elle demandait une vigilance accrue. Souvent agressif, plus fermé que jamais, chacun voyait bien que ça cogitait dur dans la tête du gamin qui pouvait la nuit, laisser pisser ses angoisses en inondant son lit. Et puis Mattéo restait d'un naturel timide. Sa fausse assurance, sa défiance même, défendaient une trouille mal gérée des autres, principalement des filles. Depuis deux ou trois ans, il s'adonnait volontiers aux plaisirs solitaires. De là à aborder une fille, c'était un défi que le rebelle n'avait jamais relevé. Ça le démangeait pourtant, surtout depuis l'arrivée à l'institut de Gaëlle, belle plante de quinze ans, sûre de ses atouts et de l'influence qu'ils exerçaient sur ces benêts de garçons. La gamine était elle aussi d'une nature rebelle, la répartie facile et une aversion naturelle à l'autorité.

Michel avait bien cerné le danger. Le timide et solitaire révolté qu'était Mattéo ne tarderait pas à tomber dans les filets de cette sirène. D'autant que le jeune mâle, yeux clairs, caractère vif et physique longiligne avantageux, ne la laissait pas insensible. Ça puait la connerie à venir à cent lieues. Vigilance, vigilance.

Gaëlle, du haut de ses quinze ans avait les heures de vol d'un avion de chasse en mission, l'expérience d'un chat sauvage, les propositions alléchantes et fournies d'une vitrine du quartier Pigalle.

Sa proie du moment : Mattéo. Bien vu, Michel. La libération hormonale tant redoutée par les ados faisait son œuvre chez ce jeune franco-maghrébin. Les yeux de son père, le teint hâlé de sa mère et les cheveux bouclés, auxquels s'ajoutait une barbe naissante virile lui donnaient un charme indéniable. Il n'était en fait qu'un beau tigre de papier, un géant aux pieds d'argile, une forteresse sans défense devant les assauts séducteurs de la belle féline aux cheveux longs, bruns, fascinants quand ils ondoyaient à chaque mouvement. Elle avait vite repéré ce bel éphèbe à l'aura secrète, nanti d'une réputation de fugueur avide de liberté, capable de tout quand il était motivé... même mal.

De son côté, Mattéo le ténébreux peinait à masquer son attirance pour elle. Ses regards appuyés se voulaient discrets, mais ils étaient captés par tous comme un gyrophare au milieu du visage. C'est elle qui fit rapidement les premières approches sous l'œil attentif et inquiet des encadrants. Séparément, la nitroglycérine et la dynamite sont des explosifs puissants. Mis ensemble, ils constituaient une menace proche d'Hiroshima.

Les « Bonnie and Clyde » des bacs à sable passaient de plus en plus de temps ensemble. Gaëlle n'avait pas grand-chose à faire, d'ailleurs elle se montrait revêche aux activités les plus simples. Inutile de préciser qu'en matière de scolarité, apprentissage et autres tâches ingrates, mais constructives, la synthèse se résumait à « je m'en bats les flancs », ou plus simple, « j'en ai rien à foutre ». Cette philosophie du vide commençait à déteindre chez le Roméo, retrouvant des comportements d'opposition vive, des démonstrations de brutalité verbale et physique vis-à-vis des autres ados, un isolement dans la bulle de ses amours toxiques. Le mâle amoureux, quelle qu'en soit l'espèce, est d'une bêtise insondable, prévisible, terriblement banale, et très chiante pour l'entourage.

Michel et Graziella en première ligne, ils avaient senti l'éloignement de leur protégé sans pouvoir y remédier. Leur adversaire avait des arguments face auxquels les leurs se révélaient totalement inefficaces. Avec deux blaireaux de ce calibre, il était évident qu'on en était qu'au début de la symphonie en connerie majeure. Ils se chauffaient la voix. La testostérone du petit mec chauffée à ébullition sur la gazinière de la belle Gaëlle, on ne tarda pas à en voir les premiers effets.

L'Amour est un stimulant essentiel à chacun, permettant l'épanouissement, l'accomplissement, la maturation. Pour un ado abandonnique, carencé XXL comme Mattéo, ce remède puissant peut devenir un poison destructeur, s'il est absorbé jusqu'à l'overdose. On découvrit un Mattéo jaloux, allant à la castagne s'il jugeait qu'un autre prétendant s'approchait trop près de son élue. Il relevait la moindre occasion de lui démontrer sa bravoure et sa force en s'opposant pour tout et n'importe quoi au personnel. Il n'allait plus voir Graziella, déclarant sur les conseils avisés de sa copine, *« que tout ça, ça ne servait à rien et qu'il pouvait se démerder seul sans cette conne de psy »*.

Les incidents mineurs se succédaient en distance de plus en plus proche. L'Amour rend aveugle dit-on. Il peut rendre aussi très con. Le seul qu'il n'osait défier ouvertement restait Michel. Il connaissait maintenant bien le fonctionnement du vieux « fox ». Sa virilité aurait quelques soucis d'égo, s'il s'amusait à le chatouiller de trop près. Il prit alors ses distances avec lui, ce qui était pire.

Jour après jour, il passait en pilotage pirate de Gaëlle, hors de contrôle des écrans radars de l'éducatif. Une belle éruption s'annonçait dans le beau décor d'amour, gloire et beauté. La seule question sans réponse était d'en connaître le moment.

La beauté fatale, brisée elle aussi par un début de vie merdique et maltraitant, pensait assurément qu'elle maîtrisait la situation, prenant un plaisir affiché à montrer que son jeune ami était sous son charme. C'était mal connaître Mattéo, capable de dépasser les espérances et expériences les plus risquées. La fugue était le moyen le plus basique de s'affirmer, de prendre des risques. Chez un phénomène comme lui, on pouvait envisager les choses avec plus de piquant, surtout quand on est dans le crescendo des amours à la con. Gaëlle parlait souvent de fugue, ce qu'il ne refusait pas. Ce qu'elle était loin d'imaginer, c'est qu'il allait prendre les choses en main et l'embarquer dans des plans foireux. Complètement dépouillé de mémoire et de bon sens, abruti d'amour et de désir de reconnaissance dans les yeux de sa belle, Mattéo avait sa petite et mauvaise idée. Son travail de réparation chez le père lapin le contraignait un samedi sur deux. C'est en rentrant du bois qu'il échafauda un plan.

Le soir venu, entre un pelotage de nichons et deux pelles roulées, il exposa son projet à sa copine de jeux.

- On va se tirer loin, là où personne ne nous cherchera. On va remonter sur Paname. Là-bas, on se débrouillera, et on finira par nous oublier... Première erreur de jugement.

- Je retourne chez le père lapin dans quinze jours. J'en profiterai pour lui demander d'aller chercher son tabac au village. Il me dira de prendre le vélo. Une fois sur place, je trouve une bagnole et je te retrouve à la croix des barres. Cette dernière était un croisement très isolé, à quelques encablures de l'établissement, perdu, aux limites désertiques du plateau. De là, on dégage et on part tranquille. Deuxième erreur de jugement. En attendant, on se prépare. On va avoir bientôt l'argent de poche du mois. On le claque pas, on le garde pour le voyage. En plus, le père lapin me file un peu de fric, ça sera du plus.

Ce que Mattéo ne disait pas, c'est qu'il pensait bien emmener aussi des préservatifs. La trouille au ventre autant que le feu, il voulait faire l'amour avec sa partenaire. Ça, c'était nouveau pour lui. Ce qu'il ignorait, c'est qu'en dépit de ses airs de *louloute* expérimentée, Gaëlle en était au même stade. Rouler des pelles, exciter un mec, draguer, elle connaissait. Faire l'amour, c'était autre chose, l'inconnu total, terrifiant, excitant. Troisième erreur de jugement.

Les deux semaines suivantes, ils firent tout pour ne pas se faire trop remarquer, préparant en secret leur périple. Se faire discret quand on est habituellement très casse couille est une stratégie dangereuse. Dans la lunette d'un éducateur, c'est anormal, suspect. Michel le détecta rapidement, flairant en bon chien de chasse, l'imminence d'une explosion. Les deux comploteurs, pourtant malins, n'avaient pas percuté que ce changement de comportement alerterait les vigies. Quatrième erreur de jugement. Leur seul avantage était celui du moment. Personne ne pouvait savoir.

Le jour J, Mattéo partit normalement accomplir ses travaux chez le père lapin. Il faisait frais, beau. Le printemps annonçait des jours prometteurs, mais pour qui ?
« Fox », le principal limier de l'IR était en congé. Tous les feux passaient au vert. Comme prévu, en début d'après-midi, le

comploteur descendit au village y chercher officiellement du tabac à rouler pour le père lapin. Il abandonna le vélo dans un coin et s'aventura vers le petit parking, désert à cette heure, derrière l'église du bourg. Personne ne bouclait sa caisse. On ne redoutait pas les voleurs ici. Ce vol programmé alimenterait probablement les chroniques de cet endroit où même la routine finissait par s'ennuyer.

En un instant, Mattéo repéra une 4 L, familière, facile à piquer, facile à démarrer. Et puis, on vole ce que l'on peut et aucune Porsche n'était disponible. L'engin tiré de sa sieste grogna jusqu'à ce que le brigand réussisse à le faire tourner. À cet instant-là, il eut une pensée trop furtive hélas, de son précédent vol de voiture et du discours du juge des enfants. Il n'avait en tête que le moment de retrouver Gaëlle, de partir ensemble, loin, très loin, occultant consciemment ou non, la réalité froide et tous ceux qui lui avaient donné leur confiance ; dommage.

Il n'emprunta pas la route principale, s'aventurant par le chemin du Temple pour rejoindre comme convenu la croix des barres. Il ne pensait plus à rien d'autre que son plan. Prudent, il arriva sans pépins au rendez-vous. Une silhouette connue l'attendait. Un baiser de film, et les deux tourtereaux assez tendres pour les vautours du plateau s'enfuirent à bord de leur carrosse de décharge. Ils ne tardèrent pas à s'éclipser, retrouvant le silence du plateau qui n'attendait que deux imbéciles pour s'amuser un peu. Il était autour de quinze heures.

À 17H, le vol de la 4 L fut signalé. À 18H, l'absence de Gaëlle et le non-retour de Mattéo mirent en alerte les permanences de l'institut. Moins d'une heure plus tard, leur fugue était déclarée auprès de la gendarmerie. On n'avait pas besoin de monsieur Jules

Maigret pour lire la corrélation des évènements. Les gredins s'étaient tirés avec une bagnole volée. Ceux-là n'avaient pas fait beaucoup de chemin. Ils s'étaient réfugiés à une dizaine de bornes, dans une de ces ruines de fermes parsemant le Larzac. La baraque, partiellement détruite par les jeux du climat, leur proposait un accueil jusqu'à la nuit. Ils repartiraient alors, abrités par l'obscurité. Et ainsi de suite jusqu'à Paris. C'est ce qu'ils pensaient être un plan imparable. Il ne faut quand même pas prendre les adultes pour plus cons qu'ils ne sont.

Le branle-bas s'organisait, et les premières infos se diffusaient déjà à d'autres gendarmeries. La voiture à l'abri des regards, ils en firent autant dans ce qui avait dû être la pièce de vie de la maison. Ils restèrent un moment à explorer l'endroit, déambulant, prenant leur temps, comme si cette intimité totale et finalement inédite les gênait. Les deux fiers à bras étaient descendus d'un cran, intimidés de se retrouver seuls, loin de toute présence. La peur, le désir grandissant des semaines passées, le parfum grisant de cette pseudo aventure rendaient l'air entre les deux électrique, brûlant, troublant. La paille d'une grange leur offrit le nid idéal. Pourvu que ce ne soit pas la paille de la nativité. Ils ne savaient plus quoi se dire, se regardant, s'embrassant, échangeant des sourires embarrassés, un peu niais. Ils savaient ce qui allait se passer, ce que l'autre pensait. La peur les rendait muets, eux les forts en gueule du groupe d'ados, les terreurs rugissantes. Devant l'acte inconnu qu'ils se préparaient à partager, ils ne faisaient plus du tout les malins. Le vertige d'un désir violent les emporta finalement. Gaëlle prit l'initiative, commençant, non sans trembler à désaper Mattéo qui bandait déjà comme un jeune taureau ; un taureau un peu timide avant l'entrée dans l'arène. À son tour, le geste maladroit, il lui ôta son tee-shirt, découvrant, encore emprisonnée dans son soutif une poitrine généreuse et laiteuse. L'effeuillage continua avec plus ou moins de romantisme. Gaëlle l'interrompit un instant pour lui dire au creux de l'oreille : « *Tu sais, je, enfin, j'ai jamais fait ça...* »

La nouvelle stupéfia Mattéo. Pas au point de débander, non, mais quand même. Il imaginait Gaëlle en experte de l'amour, ayant à sa liste de trophées des partenaires et une expérience active. Il avait juste oublié que derrière l'arrogance se cachait une gamine de quinze ans et des poussières. Enfin, quoiqu'il en soit, ça les remettait sur un pied d'égalité. La maladresse et l'hésitation seraient partagées.

En quelques secondes, ils se retrouvèrent comme au jour de leur naissance. Complètement nus et à l'aube d'une nouvelle vie. Les caresses dénuées de savoir-faire suffirent à les exciter et les faire décoller au-delà de ce qu'ils connaissaient. Jeune et en mal de maîtrise, Mattéo ne put retenir une première éjaculation. Penaud, presque honteux, Gaëlle le rassura, multipliant ses caresses pour le faire repartir à la bataille. La jeunesse gardant sa vigueur et sa force de récupération, il ne tarda pas à redonner des signes probants. Elle l'aida à enfiler un préservatif, sage précaution et l'attira sur elle. Sans violence, mais sans un ménagement, il la pénétra avec vigueur. Elle se mordit les lèvres, retenant sa douleur, tandis que son partenaire s'activait dans un va-et-vient qui leur procura presque du plaisir. La première fois est rarement un feu d'artifice, la leur n'échappa pas aux statistiques. À l'atterrissage, ils se retrouvèrent hébétés, fourbus de tension libérée, mais bordel de merde, ils avaient touché pour la première fois de leur vie un petit morceau de bonheur.

Ils restèrent sans bouger, sans parler, un long moment, encore unis l'un à l'autre, à se demander s'ils n'avaient pas rêvé. La nuit commençait à étendre ses droits sur le grand plateau. Loin de les endormir, elle les poussait à reprendre la route. Le romantisme patienterait. Poussive, la Renault repartit. Elle avait par chance, presque le plein. Il faudrait bien passer à la pompe et affronter un regard. Ils n'en étaient pas arrivés là. Ils grignotèrent une partie des quelques denrées empruntées à l'IR et au père lapin, et se jetèrent dans la nuit. Prochaine étape, Sainte Eulalie de Cernon, à deux pas d'un vieux moulin abandonné seize ans auparavant. La nuit sans lune plongeait tout dans une noirceur épaisse que le faisceau lumineux de la vieille guimbarde peinait à transpercer.

Vers deux heures du matin, ils arrivaient sur La Cavalerie. Traversant la nationale, ils s'engouffrèrent dans les ténèbres de la petite route qui descendait sur Sainte-Eulalie. La vieille et puissante Commanderie du Temple veillait, séculaire, sur ses terres du Larzac, racontant au Cernon des histoires de croisades. Le village avait largement débordé ses murailles au cours du temps, et à cette heure tardive, il n'y avait âme qui vive. L'esprit de leur plan était de quitter le coin le plus vite et le plus secrètement possible, en évitant les grandes agglomérations comme Millau, toute proche ; un chemin d'école buissonnière.

Si les hommes les cherchaient, une autre entité avait son mot à dire. On ne quitte pas impunément et comme des voleurs le plateau du Larzac. Le vieux monstre minéral imposait sa loi aux hommes depuis longtemps. Ce n'étaient pas deux Croquignols en cavale qui allaient la mettre en défaut.

Le Larzac n'est certes pas de chair et de sang. Il est une démonstration de Puissance pure à l'échelle de la nature et de l'évolution géologique. Son histoire est empreinte de gigantisme, de génie, d'extraordinaire, qu'elle soit dans sa formation que dans celle des hommes qui le peuplent depuis des millénaires. Ici, la nature et l'humanité souffrent mal qu'on ne les respecte pas, qu'on les trompe. Nulle magie noire ou sorcellerie dans tout cela. Juste une question de bon sens, de prudence et de respect. Et Mattéo commençait sérieusement à abuser. Sa mémoire allait être rafraîchie. Planqués au bout d'un chemin, dissimulés sous les arbres, ils s'arrêtèrent prendre un peu de mauvais sommeil après une soirée et une nuit forte en émotion. Morphée les abandonna fort tôt, ne leur octroyant que trois petites heures. Le matin levant était gris, délivrant un crachin mieux acclimaté au littoral atlantique. Le réveil fut compliqué, malgré un baiser chaud en guise de petit déjeuner. C'était d'ailleurs ce qui les préoccupaient. La maigre provision de nourriture n'avait pas suffi à rassasier les deux ados. À cet âge-là, on mange bien, beaucoup, surtout si on a besoin de compenser un ventre vide et un néant d'angoisse latent, bien installé. Cela signifiait entrer en contact avec des personnes, passer à découvert.

Les besoins archaïques règnent en maître sur les esprits les plus éclairés. Chez un ado, ça prend parfois une démesure boulimique. La bouffe est un objet essentiel. Le sexe, quand on y a goûté, se place dans le peloton de tête. Gaëlle et Mattéo venaient de le découvrir avec intérêt. La première peur dépassée, ils ne demandaient qu'à remettre ça. Une cabane en phase terminale de décomposition fut le théâtre délabré de leurs ébats. Ils ne tardèrent pas à se réchauffer et à entreprendre un nouveau voyage délicieux, plus savoureux et savouré que le précédent, on apprend vite à cet âge. À défaut de chocolat chaud et croissant, ils se nourrirent d'Amour et de fraîcheur matinale.

8H30 ; l'heure de tous les dangers. Repus sexuellement, l'estomac réclamait naturellement son dû, d'autant plus après une débauche d'énergie. Dans l'épicerie inoffensive d'apparence d'un petit bourg, Gaëlle acheta boissons et nourriture. Mattéo l'attendait, moteur en marche. La dame ridée et âgée qui tenait la boutique ne paraissait pas bien inquiétante, avec sa démarche lente, son visage mille fois ridé, ses lunettes et son sourire avenant. Mais derrière ses carreaux, la vieille Caussenarde gardait un œil acéré, méfiant, curieux, ne manquant rien de ce duo atypique et trop juvénile pour être au volant. Elle n'en fit pas cas sur l'instant, laissant traîner sans vraiment y penser cette rencontre fortuite dans un coin de sa cervelle vieillissante, à l'analyse expérimentée et alerte.

Repliés dans un coin de Causse, les deux fugueurs, rassurés et presque fiers de leur exploit, goûtaient une collation et une pause bien venue. Le ciel n'était pas au mieux de sa forme, l'avenir rassemblait plus d'inconnues que dans un bottin, mais ils se sentaient invincibles dans le petit nid douillet de leur idylle. C'était sans compter avec Louise Mélès et ce salopard de Causse qui n'avait encore pas réclamé son tribut.

Louise Mélès, soixante-dix-huit ans au compteur n'avait jamais pensé à lâcher son épicerie. Veuve depuis dix ans, sa boutique était toute sa vie. Véritable nœud de communication du bourg avec l'incontournable bistrot, c'est à l'épicerie qu'on échangeait les derniers potins, entre les bilans de santé et des prévisions météorologiques. Louise était native de Sainte Eulalie, Caussenarde jusqu'aux os. La vie avait lentement aguerri ce caractère travailleur et rude, prenant garde à tout, tuant toute naïveté dans l'œuf, à l'excès parfois. On aimait bien Louise, figure emblématique d'une histoire collective, image vraie de la Caussenarde qui avait mérité sa place de haute lutte dans cet environnement majestueux et difficile.

Le passage matinal des deux loustics revenait avec entêtement à son esprit. Il y avait là quelque chose de bizarre qu'elle ne définissait pas, un truc qui ne collait pas. Elle fut la première à se dire qu'elle voyait le mal partout et passa à autre chose, jusqu'à ce que le cantonnier vienne faire quelques emplettes dans son bazar. L'échange rituel de banalités entre les deux prit vite une tournure d'enquête policière quand le brave employé de mairie fit allusion à sa découverte. Il avait aperçu au petit matin une vieille Renault sur les bords de la rivière, en retrait sous les arbres, comme volontairement dissimulée.

« *Une Renault ? Quelle Renault* » ? Demanda l'épicière qu'un petit signal d'alerte venait de réveiller la pensée. Louise n'était pas encore du genre à dérailler, et elle eut tôt fait de faire le lien avec l'équipage du matin, voyageant en 4 L. L'homme confirma la marque et le type. Aussitôt, les neurones de la vieille sortirent de leur placard toute la suspicion possible.

- Qu'est-ce que c'est que ces deux lascars. Ils avaient l'air bien jeunes, du moins de ce que j'ai pu voir, la gamine essentiellement. Et tu me dis que tu les as vu ?
- Dame ! Pour sûr ! Je me suis même demandé ce que cette bagnole foutait là !

En une fraction de seconde, Louise qui tenait son aventure de la journée, agrippa le téléphone et appela la gendarmerie. Le planton de permanence prit mollement l'appel de cette commère en notant les infos et en promettant une hypothétique patrouille. Hypothétique jusqu'au moment où, classant les infos du jour attentivement et consciencieusement, il fit le rapprochement entre un vol de 4 L signalé la veille sur les hauts du plateau, la fugue des deux mômes, et l'info de Louise Mélès née Sennac, qui avait apporté son témoignage une heure auparavant. Ce n'était pas l'affaire du siècle, mais ça méritait un petit tour.

Le temps changeait, passant d'une pluie fine à des averses consistantes, chargées. Le vent s'invitait progressivement à la fête, les températures chutaient vite. Vers midi, la lumière n'était plus qu'ombre, affaiblie par les nuages, certainement conviés à un colloque au-dessus de la région. Les tourtereaux avaient pris leur temps, ne voyageant qu'en mode nocturne. Ils s'étaient déplacés, remontant sur le plateau, en quête d'un coin peinard. Au soir, ils se risqueraient à prendre du carburant et rouleraient toute la nuit. À l'aube, le Larzac serait loin. C'est ce qu'ils pensaient, le cœur empli d'espoir à la sauce trouille.

Les gendarmes se rendirent sur Sainte Eulalie et aux alentours, rencontrant Louise, effectuant leur travail d'enquêteurs avec soin et précision, malgré un temps qui devenait de plus en plus agité. Les deux oiseaux avaient déjà pris leur envol. À seize heures trente, ils rebroussèrent chemin, après un minutieux ratissage.

Mattéo et Gaëlle, tranquillement tapis, confiants dans leur baraka, attendaient le moment opportun, souhaitant ne croiser personne et bénéficier d'une amélioration des conditions météo.

S'ils avaient réussi à s'éclipser provisoirement aux yeux des autorités, il en était un à qui ils n'échapperaient pas si facilement. En début de soirée, les éléments passèrent en mode survitaminé.

Le plateau entonnait sa mélodie lyrique et colérique. Ce qu'un marin nomme une tempête se retrouve en ces lieux sous le vocable poétique « d'épisode cévenol ». En d'autres termes, malheur à ceux qui ne seraient pas à l'abri du courroux du souverain de pierre, de vent et d'eau…

La noirceur écrasait maintenant les terres et les têtes. La pluie dansait, emportée par les bourrasques. Le soleil, interdit de séjour pour de longues heures, était renvoyé dans les geôles profondes d'une nuit en pleine journée. Tout était sombre, triste, inquiétant. Le plateau revêtait sa cape funèbre. Le Tarn, la Dourbie, la Jonte, enfants et vassaux du grand Causse ajoutaient leur folie en déchaînant leur débit de fureur, grossi par les trombes célestes. On se serait cru aux secondes originelles, celles pendant lesquelles la nature accouchait de son œuvre de vie, dans la douleur. Les êtres, hommes et bêtes courbaient l'échine, terrés dans leur trou, attendant que le maître daigne éteindre sa colère. Tous, sauf deux inconscients, assis dans une misérable boite de fer et de caoutchouc, osant dans leur ignorance naïve et dangereuse le provoquer. Ils ne pouvaient rien leur arriver pensaient ils ; mieux, cela retarderait les chiens lancés à leurs trousses.

C'est beau la verte assurance d'une jeunesse sûre de sa force. C'est beau et ça rend aveugle et sourd. L'adversaire qui se présentait n'avait rien d'un éducateur ou d'un flic, facile à rouler. Il était avare de son pouvoir, intransigeant, implacable, mortel. Et il n'aimait pas être ignoré. À quelques dizaines de kilomètres, le tableau était aussi noir. L'IR subissait comme chacun les brutalités du climat.

Michel allait et venait, partagé entre colère, inquiétude et déception. Cette alchimie était mauvaise à la réflexion. Le vieil éducateur dut rassembler toutes ses forces pour demeurer efficace et raisonner. On le payait pour ça. Le changement de temps augmentait la charge émotionnelle. Un tel épisode restait passager. Il exigeait cependant une prudence et une humilité accrues. Et les dernières frasques de ces deux crétins ne se dirigeaient pas dans ce sens. Personne ne le disait ouvertement, mais tout le monde envisageait le pire. Le personnel de l'établissement, Michel le premier, tous Caussenards de naissance ou d'adoption savaient que mettre le nez dehors à cet instant pouvait se payer au prix fort.

Le seul avantage de la situation, c'est que d'autres fugues seraient inexistantes pendant plusieurs jours. C'était une maigre consolation.

Dans la Renault, version Paris Dakar, les aventuriers aux rêves perdus commençaient à se poser des questions pleines de bon sens.

Cloués au pilori de leur bêtise, ils venaient d'enfanter une fragile inquiétude. Combien de temps cela durerait ? Pourraient-ils repartir sans dommages ? leur cache sous les arbres était-elle vraiment une bonne idée au final ? Leur inquiétude connut au fil des minutes longues comme des heures une enfance heureuse, croissant vers une angoisse adolescente vigoureuse. Encore un peu, et elle arriverait à la maturité d'une terreur panique incontrôlable.

Mattéo flippait, mais son statut d'homme de la situation interdisait les manifestations démonstratives. Il avait déjà affronté le Causse et il avait perdu. Sa mémoire lui réservait d'un coup des images réchauffées plutôt indigestes. Gaëlle, plus expressive, moins bravache aussi, n'hésitait pas à libérer sa peur : « *Putain ! Qu'est-ce qu'on va faire ! Ça redouble d'heure en heure. On est comme des cons et en plus ça fout les boules ! Putain, on va avoir des merdes !* »

Pour le dernier point, c'était digne des meilleurs oracles. Au mieux, ils passeraient au travers de la tempête et seraient récupérés. Au pire, les éléments feraient joujou et les jetteraient ensuite comme n'importe quels détritus. Son compagnon d'infortune tenta vainement de la ramener à la modération, en vain. La soirée de la veille avait disparu en pertes et profits. Pertes surtout. Et oui mon petit, n'est pas éducateur qui veut…

La journée passa ainsi, pissante d'angoisse, d'énervement, que ce soit dans la guimbarde où à l'institut. La fin du jour apporta une accalmie. La pluie s'amoindrit, le vent parut moins fort. Un habitué connaît ce genre de pause. Elle ne signifie en rien la fin des hostilités. Au contraire, elle est souvent, à l'instar du creux de la vague, l'annonciatrice de la suivante, plus forte, plus haute, plus destructrice. L'appât, sésame inespéré, s'offrait, prometteur, entre les mâchoires du piège tendu.

Opportunistes malheureux, ils n'hésitèrent pas une seconde. Dans la fumée du pot d'échappement et la brume humide, sueur du Causse qui reprenait son souffle pour le rappel, ils s'extirpèrent difficilement du chemin boueux. La route trempée et encore balayée par le vent était jonchée de matériaux divers. Branches, feuilles, arbres constituaient autant d'obstacles.

Désorientés par les caprices virulents du temps, ils désiraient s'éloigner vite, retrouver le soleil et la tranquillité. C'était beaucoup demander à une nature décidée à ne pas s'en tenir là.

Rapidement, les éléments reprirent le refrain de leur chanson à capella. La pluie donna le LA, vite imitée par le vent, très en forme dans la funeste chorale. La bagnole n'avait rien d'un char d'assaut, et devint la souris malmenée dans les pattes du chat. Au milieu de cette tourmente, Gaëlle et Mattéo se sentirent seuls comme jamais. Ils en venaient presque à regretter l'ennuyeuse présence des personnels des « Roches », ces bouffons si sécurisants. La fureur ambiante les mettait à genoux, humiliés et vulnérables, revendiquant sa supériorité sur toute autre colère, à commencer par la leur.

La peur peut être un moteur puissant. Elle favorise également, quand elle *embolise* l'esprit un poison poussant à l'erreur. Pris dans ce chaos, abruti par la logorrhée de Gaëlle qui n'en finissait pas de clamer sa terreur, Mattéo prit le premier chemin, dans l'espoir vain de trouver une maison, une *baumas*, un abri de berger, n'importe quel refuge pourvu qu'il soit en dur. En lieu et place d'un toit *sécure*, la piste de terre détrempée les invitait sur les hauteurs, sur un désert d'arbres et buissons rachitiques torturés par le vent aujourd'hui, par le soleil un autre jour ; une antichambre de l'enfer.

Ils n'en pouvaient plus, baignés dans un son et lumière de leurs propres histoires de vie, brutales, maltraitantes, aux frontières permanentes de la survie. Une rafale traîtresse balaya d'un coup la proie découverte, sans défense. La caisse partit sur la gauche, les pneus usés glissant dans la boue. Leur prestation de patinage artistique finit dans un trou à moitié rempli d'eau. Leur chance, c'est qu'il était juste assez grand pour n'engloutir que l'avant de la voiture. Leur malchance, c'est qu'ils étaient maintenant complètement bloqués, choqués, livrés au jugement du plateau et de ses assesseurs... Gaëlle se mit à hurler quand elle s'aperçut qu'elle saignait du front. Rien de grave en vérité, mais le sang fait souvent un effet horrifiant, surtout au milieu de nulle part, écrasé par des cataractes d'eau. Sa panique très démonstrative permit au moins à Mattéo de sortir de sa torpeur, sonné par l'impact, un bleu sur le front. Entre les cris de sa belle et le KO, ce dernier aurait été préférable. On ne peut pas toujours choisir.

Sa pile de survie reprit vite les manettes. Progressivement, péniblement, il réussit à calmer Gaëlle, épuisée par ces heures de furie. Elle s'effondra en sanglots, bientôt rattrapée par Mattéo. On ne sut jamais qui, du ciel où de leurs systèmes lacrymaux gagna le record du débit. Ce qui est sûr, c'est qu'il pleuvait des cordes de bateaux et qu'ils chialèrent longtemps. Les deux amoureux des

Causses ne fleuraient pas l'eau de rose. Ils étaient plutôt les héros « d'autant en emporte le vent », épisode bataille de Gettysburg. Red et Scarlett ne ressemblaient plus à grand-chose d'humain. Dans l'habitacle inutilisable, ils restèrent des heures, à supplier, à se demander quand s'arrêterait ce déluge. Ils avaient faim, froids. Ils étaient trempés, sales, vidés. Le néant les ramenait à lui. Hier, demain n'existaient plus. Et de toute façon, hier était pourri, demain n'avait jamais vraiment existé, ce demain dont rêvent les enfants, garni d'une prairie d'herbe verte.

Un enfant, un ado, tel que Mattéo Bonaventure le mal nommé ne pouvait pas envisager ce futur-là. Il n'envisageait pas de futur du tout. La saga tragicomique de la lignée Bonaventure continuait ses chapitres à l'encre noire d'un désespoir gluant comme une toile d'araignée, et d'une malchance plus collante qu'une merde de chien. Un « chien », pourtant, ne croyait ni à la chance ni à la malchance. « Fox » croyait à l'action, la résilience, la persévérance, au pouvoir des êtres de retourner des situations délicates.

« *Question de temps* » se disait-il souvent en travaillant à l'étayage et à la restauration de vies abîmées, détruites. La patience est un trésor d'éducateur. « Fox » la possédait, enrichie par des décennies de pratique, renforcée par l'espoir, jamais complètement éteint. Il avait planté ses dents dans le mollet du fugueur, il ne le lâcherait pas, si le Plateau voulait bien rendre ces deux linottes en un seul morceau. Le vieux professionnel était un enfant de cette région. Il en connaissait la redoutable puissance, tellement belle, surtout en colère... à condition de se mettre à l'abri.

Attendre, attendre, rien d'autre à faire. Attendre que le monstre se rendorme, calmé, de nouveau accueillant. Il ne paraissait pas pressé, fâché contre je ne sais qui ou quoi. Attendre ensuite que les deux boulingrins refassent surface, en vie. La nature élimine facilement les faibles, sélection cruelle et indispensable. Michel craignait qu'ils n'aient eu un pépin. Le lancinant refrain de l'inquiétude trottait dans sa tête de bois, repoussée en vagues par la confiance gardée en Mattéo. Il avait grandi sur cette terre, accompagné par une famille Caussenarde pur jus. Sa vie avait été depuis le début un exercice de haute voltige sans filet. Ils s'en sortiraient, immanquablement. Ils en détenaient la force, la capacité. Il croyait en eux, reprenant pour eux l'espoir à nourrir, attendant encore une fois qu'ils soient suffisamment forts pour continuer seuls et armés. C'était son *taf*, c'était son boulot. Ça ne les dispenserait pas d'une engueulade inscrite dans la pure lignée de « l'épisode Cévenol » et des conséquences désagréables de leurs actes.

Le Larzac s'octroya une nuit supplémentaire de fête avec ses vieux potes, les cieux déversant des millions de litres d'eau libérés de toute contrainte, le vent au souffle mille fois déployé, les rivières et ruisseaux devenus des tueurs sans pitié.

Au petit matin, au bout d'une nuit de fin du monde, les invités du bal se retirèrent un à un, repus de cette nouba de l'enfer. Les stigmates de la danse parsemaient le plateau. Nature défaite, arbres cassés, cours d'eau charriant mille détritus, les reliquats de la colère s'estomperaient vite. Parmi les déchets, Gaëlle et Mattéo. Tétanisés au fond de ce qui restait une voiture, ils se remettaient mal des moments subis dans la peur. Brinquebalés toute la nuit dans leur boite de conserve, ils n'avaient pas bougé, incapables de risquer l'inconcevable en se précipitant hors du véhicule. La matinée naissante prédisait un retour au calme. La pluie, redevenue modeste crachin diminuait. Le vent sifflait plus qu'il ne rugissait. Rapidement, il retournerait dans les sacs d'Éole, se muscler pour la prochaine. Les nuages menaçants, chargés des eaux du déluge, se craquelaient avec respect devant un soleil timide, vérifiant, méfiant, qu'il pouvait entreprendre son travail de séchage. Il aurait son heure de gloire, plus tard, quand il brûlerait ces terrains arides pendant l'été, surchauffant terre et hommes à l'extrême.

Les survivants parvinrent non sans crainte à sortir de la pauvre 4 L ; une de plus martyrisée par les soins de Mattéo. Le beau rêve de fuite en avait un sérieux coup dans l'aile. Abandonnés à eux-mêmes sur un sentier crasseux, abîmés physiquement et psychologiquement par l'épreuve, ils erraient plus qu'ils ne marchaient. Leur orgueil détruit, ils se traînèrent jusqu'à la route. La capitulation était proche. Les hommes n'avaient pas réussi à les faire plier. En quelques heures, le plateau les avait anéantis. Sa fureur redescendue, il autorisait le retour au calme. Une pâle clarté s'imposait, la brise, hier encore géant terrible, caressait leurs visages meurtris avec douceur, prodiguant ses soins aux deux rescapés. Quelques oiseaux chantaient, la vie reprenait son rythme normal ; l'arche de Noé après le déluge. La sanction était tombée, la leçon était donnée. Restait pour eux, le devoir d'en tirer la morale.

Gaëlle, épuisée n'exprimait que le désir de rentrer. Le cadre strict de l'internat des « Roches » valait mieux que la liberté tyrannique du plateau. Mattéo n'était pas dans cette logique. Il voulait continuer, conscient de ce qui l'attendait à l'établissement. Renoncer signifiait mourir. Son entêtement bloquait une réflexion objective, positive. Assumer ses actes et ses choix, c'est devenir adulte. L'affaire ne le tentait pas trop, c'est envers et malgré lui ce qui était en train de se profiler. Le volcan, cette putain de bouche de feu qui le dévorait reprit du tonus, renvoyée pendant la tempête à un petit rôle de seconde zone. Une sourde colère monta en lui, crachant son dégoût, sa haine, sa misère à la face de cette vie de merde. Il se mit à hurler, à vociférer. Plus que des mots, c'était des cris de rage lancés au gré de ce vent de pute, de ce plateau immobile et monstrueux qui, une fois de plus, le réduisait à ce qu'il pensait être : rien.

Des arbustes, épargnés par le temps, n'eurent pas de seconde chance. Le gamin fou de désespoir et de colère s'acharna sur eux, les dépouillant, les brisant, les écrasant. Faible vengeance d'une créature impuissante, pathétique démonstration du vaincu. Le Larzac n'avait pas vaincu le gamin. Il l'avait sauvé, mais il ne le savait pas. La seule défaite enregistrée était bien celle que Mattéo avait orchestrée. Il en détenait la paternité exclusive.

La flamboyante Gaëlle n'en menait pas large. Ses forces laminées, elle se retrouvait avec un fauve en liberté, se demandant s'il allait s'en prendre à elle. La lionne du groupe ado n'était plus que l'ombre d'elle-même.

Sa personnalité provocatrice, irrespectueuse, venait d'être ravinée par un environnement impitoyable, qu'elle ne pouvait que subir. Mise à nue, exténuée, l'explosion subite de son Roméo la chavira dans un gouffre de désillusion, de doutes, de terreur. Elle revivait « en live » ses nuits d'enfants où, terrée au fond de son lit, elle fuyait les cauchemars nocturnes et les cris d'une maman tabassée par son père. La petite fille maltraitée triomphait, laissant à ses pieds les oripeaux de l'adolescente brisée qui voulait conquérir le monde. Ses inquiétudes étaient sans objet. Mattéo ne s'en prendrait pas elle. Il avait une conscience, de l'affection, rien d'un psychopathe en herbe, avide de satisfaire ses pulsions morbides.

La route déserte les mena en direction de Sainte Eulalie. Quand se dessinèrent dans le paysage encore barbouillé les tours de la Commanderie, ils stoppèrent. Un instant silencieux, ils cogitaient sur ce qu'il fallait faire. Prendre une décision est un exercice compliqué, difficile. Ce n'est que lorsque le choix est fait, qu'on éprouve, quoiqu'il advienne, un peu de légèreté. Gaëlle, complètement cuite n'était plus en mesure de décider. Mattéo, guère plus frais, la tête un peu plus claire décida pour les deux.

L'instant avait un côté théâtral, dramatique. On aurait volontiers attendu une musique romantique, un peu enlevée, genre « Titanic », pour accompagner les secondes et faire pleurer dans les chaumières.

- Bon, Gaëlle, t'es au bout, tu dois te reposer, te soigner, tu peux pas continuer comme ça, asséna Mattéo.
- Tu vas aller chez le premier habitant et tu leur dis d'appeler L'IR ou les condés. Tu risques rien, juste de te faire un peu pourrir, mais c'est rien, ça leur passera vite. Moi je file, parce que la note pour moi ne sera pas la même. J'ai déjà une ardoise au cul.

Ce discours était la première chose intelligente qu'il eut prononcé depuis quelques jours. Sur toute la ligne, c'était vrai. Gaëlle devait se reposer et lui avait effectivement de la vaisselle sale dans son arrière-cuisine. Interloquée, prise de court, Gaëlle reprit :

- Mais, mais… C'est pas possible, on doit pas…
- Arrête Gaëlle, c'est fini. Merde, regarde dans quel état tu es. On s'est planté, on tiendra pas à deux. Vas-y, moi je file avant que la cavalerie soit sur le coup.

Pour couper court à un dialogue de sourds, il lui roula une pelle à lui décrocher les amygdales, et s'empressa de dégager, plantant la gamine à deux pas de l'ombre des Chevaliers au Baussant. À peine le temps de se retourner et elle le regardait détaler au milieu de la végétation, lapin de garenne cherchant à échapper aux cartouches des chasseurs. Elle le suivit autant que sa vue lui permit. Il disparut derrière des rochers calcaires ruiniformes, murailles déchiquetées par l'érosion de l'eau et du vent, encore eux. La pensée en petits morceaux, elle s'avança d'une démarche automatique, robotisée vers les premières maisons. Elle ne tarda pas à rencontrer quelqu'un qui s'empressa d'appeler la gendarmerie. Son sort fut scellé en une heure. Le taxi bleu fut vite là, ramenant Gaëlle dans les locaux de la gendarmerie où elle put prendre un peu de repos. Avant le début de l'après-midi, elle repartait de l'autre côté du plateau, aux « Roches ». Nul ne sût si elle en eut conscience, mais un ange gardien pugnace et tenace avait bossé comme un taré cette nuit-là.

Le Causse venait de connaître un épisode sévère et dévastateur. Des toitures étaient arrachées, des hectares de bois étaient dévastés. Plus grave, La Dourbie devenue folle avait pris la dîme macabre de sa fureur en emportant une personne, pas encore retrouvée. Parler de miracle aurait été excessif ; d'un gros coup de pot assurément.

Gendarmes puis éducateurs, rassurés de retrouver la rebelle en carton ne manquèrent pas de la cuisiner pour savoir où cette tête folle de Mattéo était parti. Elle ne put retracer que leur parcours commun, occultant les instants plus intimes de l'épopée. Quant à dire où était son comparse, elle n'en savait foutre rien.

Le retrouver devenait pressé. Le gamin passé en roue libre, épargné par les caprices du plateau, serait harponné par sa propre détresse. Il approchait des frontières d'un désespoir dangereux, dans les marécages d'une mélancolie suicidaire. Les digues de l'esprit avaient cédé, la retenue un lointain souvenir. Ce crétin risquait de faire n'importe quoi qui puisse le mettre en danger ou autrui. Son pedigree témoignait en faveur de cette possibilité.

« La faim pousse le loup hors du bois », dit le proverbe. Ce fut sa perte et sa chance. Il était retourné sur ses pas et, sans se méfier, affamé, s'était présenté au comptoir de la très vigilante Louise Mélès née Sennac… La vue acérée de la vieille louve reconnut de suite le chien mouillé et sale qui paya, un je ne sais quoi d'inquiet dans l'attitude, la baguette, le saucisson, les poires, le coca et la bouteille d'eau. Sans demander son reste, il fila sous le regard prédateur de l'épicière. Elle n'était pas méchante « la Louise », juste méfiante. Lui faire à l'envers se révélait mission impossible. Elle regarda quelle direction prenait sa proie, et s'empressa, une nouvelle fois de prévenir qui de droit. Les militaires revinrent avec diligence. Il était temps de conclure cette affaire qui n'en était pas une, mettre à l'abri ce gamin plus paumé que dangereux. Sur les indications de Louise, ils se dirigèrent sur ses traces, aidés dans leur tâche par leur chien, un beau berger allemand répondant au nom de Saphir.

Dépêché sur place, le jeune Maréchal des Logis Julien Paulin avait sa mission chevillée au corps. Fils de gendarme, il aimait sa fonction, le respect de la loi et de l'uniforme, la protection des populations. Sa détermination palliait une expérience encore tendre. Accompagné de deux hommes guère plus âgés que lui, ils pistèrent Mattéo. Le chien ne tarda pas à flairer le passage du blaireau. Le rattraper n'était qu'une question de minutes.

Après toutes ces émotions, l'estomac, le corps de Mattéo réclamaient leur ration de calories. Tranquillement installé derrière un muret, où même Louise ne le verrait, il fut trahi par l'arôme du saucisson et l'odeur un peu rance qu'il dégageait à l'issue de ses heures éprouvantes ; un jeu de chiot.

Le fringant Saphir amena sans perdre de temps ses maîtres au fugueur qui, affairé à se nourrir, ne vit rien venir. Il se retrouva face à trois hommes en uniforme et un chien imposant jappant, non menaçant, mais satisfait d'avoir fait le boulot : *« Mattéo Bonaventure ? Gendarmerie Nationale. »* Il est certain qu'ils n'étaient pas des « schtroumpfs » à la recherche de salsepareille.

Interdit, son quignon de pain en main, le pique-niqueur clandestin se figea, pris au dépourvu. Les hommes de loi l'entouraient. Il se leva, sans un mot, le regard plein de morgue et de défi à leur égard. Les yeux fixés dans ceux du Maréchal des logis, il sentit remonter de ses entrailles toute l'énergie émotionnelle, la tension accumulée ces derniers jours. À cette seconde précise, le cratère débordait, prêt à exploser.

Julien Paulin, garant de la loi, n'apprécia pas du tout le message insultant lancé par ce visage pissant de mépris. Sa vigoureuse jeunesse couplée à sa fierté, il sortit sa paire de menottes, signifiant son droit et sa domination.

- Tu ne me regardes pas comme ça, et tu fais profil bas. Tu nous suis sans faire d'histoires.

Le fonctionnaire ne faisait que ce qu'il croyait juste, rien de plus. Pour l'ado fugueur, c'en était trop. Le cratère vomit son magma.

- Fils de pute, bouffon de flic, sale con, je te regarde comme je veux et je t'emmerde. Dans le même temps, il envoya une bonne droite au gendarme qui partit dans le décor.

Il n'en fallut pas plus pour que ses deux collègues lui sautent dessus, le mettent au sol, et l'entravent brutalement. Il faut dire qu'il l'avait un peu cherché. Saphir aboyait maintenant agressivement, prêt à bondir et planter sa belle dentition dans ses mollets appétissants. Heureusement pour lui, la bête bien dressée obéissait au doigt et à l'œil. Les gendarmes, agacés, mais maîtres d'eux, n'en firent rien. Ils étaient des professionnels, pas des tortionnaires à la petite semaine. Face contre terre, les mains attachées dans le dos, il continuait à déverser son flot d'insultes, s'agitant comme un ver coupé, essayant de donner des coups de pied. Il s'adoucit sous la menace de voir Saphir s'amuser un peu. Le bluff fonctionna, renforcé par le berger qui montrait des dents splendides en un rictus un peu flippant.

Reprenant ses esprits, l'œil gonflé, Julien Paulin redevenu le gendarme sobre et sans états d'âme, reprit là où il avait été interrompu.

- Mattéo Bonaventure, vous allez être poursuivi pour outrages, coups et blessures sur un membre des forces de l'ordre. Ça s'ajoute au vol de voiture. Allez, emmenez-le, on va voir tout cela à la gendarmerie.

Le Maréchal des logis venait de doucher ses ultimes miettes d'espoir, ponctuant froidement une équipée de trois jours sans gloire et heureusement sans victimes. Tout cela restait dans le *soft*, les vrais soucis commençaient maintenant. Placé en cellule d'isolement, Mattéo tournait comme une bête piégée. Écrasé par une réalité pas fâchée de retrouver sa place dans cette tête en friche, il redescendait par paliers violents de ce qu'il avait voulu merveilleux. Les paroles du gendarme transmettaient un écho sinistre à celles de la juge des enfants. Le lien se tissait un peu tard.

Il était toujours sous l'effet d'une tension extrême, sa colère revenant à pleine puissance, mais seulement contre lui-même. Les *« je n'aurais pas dû »*, les *« si j'avais su »* ne servaient à rien, les regrets également. Les faits se plantaient devant sa conscience et son intellect. Une fois de plus, il ne restait que des ruines de ce qu'il avait commencé à bâtir. Fou de rage, il se déglingua les poings sur les murs et pleura, longtemps.

Lorsque le planton de garde vint le voir, apportant repas et pansements, il était recroquevillé dans un coin de la pièce, le visage décomposé par les larmes, ses yeux clairs dégageant un éclair de défi inextinguible qui ne servait absolument à rien. On le laissa mariner dans sa mélasse une bonne heure encore. Vu la gravité des faits, il était en garde à vue. Ce n'est que plus tard qu'il fut sorti, menotté et amené sans ménagement et sans brutalité devant l'officier chargé de l'interroger et d'enregistrer sa déposition.

Calé sur une chaise inconfortable, entravé, il ressemblait à une épave échouée sur une plage du littoral. Vaincu, il n'était plus qu'une coquille vide, emplie par le vent de ses chimères et ses rêves de liberté, comme ses parents, seize ans plus tôt.

L'interrogatoire n'eut rien d'une causerie au coin du feu, un instant suspendu où on refait le monde. La situation était grave et simple. On n'attendait pas d'aveu de sa part, juste une chronologie des événements, son rôle exact et si possible, quelle idée farfelue l'avait motivé. Qui aurait pu comprendre en vérité qu'il ne cherchait nullement à nuire à qui que ce soit. Il voulait fuir la calamité permanente de ses jours, les démons qui les hantaient, pouvoir comme n'importe qui décrocher sa part de paix, de bonheur peut-être.

Plus refermé que jamais, et désormais déserté par la vie, ni inquiet, apeuré, en colère, il répondait sobrement, « oui, non, je sais pas ». Pas de quoi alimenter les archives de la gendarmerie où de fournir aux auteurs de polar une inspiration créatrice.

L'entretien fut laborieux pour les militaires, rompus aux personnalités difficiles, mais ramant à contre-courant avec cet adolescent muet comme une carpe, paraissant loin, très loin de la réalité du moment et du bureau austère de la gendarmerie. Il était loin en effet, là où on ne pouvait l'atteindre, dans ses cryptes profondes, refuge de sa fragilité, de toutes ses blessures.

Ramené dans sa cellule, on décida d'appeler un médecin. Son attitude changeante, passant de la colère violente au mutisme impénétrable, laissait peser la présence d'un trouble sous-jacent ancien ou consécutif à ses journées passées dans la lessiveuse de la tempête. Il n'était pas dérangé, il était épuisé. Sa source vitale était tarie, laissant crever les jeunes pousses du lendemain.

L'éruption du vieux volcan laissait derrière elle un paysage terrible, le royaume de la misère humaine. Un néant mélancolique avait conquis son être. Entraîné vers les hauts fonds par le poids de cette reine suicidaire, il ne voulait plus qu'une chose : crever une bonne fois. L'espoir, cependant, est d'un entêtement à faire pâlir un âne. Sa flamme résiste à tous les vents, petite, timide, se garde sans se consumer, scrutant l'instant inattendu de propager son incendie. La pente du volcan libéré de son magma brûlant offre un spectacle de désolation. Sous la croûte épaisse se cachent des promesses de récolte, d'épis lourds de grains, de vie.

Mattéo, en apnée totale dans l'océan de ses déboires mortifères, ne pouvait voir ou entendre cette étincelle de vie qui envers et contre tout, chantonnait, presque inaudible sa petite mélodie. Lui avait capitulé, d'autres non. Des mains perçues ennemies le retenaient au-dessus du précipice. Il l'ignorait, ne s'en doutait pas, pourtant elles ne lâchaient pas, refusant ce qu'il acceptait, renoncer.

Aux « Roches », la nouvelle de l'interpellation du fugueur soulageait chacun. On avait attendu les moindres infos, surtout pendant et après le redoutable coup de gueule du plateau. Le retour de Gaëlle apportait une authentique dose de sérénité. Mattéo retrouvé redonnait une légèreté à l'ambiance plombée depuis plusieurs jours. Dès le coup de fil de la gendarmerie, on avait pris des dispositions pour le récupérer. Rien ne pressait. La procédure de garde à vue, l'enregistrement des actes de procédure, la nécessité de laisser le fugueur appréhender la dure réalité de ses actes refoulaient la précipitation. Ça laissait le temps de modifier les plannings éducatifs, car un seul était désigné d'office pour faire la route : « Fox ». Il n'aurait laissé sa place à personne et nul n'avait l'envie ni l'intention de la contester.

Du fond de sa cage, le lionceau continuait un pénible atterrissage. Les visages de Michel, des chefs de service, de la juge des enfants se profilaient, inquiétants. Il faudrait plus d'un regard provocateur pour les impressionner. La charge annoncée allait être rude, une autre tempête montait, plus terrible que la dernière.

Le vieux Toyota « Land Cruiser » stoppa devant la gendarmerie. Un homme grisonnant, petites lunettes et ventre rond en descendit, sacoche en main. Connu de tous dans le secteur, il pénétra dans les locaux, un peu comme à la maison. Deux heures auparavant, les gendarmes l'avaient appelé pour venir ausculter un adolescent fugueur, passablement fatigué, un peu bizarre et potentiellement violent, ramassé dans le sillage de la furie climatique. Le vieux médecin appartenait à cette catégorie de personnes ne cessant leur travail que sur leur lit de mort. Oh ! Il avait diminué ses activités au fil des ans. Il gardait quand même un pied dans la porte, les gens du coin tenant à garder leur praticien. Et puis, veuf depuis quatre années, qu'aurait-il fait, seul dans sa ferme Caussenarde restaurée avec soin ?

Son métier, c'était tout, et tout ce qui lui restait. Il aimait les Caussenards et le Larzac, viscéralement. Il connaissait les familles, leurs secrets, leurs travers, leur générosité. Mais en cette fin de matinée banale, il ne se doutait pas de ce qui l'attendait, replié et poisseux entre les quatre murs d'une cellule.

Des blessés, des pochtrons, des émotifs, des violents, des tordus, des durs, des mous, des toxicos, et autres sujets sortis du catalogue des trois cuites, il connaissait par cœur. Celui qui patientait n'appartenait qu'à un passé lointain.

Accueilli avec un petit café et la bonhomie des militaires, le docteur en médecine Louis Arsule demanda, routinier quelques éléments de situation. Quand on lui déclina le nom de son prochain patient, il se figea d'un coup.

- Quel nom avez-vous dit ?

- Bonaventure Mattéo, 16 ans, docteur. Un drôle de gamin, en fugue des « Roches », vol de voiture en prime, insultes et coups et blessures sur Paulin. Il a l'air d'être plus calme, mais il ne dit plus rien, comme sonné. C'est peut-être le contre coup de son escapade, d'autant qu'il est tombé en pleine tempête ! À vous de voir docteur.

- Nom de Dieu ! Ce n'est pas possible ! Mattéo Bonaventure ! Incroyable !

- Excusez-moi Docteur », relança le gendarme, « qu'est-ce qui est incroyable ?

- Plus tard, plus tard, menez-moi à lui. Je vous expliquerai plus tard. Quand vient-on le chercher ?

- Dans l'après-midi, mais ils sont déjà peut être en route.

- Bien, bien, allons- y.

Fébrile, ce qui ne lui ressemblait pas, il se laissa guider jusqu'aux cellules. La porte ouverte, il découvrit, replié sur le banc, la tête plongée dans les genoux, la tignasse sale et ébouriffée, un grand échalas, immobile.

- C'est bon, dit-il, laissez-nous maintenant.

La porte refermée, Arsule demeura un instant sans bouger, attendant que l'autre ouvrit un peu sa coquille. Relevant à peine la tête, ne laissant deviner que ses yeux, il dévisagea l'arrivant.

- T'es qui toi ? C'est encore un interrogatoire ? J'ai plus rien à dire, foutez-moi la paix !
- Bonjour jeune homme. Soyez tranquille, je ne suis pas gendarme. On m'a demandé de vous examiner, je suis le docteur Arsule.
- Je suis pas malade, je n'ai besoin de personne.
- Permettez-moi d'en juger par moi-même. Allez, laissez-moi faire, je ne vous embêterai pas bien longtemps. Et d'abord, pourquoi donc êtes-vous ici ?

Le plus compliqué dans le dialogue, c'est de l'amorcer. Inoculer une toute petite dose de confiance pour entamer l'échange. La méfiance et le désespoir de Mattéo ne le favorisaient pas. Arsule en avait vu d'autres. Il n'était pas un fauve, juste un petit animal inoffensif, qu'on laissait approcher du poulailler sans se méfier. Une fois arrivé au but, il était trop tard pour le chasser. L'aspect pépère et avenant de ce médecin sorti des fins fonds du Causse, son regard souriant planqué derrière ses lunettes de Tournesol brisait bien des murailles. Mattéo, à bout, incapable de relancer la lutte, laissa s'avancer le soignant.

- Bon, voyons cela. Je vais déjà vous prendre la tension, vous ausculter. J'ai cru comprendre que ce vieux salopard de plateau vous a un peu malmené. C'est un costaud et un susceptible. Que diable lui avez-vous fait pour qu'il nous crache un tel bordel ?

Mattéo, toujours en observation, se demandait qui était ce type s'exprimant presque vulgairement, et parlant du plateau comme d'un être à part entière. Sans changer le rythme de sa consultation d'un iota, Arsule poursuivit.

- Bien, allongez-vous sur la paillasse que je puisse vous dire si l'intérieur est aussi robuste que l'extérieur. Allez, maintenant, s'il vous plaît.

Docilement, sans le quitter des yeux, il s'exécuta.

- Vous êtes un résident des « Roches, c'est ça ? C'est si dur que cela que vous en ayez fugué ?

- Vous ne pouvez pas comprendre, ça serait trop long à expliquer.

- Ah ! Mais vous parlez, voilà qui me rassure. Bon, à part une grosse fatigue, un beau bleu frontal, je ne constate rien d'alarmant. Maintenant, je crois que le mal se cache ailleurs. Rassurez-vous, je n'ai ni le temps ni l'intention de vous la jouer façon psy. Je sais simplement que parler est parfois un soulagement. De plus, je suis sous le joug du secret.

« *Bizarre ce mec* », pensa Mattéo. Et puis il avait ce je ne sais quoi de commun, un peu comme s'il le connaissait. Plantant ses yeux durs dans ceux, molletonnés et tout terrain du vieux toubib, il osa une sortie.

- Vous savez, je n'ai pas grand-chose à vous dire. J'ai une vie de merde, il n'y a rien à ajouter. Et en plus, je ne vous connais pas !

- Mon cher Mattéo, vous permettez que je vous appelle par votre prénom, vous avez raison, vous ne me connaissez pas. Par contre, moi, je vous connais. Et je crois au contraire qu'il y a des choses à ajouter !

Surpris, curieux, il se redressa d'un bond.

- Vous me connaissez ? Et d'où vous me connaissez ? Je vous ai jamais vu !

À son tour, prenant son temps, ses yeux malins le fixant, le praticien poursuivit.

- Oui je vous connais. Je n'ai pas dit que vous me connaissiez.

- Ah ouais ? Et depuis quand et où ?

- Mais mon cher enfant, c'est moi qui ai eu le privilège de vous mettre au monde !

On lui aurait dit que les extraterrestres venaient de débarquer, ça n'aurait pas eu plus d'impact. Il resta sans voix, la bouche entrouverte, un caméléon prêt à gober les mouches. Profitant de l'effet de surprise, Arsule enfonça le clou :

- C'était il y a un peu plus de seize ans, pas très loin d'ici. Votre Maman s'appelait Leïla et votre Papa Michael. Je les ai bien connus. Je pourrai vous en parler, si vous le voulez, mais pas comme ça, pas ici. Vous savez Mattéo, vous étiez un enfant attendu et aimé. Le sort, la vie, le destin, appelez cela comme vous voulez, ont été cruels. Ça ne veut pas dire que ça doit se transmettre de génération en génération. Vous n'avez que seize ans.

Assommé, paralysé, scotché, Mattéo restait sans voix devant les révélations du vieux médecin. Essayait-il de lui raconter des conneries pour mieux l'endormir, ou était-ce la vérité ? Où était le piège ? Arsule sembla lire ses pensées...

- Mattéo, je comprends votre stupéfaction, mais c'est la vérité. Je n'ai rien à gagner dans cette histoire, juste de vous rendre des parties de votre histoire restées peut-être dans l'ombre. Je veux bien vous dire ce que je sais, ce que je peux. Dans l'immédiat, vous allez devoir affronter des problèmes assez sérieux, je ne vous le cache pas. Vous n'êtes pas non plus Pablo Escobar, alors rien n'est perdu.

Prudent, le praticien d'expérience se doutait qu'il manipulait de la dynamite. Il prit donc des précautions tant pour le gamin que pour lui. Coupant court à une prévisible avalanche de questions, il garda la main et relança :

- Écoutez-moi bien, Mattéo. Voilà ce que je vous propose. Je vais vous laisser mes coordonnées. Si vous êtes d'accord, je vais les laisser également aux gens qui sont chargés de vous encadrer. Et quand vous le pourrez, quand vous le voudrez, quand vous aurez un peu la tête hors de l'eau, appelez-moi. On prendra le temps qu'il faut.

Il haussa le menton, interrogateur, attendant sa réponse. Finalement, cette proposition arrangeait le jeune Bonaventure. Il y avait beaucoup trop de choses à gérer d'un coup, et il ne gérait pas grand-chose.

- Ben, euh, OK, on fait ça.
- Très bien, en ce cas, à bientôt j'espère.

Joignant le geste à la parole, il tendit une main ouverte. La poigne du vieux surprit le jeune. Ferme, énergique, inattendue, franche, une vraie poignée de main de Caussenard. Il ne l'était pourtant pas. Le laissant à ses réflexions, Arsule repartit, non sans avoir lancé une dernière ligne à l'eau.

- Bon courage Mattéo, et réfléchissez bien. Je reste à disposition et j'en informe avec votre accord votre établissement.

Sur ce, il disparut comme il était apparu. Pensif, repassant en boucle les paroles du Docteur, il n'en finissait pas de chercher ce que tout cela pouvait dire. Laissant libre cours à ses pensées, elles se mettaient bout à bout, patchwork improbable, mal ficelé qui ne ressemblait à rien. Et pourtant, il ne pouvait empêcher une idée de germer, un déroulé plus naturel que logique, une mémoire inconsciente des gènes le ramenant là où il était né.

En milieu d'après-midi, une nouvelle épreuve l'attendait. On venait de lui dire que « son » éducateur était arrivé. Il s'entretenait avec le Maréchal de logis Paulin, acteur cabossé de son interpellation. Lucide, Mattéo savait que les retrouvailles allaient être compliquées.

Connaissant « Fox », celui-ci lancerait l'assaut direct, sans quartier, dénué de complaisance. « Fox » n'aimait pas du tout être baisé ainsi et il n'était pas le genre à prendre les choses avec un détachement éthéré. Clairement, ça allait chier grave. Il n'avait qu'une chose à faire, se taire. Le pourrait-il ? Ce n'était pas gagné, Michel ne cesserait d'aller le chercher, le provoquer pour le faire sortir de ses défenses.

Le « choc » eut lieu une heure et demie plus tard. Michel apparut dans l'entrebâillement de la porte, visage fermé, sans émotion. Il sortit de sa geôle, tête baissée, n'osant pas lever les yeux vers l'éducateur. Il récupéra le peu d'affaires qu'il avait, traversa les couloirs dans un silence glaçant entretenu par Michel qui n'avait pas desserré les dents. À l'instant de franchir la porte, il le percuta par une phrase lapidaire :

- Tu n'oublies rien avant de partir ?
- Ben, je vois pas, non.
- Présenter tes excuses à monsieur Paulin, ça parait naturel, mais pas à toi, manifestement.

Alors se retournant vers le gendarme victime de son devoir, il dit, les yeux fuyants :

- Désolé, je voulais pas. Excusez-moi.
- Pas de problèmes jeune homme, du moins en ce qui me concerne, parce que pour vous c'est loin d'être terminé. Il va falloir en répondre maintenant devant la justice.

Sur ces phrases lourdes de sens, il s'engouffra dans la Renault 5 de l'IR ; on passe au modèle supérieur, maigre consolation. La voiture démarra nerveusement, témoignant d'une activité sismique sous-jacente, celle de « Fox », silencieux, imprévisible, inquiétant.

L'adolescent débutait une nouvelle étape de sa longue marche.

La Puissance du Volcan

Les routes du Causse en général et du plateau du Larzac en particulier sont des Havres de paix et de beauté, gardées jalousement par les patrouilles de vautours fauves. Les grands oiseaux ne se seraient approchés sous aucun prétexte de la petite voiture qui traçait sa route en coupant les immensités désertiques.

Dans l'habitacle régnait un froid polaire, entretenu par le mutisme de Michel. Il n'avait pas dit un mot, là où Mattéo attendait une *ronflée* d'exception. Son silence déstabilisant ne le mettait pas à l'aise. C'était angoissant, hostile, pesant, et c'était exactement ce que recherchait l'éducateur. La surprise dans toute stratégie est un facteur efficace, si elle est utilisée avec justesse. Et là, on frisait le grandiose. Michel avait choisi de ne rien dire dans un premier temps, alourdissant le poids de ses réactions à venir. Le vide ne convient pas à la nature humaine, et celui-ci plongeait le *cador* désarmé du groupe dans un profond désarroi, ne sachant que faire, pire, que dire.

Michel se connaissait bien. Si sa tactique obéissait à un choix professionnel, son caractère l'incitait à se taire, le temps que sa légitime colère retombe suffisamment pour être maîtrisée, contrôlée, utilisée. Entre la peur de l'un et la fureur de l'autre, le silence continua d'étendre son emprise sur le canot de survie de chez Renault. Promenade touristique à éviter. Les stigmates de la tempête n'étaient pas effacés. La terre, la flore pansaient leurs cicatrices. Les rivières calmées charrieraient quelques jours encore des déchets de toutes sortes dans le bouillonnement d'une eau boueuse. Les plaies les plus béantes hantaient la tête du vaincu.

Début de soirée aux « Roches ». Le retour du triste héros générait une impatience palpable. Pour les ados, il était celui qui avait défié l'autorité honnie des *éducs* et des *Keufs*. On disait même qu'il en avait défoncé un. Un exploit retentissant auréolé de gloire et de respect. Aucune info ne parvient à rester secrète en internat. Tôt ou tard, tout se sait. Et le groupe ado, surchauffé, attendait l'arrivée de son paladin de pauvre renommée.

Dans le monde particulier des enfants placés, l'autorité est souvent une salope, responsable de tous leurs malheurs. Noyés dans leur souffrance, ils ne discernent pas la protection de la répression et ne vivent les services sociaux qu'en opprimés. La longue et périlleuse mission des personnels éducatifs dignes de ce nom vise à restaurer confiance, vérité, dignité, espoir dans le futur. Ingrat, frustrant, ce travail réclame une persévérance, un entêtement pharaonique. Michel était de ceux-là ; de ces professionnels cherchant des solutions, des voies, là où il n'y en avait pas. Sur le qui-vive, les encadrants présents ce soir-là se préparaient à une soirée à haut risque. Le retour de Mattéo remuerait à coup sûr le fragile équilibre du groupe. Les deux parties se préparaient à des instants sportifs. Sitôt le portail franchi, coupant court toutes velléités de gloriole auprès de ses potes, Michel, sans aucune contestation possible, ouvrit la bouche.

- Bon, à partir de là, tu débouches tes oreilles et tu enregistres bien. Ce soir et sans doute pour deux ou trois jours, tu n'es plus sur ton groupe. Tu vas aller directement dans les piaules d'urgence, et tu n'en bouges pas. Si j'apprends que tu as essayé de nous baiser une fois de plus, sur ma tête et celle de ma mère, je te chope, et je te garantis que tu le regretteras toute ta vie. Pigé » ?

Retrouvant d'instinct sa nature révoltée, il se hasarda à répliquer :
- C'est bon, là, vous allez pas me prendre la tête. Je veux être sur le groupe, j'en ai rien à foutre.

Même un garçon intelligent tel que Mattéo commet des erreurs de jugement. Il venait de le prouver. Pensait-il que Michel bluffait, installé dans une assise autoritaire bourgeoise et confortable ? Il eut la réponse dans la seconde. Pilant brutalement, sans prendre le temps de couper le contact, l'éducateur prit le rebelle par le col et le maintint les yeux dans les yeux, les siens dégueulant la colère.

- Écoute bien ce que je vais te dire, espèce de crétin. Je viens de passer trois jours à me demander si tu étais encore en vie, à penser au pire. Je me suis inquiété pour toi, et je suis pas le seul. Mais là, tout de suite, je n'ai qu'une envie, exploser ta petite gueule d'ange, te désosser, te coller la branlée de ta vie. Tu pourras dire que je n'ai pas le droit, ça sera vrai. Il n'empêche que tu te retrouveras la gueule en vrac, et tout ça devant tes potes. Tu as trahi toute la confiance que nous avions en toi. Tu as ruiné tout ce que tu avais fait en plusieurs mois. Et tout cela pourquoi ? Je vais te le dire, parce qu'un matin tu t'es pris pour un homme en découvrant que tu avais quatre poils autour de la bite et de la barbe au menton. Tu te dis être une merde ? Je confirme. Oui ces derniers jours, tu as agi comme une grosse merde, un gros connard à qui on ne peut donner aucune confiance, aucun intérêt. Et parce que j'envisageais ton numéro de cirque, j'ai demandé expressément à faire la nuit, tout près de toi. Alors vas-y mon gars, bouge, déconne encore et je te défonce, c'est clair ?

Le fox était lâché, crocs bavant, menaçant de mordre. La diatribe de Michel avait percuté le vilain canard en plein vol.

Maintenant, il en était certain, Michel ne bluffait pas. Avant qu'il ne puisse dire un mot, la deuxième salve le termina.

- Tout ce que je te dis n'est rien à côté de ce qui t'attend. Tu es convoqué demain chez la juge des enfants que tu as trahie elle aussi. Je ne voudrais pas être à ta place. Elle n'a pas aimé ta balade dans le Causse. Je crois que tu vas manger du lourd. Et dis-toi une chose, c'est que demain, dans son bureau, tu ne pourras compter que sur un seul allié, un seul qui puisse tenter de sauver ce qui est *sauvable* : Moi. Alors ta gueule Mattéo, tais-toi, ne la ramène pas et laisse-moi aussi digérer ce que tu viens de faire, te tirer une balle dans le pied.

Les derniers mots se teintaient d'une émotion inhabituelle de sa part. Cela n'avait pas échappé au gamin. Déglingué sur place avant même de pouvoir bombarder, il se tut, tremblant de rage. Il ne pouvait rien faire, rien dire. Il avait tort et il le savait. La honte collée à ses basques, il pénétra dans le pavillon réservé d'habitude aux accueils d'urgence. Personne, juste lui et « Fox ». La seule urgence du moment était qu'il arrête ses conneries.

L'endroit était neutre, peu investi, destiné aux passages provisoires. La chambre austère, sans décoration accueillit sa solitude. Plus que jamais, elle dominait, victorieuse et conquérante, le renvoyant à sa servitude impitoyable. Il avait fait ce qu'il fallait pour la laisser triompher, ce qui était simple puisqu'elle ne l'avait jamais quitté, juste leurré. À deux pas d'ici, le groupe l'attendait. Il aurait eu son heure de gloire, entouré de ses admirateurs d'un jour, de Gaëlle revenue avant lui. Au lieu de cela, il se retrouvait cloîtré, mis en quarantaine dans une chambre sans âme, avec pour seule compagnie le fantôme de ses plans foireux, celui de sa récurrente détresse, fêtant leur réussite sur les débris de sa vie.

Entre ce petit monde ténébreux et la griserie du groupe, une cinquantaine de mètres seulement, plus un obstacle de taille, « Fox », dans la pièce d'à côté, occupé à préparer le repas du « bagnard ». Il cuisinait des *bolognaises*, plutôt bien comme pitance de prisonnier. Il voulait bouger, échapper à sa surveillance. Mais les paroles de son cerbère résonnaient encore dans son cerveau. Il en pesait la teneur, la menace non feinte, épée de Damoclès juste au-dessus de sa « gueule d'ange ».

Non, il ne pouvait prendre un tel risque. Le pire ne serait pas de le michetonner une fois encore. Le pire, se disait-il, c'était le trahir encore. Le mot, balancé avec conviction par « Fox » avait fait mouche. Dans sa colère, il semblait touché par sa félonie, ému par son inquiétude, sincère et vraie, ce qu'il était. Le bonhomme n'était pas du genre à faire étalage de ses sentiments. Se découvrir ainsi, dans un moment de haute tension, prouvait son attachement à sa personne. Y penser en boucle le pétrissait de culpabilité, et de la volonté d'affronter ce vieux chien pour dire les choses, pour le convaincre qu'il n'était pas une merde. C'était décidé. Demain matin, il lui parlerait, et tant pis si ça déclenchait une nouvelle avalanche. Tout cela, Michel le savait. Non, il n'était pas un bon à rien, un mec à qui on ne peut pas donner une once de confiance. Il le savait et c'est bien pour cela qu'il l'avait pourri et qu'il ne faciliterait pas sa remontée vers le monde des gens qui réfléchissent. Il allait en baver, pour la bonne cause, la sienne.

La soirée qui s'annonçait compliquée surprit par sa simplicité. Le groupe, déçu de ne pas retrouver son icône maugréa, rouspéta, contesta. La révolution mourut dans l'œuf, et personne ne s'insurgea outre mesure. Force et loi restaient à l'éducatif. Logique et rassurant pour tous.

Au pavillon des urgences, à peu de choses près le même scénario. Mattéo dîna seul, dans sa chambre, fut autorisé à prendre une douche salutaire, et à se coucher. Seul bémol au traitement disciplinaire, Michel l'autorisa à lire un moment. Son choix se fixa vite sur un seul bouquin : « Le solitaire des Causses », petit roman régional qui faisait un putain d'écho dans sa cervelle crevée comme une vieille chambre à air. Il s'endormit fort tard, des paysages majestueux dans ses rêves habités par des juges et des éducateurs aux gueules mal rasées. Dans la pièce voisine, Michel ne dormit pas trop mal, la certitude ancrée que les tirs avaient touché leur objectif. Pas de quoi faire péter le Champagne. Demain, il ferait jour…

Le paria eut le réveil du jeune étalon, fantasmant sur Gaëlle, et bandant comme jamais. Une bonne masturbation peut détendre, ce qu'il fit sans scrupules. La journée serait sans doute pourrie, on ne le priverait pas de cette douceur collante et matinale. C'était toujours ça de pris. Les premiers instants de la journée sont des loteries. Si on a de la chance, si la nuit a été récupératrice, ils peuvent être propices au lancement d'élans positifs. Par contre si la fatigue s'accroche, fond de casserole d'une nuit mauvaise, le moral, la patience, l'énergie vitale sont en minimum syndical.

Mattéo, malgré la masse de problèmes entassés, démarra le jour nouveau sur une note combative. « La nuit porte conseil », c'est possible. En tout cas, il se sentait stressé, mais déterminé. Il fallait savoir si Michel serait dans de bonnes conditions pour l'écouter, baisser un peu la garde et rentrer l'épée au fourreau, lui laisser une chance de s'expliquer. Un tel exercice restait aléatoire, suspendu à des conditions multiples, hasardeuses.

Pensif, il prit une douche chaude, relaxante avant de rejoindre le « Fox », réveillé depuis un bon moment, appréciant son troisième bol de café et sa deuxième clope. Il émergeait des limbes, boosté par la caféine et la nicotine. Avec la prudence d'une antilope devant un lion, Le trublion s'installa à la table, non sans avoir envoyé en éclaireur un timide : *« Salut Michel »*. L'autre, le nez dans son café, perdu dans ses réflexions, leva à peine les yeux et lui rendit un *« Salut »*, marmonné.

« Bon, pensa-t-il, *je vais le laisser remonter en surface un peu plus »*. Le petit déjeuner se poursuivit sans mots, sans bruit, jusqu'à la dernière gorgée et les ultimes tartines. C'est là qu'il décida de se lancer.

- Michel ?
- Mmmmh ?
- Je veux te parler.
- Mmmmh, je t'écoute.

Il laissait clairement le champ libre. À Mattéo d'en profiter. L'adulte avait dit et posé le cadre. Maintenant, son droit à s'expliquer était autorisé. Ce n'était pas sans risques. Repartir dans la scène de l'adolescent outragé serait suicidaire. Pas mieux avec celui du petit garçon victime de son passé. Il avait intérêt à réfléchir à ce qu'il allait dire. Au moment de s'exprimer apparut l'énormité du combat à mener. Le taux de confiance envers lui était tombé à moins dix, il était sous la menace d'une condamnation exemplaire, il n'était pas sûr d'avoir les moyens d'entrer en guerre. Ça se présentait mal, il partait avec un handicap renforcé par ses soins. Il prit une inspiration à l'instar du plongeur, et sauta dans des eaux troubles.

- Je, je suis désolé… Je suis désolé. J'ai déconné, j'ai pas pensé à ce que je faisais, je sais pas quoi dire, je sais plus quoi faire.

Silence choisi et très, très embarrassant de son interlocuteur.

- Je sais bien que je fais le con, j'aurais pas dû, c'est sûr. Je veux pas rester comme ça, je veux faire chier personne, je veux juste qu'on me foute la paix. Je comprends qu'on ne me fasse plus confiance. Je ne sais plus où j'en suis. Putain ! Dis quelque chose ! Allume-moi la gueule si tu veux, mais dis quelque chose.

L'autre recula sa chaise, grattant nonchalamment sa barbe naissante. Il prit son temps pour regarder cet aigle sans ailes s'empêtrer dans ses essais de grand planeur. Mattéo ne savait plus quoi dire, il attendait la contre-attaque. Toute la finesse de l'éducateur était de se situer là où on ne l'attendait pas. Et il était passé maître dans cet art. Il connaissait suffisamment son protégé pour savoir que son mea culpa pouvait être sincère. Il était loin d'être con, regorgeant de capacités qu'il ignorait, éraflé de la tête aux pieds par une histoire de vie totalement folle. Le tout était de savoir comment lui faire utiliser tout cela dans un vrai projet de vie ; pas des aventures terminées en fosse septique.

- OK, j'entends, tu regrettes. Et après on fait quoi ? Tu viens de foutre en l'air des mois de boulot pour tout le monde et surtout pour toi. La juge t'attend cet après-midi le doigt sur la gâchette. Tu peux crier à l'injustice, ça ne changera rien à ce qui va arriver. Tu récoltes tes semailles.

- Je risque quoi ?

- Je n'en sais rien, je ne suis pas dans ses pensées. Disons que ça peut aller du TIG au sursis, et pourquoi pas de la prison ferme pour mineurs. Ça dépendra de son humeur, des éléments du dossier, de ce que tu diras. En fait, ça sera un carnage où une chance. On le saura vite.

Le mot « prison » eut la force d'une électrocution à haut voltage. Mattéo n'était pas de ceux qui voient l'incarcération comme LE summum d'un parcours délinquant. Fugueur, oui. Violent, possible. Il ne voyait cependant pas son avenir en délinquant. Il en avait franchi la frontière sans s'en apercevoir. Il blanchit d'un coup comme une merde de laitier, en décomposition accélérée.

- Bon, Mattéo, on ne va pas passer le réveillon à se morfondre. Je n'ai pas apprécié ce que je considère comme une rupture grave de la confiance. Mais je suis vieux, con, et optimiste. Détail non négligeable, on ne me paie pas pour te juger, mais pour t'accompagner. Je ne vais pas passer non plus ma vie en colère contre toi. Je vais donc te proposer un deal. Je continue à servir tes intérêts, à faire la route avec toi, construire un vrai projet qui tient la route. Seulement, c'est toi qui es aux manettes. Sors de la route encore une fois et c'est moi qui m'occuperai personnellement de ta réorientation dans un centre plus dur, plus… carcéral. Compte sur moi, je n'ai qu'une parole. Fais-le pour toi, par pour les autres. Tes conneries font chier tout le monde, mais n'oublie jamais que c'est ta vie que tu fous en l'air.

Le message envoyé n'était pas agressif. Il se voulait offensif, constructif, un défi à relever. Mattéo, étonné de la réponse n'avait plus de raisons valables de garder les armes en main. Désarmé, il regarda cet étrange personnage bougon, colérique, imprévisible, sincère.

- OK, j'essaye.

Et sans le laisser aller plus loin, « Fox » tendit sa main épaisse, calleuse. En broyant celle du gamin, par engagement, non par domination, il ajouta :
- Marché conclu et paroles données. Alors Vamos !

Une montagne à gravir les attendait. Il formait désormais une cordée, ils devaient pouvoir compter l'un sur l'autre. Une adversité redoutable se dressait devant eux. Michel, en premier chef devrait convaincre plusieurs de ses collègues, chefs de service et aide sociale à l'enfance du bien-fondé de sa démarche. Les réunions à venir s'annonçaient houleuses, face aux *psychos* rigides chroniques qui ne manqueraient pas de le faire passer pour un laxiste et un naïf. Pour eux, on ne pouvait en aucun cas faire confiance à ce manipulateur né de Bonaventure. La méthode forte, répressive, seule comptait à leurs yeux. On ne comprenait même pas qu'on puisse lui servir un repas digne de ce nom à son retour de fugue. Michel, comme d'autres n'étaient pas dupe. Devant tant de sévérité, comment ne pas comprendre qu'il s'agissait pour eux de se rassurer, affirmer une autorité qu'ils ne pouvaient asseoir autrement. Que pouvaient receler leurs histoires personnelles pour agir avec la souplesse d'une planche à repasser et la délicatesse d'une auto-mitrailleuse ? Drôles d'éducateurs que ceux-ci. Et le métier n'en était pas avare... Qu'importe ses détracteurs. Il maintiendrait le cap, prendrait le risque de se faire avoir. Il était un professionnel formé pour prendre un tel pari.

« La souplesse est la vie, la rigidité, la mort ». Ce vieil adage ne le quittait pas quand il affrontait ces momies d'un âge révolu. Ils n'étaient pourtant pas les plus coriaces des opposants. La vraie adversité, c'était l'audience chez la juge des enfants fixée en début d'après-midi. La convaincre de donner une nouvelle chance à

Mattéo était tout sauf une partie de plaisir. Il devrait assumer ses actes, inévitablement et logiquement. C'était le point de départ d'une résilience espérée. Il s'était surpassé sur sa dernière campagne. La juge pourrait bien le dépasser. Michel devrait suivre la mouvance et aller encore plus loin. Plus tard, lorsque les décisions auraient été posées, le cadre replacé par la loi, Mattéo devrait reprendre la construction d'un lendemain incertain, et la connaissance d'un passé mal connu. En temps utile, le Joker Arsule serait ressorti du chapeau. Graziella l'appellerait, sur la demande de l'intéressé. On était d'accord pour remettre un peu d'ordre dans son existence présente, avant d'aller déballer les vieux cartons du grenier. Les compagnons de cordée savaient donc ce qu'ils devaient faire, chacun à leur place. Michel ouvrait la voie, dirigeait le tandem, guidait Mattéo vers la maturité. Ce dernier, bénéficiaire, devait apprendre à vivre, peiner, être frustré, réfléchir, utiliser la formidable énergie de son volcan intime, et au bout du compte faire sa vie normalement et le mieux possible. Le temps était compté. Avant deux années, il serait majeur ; pas de temps à perdre. L'enjeu était colossal.

Le compte à rebours lancé, il allait être temps de partir au palais de justice. Ce n'était pas à côté. Aïcha, Michel et Mattéo prirent le départ dans une ambiance lourde. À l'arrière du véhicule, Mattéo n'en menait pas large. Il retraversait le plateau encore une fois, sans le romantisme et l'inconscience des jours précédents. Un quart d'heure avant l'audience, ils patientaient tous les trois, rejoints par une représentante de la protection de l'enfance que Mattéo n'avait jamais rencontrée, dans les couloirs froids du palais, assis sur des bancs en vrai skaï. Pas un ne disait mot. Concentration d'avant combat, le calme avant la charge.

Une demi-heure insupportable passa. Il y avait du retard dans les audiences. Celle de Mattéo avait été rajoutée, en urgence ; Battre le fer quand il est chaud. Enfin, la porte capitonnée s'ouvra. La greffière les invita à entrer. Derrière son bureau, inchangée, l'œil sévère, ne laissant poindre aucune expression : Madame Nicole Carrier, Juge des enfants, surnommée « La grenouille », en train de classer les documents du dernier dossier traité.

- Bonjour, asseyez-vous, je suis à vous tout de suite, le temps de finir.
Relevant la tête, elle transperça Mattéo d'un œil inquisiteur.
- Monsieur Bonaventure, je croyais vous avoir dit que je ne voulais plus vous voir.
- Mais, je…
Pas le temps d'en dire plus. La voix de la magistrate claqua comme un coup de fouet.
- Taisez-vous ! Vous parlerez quand je le déciderai, si jamais j'ai envie d'entendre vos sornettes ! Ici, c'est moi qui donne la parole et qui pose les questions !

La fin de la phrase sonnait comme un avertissement sans frais à chacun. Sans aucune transition, elle termina sa tâche de classement, laissant les trois autres en équilibre au bord du gouffre, le plus près de l'abîme étant Mattéo. Le frondeur, le provocateur, le *castagneur*, bref le branleur avait disparu, pour laisser volontiers la main à un adolescent à la limite de chier dans son froc, craignant que la guillotine soit sortie du musée des horreurs à son intention.

Sans crier gare, elle envoya son premier missile de croisière. Elle n'était pas là pour s'amuser…

- Monsieur Bonaventure, la dernière fois que je vous ai convoqué, c'était déjà pour des faits de violence et de vol. Vous aviez quatorze ans. Je vous avais averti que ma clémence serait unique. Ou vous n'avez aucune mémoire, ou vous êtes un parfait demeuré pensant qu'il pourrait agir comme bon lui semble. Vous ne bénéficierez pas une seconde fois de l'excuse de votre âge. Le fait que votre histoire est difficile n'excuse rien. Elle ne fait qu'expliquer. Et encore, tous les jeunes au passé compliqué n'agissent pas ainsi, heureusement. Vous avez déçu tous ceux qui misaient sur vous, et j'en suis. Les faits reprochés sont graves. J'espère que vous en êtes conscient. Vol de voiture, et surtout coups et blessures sur représentant de la loi dans l'exercice de ses fonctions. Il est temps en effet que la loi se rappelle à vous, monsieur Bonaventure. Je suis ici pour cela, vous pouvez me croire. J'ai dans les mains une note de situation retraçant votre histoire, les derniers événements et des propositions, signée par monsieur Michel Cortès et madame Aïcha Ben Saïd, ici présents, ainsi que du service d'aide sociale à l'enfance représentée ce jour par Mademoiselle Mesnard... À vous, madame, mademoiselle, monsieur, de m'expliquer les choses, et de me dire ce que vous proposez en ce qui concerne le futur en suspens de ce garçon. Je vous recommande d'être à la hauteur et de me présenter un discours convaincant. Je préfère vous informer que rien n'est acquis, monsieur le procureur attendant mes conclusions pour décider des poursuites à engager. Il y en aura dans tous les cas, reste à savoir lesquelles et les plus adaptées. Ensuite seulement, vous aurez droit à parler monsieur Bonaventure. Je vous conseille fermement de réfléchir à ce que vous allez dire. Si vous êtes intelligent comme on l'affirme, vous aurez compris le message. Madame, monsieur, je vous écoute.

Message reçu cinq sur cinq, ce qui accroissait un peu plus la pression sur le prévenu. En accord avec sa supérieure hiérarchique, Michel se lança, sachant parfaitement que chaque mot ressemblerait à un pas en terrain miné.

- Madame la juge, tout ce que vous venez de dire est vrai. Comment pourrions-nous contester une réalité décevante et grave. Nous comptions tous sur la capacité de résilience de ce garçon. On s'aperçoit maintenant qu'il n'en est rien. Je connais Mattéo depuis peu. Assez cependant pour déceler de vraies compétences, des atouts majeurs pour sortir la tête hors de l'eau, mieux, pour sortir du lot. Force est de constater que tout cela est mal employé, à son propre détriment et celui d'autrui. Sa défiance, sa révolte, sa colère ne sont pas excusables à la vue des faits reprochés. Oui, nous pensons, et Mattéo le sait que la loi doit stopper cette ascension dangereuse. Oui, nous, nous croyons qu'une peine adaptée et exemplaire doit tomber. C'est selon nous, le meilleur moyen de donner à cet adolescent une chance de revenir dans une voie saine. Nous pensons enfin que ce sera la dernière tentative avant une escalade dans la délinquance.

Rétrécissant sur sa chaise comme un origami qu'on n'en finit pas de plier, Mattéo n'en revenait pas. Michel l'enfonçait, appuyant avec force une condamnation sévère. Psychologiquement, il s'effondrait. Ce qu'il ne pouvait pas deviner, c'est que la stratégie choisie par ses encadrants obéissait à une ligne clairement définie. Défendre l'indéfendable enverrait tout le monde au tapis. Jouer du violon sur l'air du gamin malheureux se heurterait à une opposition massive de la part de Nicole Carrier, qui ne manquerait pas de leur faire comprendre l'incontournable vérité des choses, et leur naïveté à la limite de l'incompétence. En dernier lieu, ils savaient que c'est en assumant ce que l'on fait qu'on peut espérer repartir sur des bases solides. L'impunité n'était sûrement pas leur tasse de thé. Les faits étaient là, il devrait les assumer devant la loi ; point barre.

Il continua son exposé :

- En revanche, nous ne pouvons imaginer que tout soit perdu à seize ans. En dépit de son comportement, nous voulons croire que tout est encore possible. Nous voulons y croire, si la loi pose le cadre avec suffisamment de présence.

- Insinuez-vous monsieur Cortès que la loi est trop laxiste dans le cas qui nous intéresse ?

La réaction avait fusé, la juge piquée par cette remarque ambiguë.

- Non, bien sûr que non. Ce que je veux dire, c'est que cela restera virtuel pour cette tête folle tant qu'il ne sentira pas la menace peser sur lui, de manière permanente ». Et nous avons quelque chose à vous proposer en accord avec la protection de l'enfance. Mattéo connaît le projet, ses tenants, ses aboutissants. À lui de vous faire connaître son avis sur la question.

- J'entrevois le fond de votre pensée monsieur Cortès. Poursuivez.

Il déroula les détails du plan de sauvetage de la dernière chance. Michel se tenait sur la tranchée, défendant bec et ongles les intérêts de Mattéo, sans pour autant le soustraire à sa responsabilité. Aïcha laissait libre cours à l'éducateur, sachant qu'elle avait là un de ses meilleurs guerriers. La représentante de l'aide sociale, à qui était confié l'ado la ramena deux ou trois fois, histoire de montrer qu'elle maîtrisait. Mais ne connaissant le personnage que sur dossier, il était hardi de prétendre savoir ce qui était le plus adapté.

Elle devait néanmoins entériner le plan de bataille, de droit.

Vingt minutes suffirent à développer l'affaire. Nicole Carrier, attentive, mais pas forcément convaincue ne montrait aucun signe de soutien ou d'opposition. Elle demanda quelques précisions çà et là, sans plus. Elle reprit la barre, jugeant qu'elle était éclairée, en mesure de prendre une décision. À cet instant seulement elle se tourna vers le personnage central du dispositif, Mattéo lui-même.

- Monsieur Bonaventure, vous avez la chance d'être entouré de gens qui veulent vous soutenir et vous encourager. Que pensez-vous de ce qui vient de se dire ? Vous pouvez parler.

La solennité du lieu, de l'entretien le tétanisait, nouait son estomac jusqu'à essorage complet. Ses mains étaient moites, ses pensées passées au presse-purée, les jambes sans énergie. Fort heureusement il était assis. Où était donc passée la terreur du Causse ? Il déglutit, ramassa dans ses fonds de tiroirs ce qu'il trouvait de courage, releva les yeux, s'éclaircit la voix par un discret raclement, prit son élan, et sauta :

- Madame, je sais que j'ai fait des c…, euh, n'importe quoi. Je regrette. Je ne sais pas comment faire pour qu'on me croie, mais c'est vrai, je regrette. Je ne veux pas faire de la prison. Je veux qu'on me fasse confiance et je suis d'accord avec ce que dit mon éducateur ; je sais pas quoi dire de plus.

Il était temps de clore provisoirement les débats.

- Bien ! La prison, il aurait fallu y réfléchir avant, monsieur Bonaventure. Vous avez entamé largement le capital confiance placé en vous. Vous pensiez dominer votre entourage. C'est exactement le contraire qui se produit. Vous avez de la chance cependant. Compte tenu de ce que je viens d'entendre de part et d'autre, je vais prendre le temps de la décision. Vous aurez des nouvelles rapidement. Concernant les poursuites, vous serez convoqué dans quelque temps devant le tribunal pour enfants. D'ici là, je vous conseille de ne pas faire parler de vous. C'est clair ?

Il acquiesça d'un petit signe de tête.

- Parfait. Je vous tiens au courant. C'est tout pour aujourd'hui. Mesdames, Monsieur, bonne fin de journée.

Haché façon burger. Il ressemblait à cela en sortant du cabinet de la juge pour se précipiter dans un autre, libérer des entrailles tenaillées par les mâchoires de la peur. Une épée de Damoclès sur la tête, un champ de ruines à déblayer et à reconstruire, le chantier apparaissait biblique.

À seize ans, sa scolarité ne lui permettait pas non plus d'ambitionner la faculté. Les troubles de comportement là-dessus et on dressait un tableau pessimiste. Il était plus que temps que le train fou stoppe avant l'arrivée prévisible en gare centrale pénitentiaire. Les hommes semblaient démunis face à de tels obstacles. Un allié de poids veillait pourtant, silencieux, partout et nulle part, un monstre capable de déchaînements redoutables et de bienveillance s'il était abordé avec humilité : le plateau du Larzac, terre nourricière et meurtrière, berceau de vie, terre de révoltes, de réfugiés, d'exilés. Les luttes fameuses des années soixante-dix étaient terminées. L'arrivée de François Mitterrand au pouvoir en quatre-vingt-un avait clos le combat des Caussenards et autres défenseurs de cette terre. En cette deuxième moitié des années quatre-vingt-dix, il gardait toujours son âme résistante, offrant liberté et opportunité à ses amoureux. Mattéo le connaissait, il y était né. Il le vivait sans le sentir, le traversait sans le voir, le ressentait sans vouloir le découvrir. Il en avait vécu la colère, la puissance, la folie. Simples caprices d'une nature sauvage ?

Sans doute, témoignage aussi d'un lieu vivant, actif, riche et fort qu'aucun habitant des lieux ne pouvait ignorer. En attente du jugement des hommes, le droit aux écarts n'existait plus. Toutes cartouches grillées, il n'avait qu'un choix :

Faire confiance à ceux qui venaient de tremper la chemise pour lui, et tenir la parole donnée. Quand on a le feu de l'insoumission et de l'injustice allumé au cul en permanence, c'est chercher à dompter un cyclone : soi-même. Réussir, c'est ouvrir sa vie à des perspectives inédites, favorables.

La guerre commença dès le retour aux « Roches ». Deux jours encore, il demeura à l'isolement, boxeur au vestiaire, se concentrant avant le ring. Son manager, « le Fox », bouffa un paquet de temps avec lui, à le triturer, rejoint par Graziella. À eux deux, ils firent exploser le quota des heures supplémentaires, mais le jeu, pensaient-ils, en valait la chandelle. Quand ils le sentirent prêt, on l'autorisa à rejoindre son groupe, ses potes … et Gaëlle.

Mis en garde, il connaissait les termes du contrat posé sur sa tête. Ce retour constituait le premier acte, avant de passer à un programme moins soft, exigeant, dont il ne découvrirait les contours qu'à l'instant de le débuter.

Le retour du « héros » suscita excitation et curiosité. Questionné, entouré, ses admirateurs attendaient le récit de ses aventures oniriques et pathétiques. Il eut son quart d'heure de frime, narrant sa soif de liberté, son audace, sa bravoure, enjolivées par un tantinet d'exagération. Il n'en rajouta pas. Vite, il revint à un comportement empreint d'une banalité tranquille. De l'extérieur, il était l'indomptable Mattéo. De l'intérieur, un petit garçon rattrapé par ses manques, ses carences, la trouille du verdict de la loi.

Gaëlle était descendue d'un cran elle aussi. La terreur vécue lors de la fureur du plateau la remettait à sa place. On l'entendait moins, traumatisée d'avoir senti sur son échine infantile le souffle d'une mort possible, toute proche. Offerte en vestale sacrificielle à son grand prêtre à deux francs et six sous, elle lui tomba dans les bras dans un numéro théâtral très « actor's studio ». Aux yeux des cinéphiles éducatifs, ces deux-là n'avaient pas fait pendant leur escapade que faire chier le monde. Ils avaient clairement essayé d'autres jeux.

La sexualité est un sujet difficile à gérer pour des adultes vis-à-vis des enfants, au-delà des limites d'un internat. Dans celui-ci, elle est officiellement interdite. Le dernier des imbéciles serait le seul à penser qu'un règlement suffirait à éliminer le problème. L'adolescent, producteur actif d'hormones de toute nature, enclin naturellement à braver les lois, ne s'arrête pas à une interdiction telle que celle-ci. À l'instar du grand plateau, il est mu par des forces surgies du fond de ses gouffres, balayant tout sur son passage. À défaut de croire à une interdiction inviolable, la prévention et l'empêchement, version camouflage de l'interdiction sont des armes privilégiées, jamais efficaces à 100%.

Gaëlle et Mattéo n'eurent aucune peine à le démontrer. Ces petits renards de foyer savaient échapper à la vigilance de l'encadrement, trouver subterfuges et endroits loin des regards pour satisfaire leurs pulsions de vie.

Ce couple incertain ne manquait aucune occasion de s'afficher. Leur fugue rocambolesque leur donnait droit au statut de « couple alpha » sur l'ensemble du groupe. Inquiétant, compte tenu de leurs états de service, mais inévitable. Les tenir en ligne de mire et sous contrôle était vital.

Les tourtereaux n'abusèrent pas de leur place dominante, se contentant de montrer les muscles de temps à autre, de se déclarer prioritaires sur la place devant la télé, de faire faire des tâches domestiques à d'autres, d'être les premiers à bénéficier du ballon d'eau chaude, une multitude de petits points à surveiller, gérables et gérés par les adultes. Le secret de ce calme relatif se planquait chez le principal intéressé.

La juge des enfants avait rendu sa décision. Mattéo était en attente d'une condamnation, qui n'interviendrait pas avant quelques mois. Durant cette période, il devait donner des preuves de réhabilitation, de bonne volonté.

Une semaine sur deux, il serait sur l'établissement, reprenant une scolarité interrompue par ses frasques, continuant les entretiens avec Graziella. Il s'engageait par écrit envoyé au juge des enfants, au procureur de la République, à la protection de l'enfance à adopter un comportement et une ligne de conduite irréprochables. Une semaine sur deux, il devait rembourser ses dégâts, les deux 4L en principal… Mais pas question de retourner chez ce brave père lapin, à deux pas de l'IR, et du village.

Michel, Caussenard de première qualité, habitant du plateau avait pondu une idée originale, à laquelle le fugueur avait dit oui, sans vraiment avoir le choix. Une semaine sur deux, il irait travailler, gagnant un peu d'argent destiné en grande partie à rembourser ses victimes. Il avait l'âge légal de bosser. Ce que Mattéo ignorait encore, c'était quoi, où, et avec qui. Trois questions sans réponses apportant leur dose d'inquiétudes. Michel gardait la primeur de la surprise. Il ne fallait pas traîner. Maintenir la pression au sein d'un groupe d'ados sur un gamin tel que lui représentait un danger d'explosion à court terme.

Trois semaines après son retour sur le groupe, il fut prié de préparer ses affaires. C'était un vendredi, il partait lundi, destination inconnue pour une semaine, la première d'une longue série.

Tout le week-end les questions revinrent le torturer sans apporter de réponses. Il était ailleurs, préférant sa chambre à la compagnie des autres, y compris Gaëlle. Il aurait pu manifester ses inquiétudes en mettant le bordel, selon une des recettes dont il avait le secret. Il ne se passa rien, trop enfumé par le mystère de lundi. C'était exactement ce que Michel avait parié en le laissant mariner. Pari risqué en réalité. L'effet aurait pu être contraire. Mais il connaissait maintenant bien Mattéo, suffisamment pour miser sur le calme et l'angoisse. Il n'était guère mieux, se demandant si Mattéo comprendrait et saisirait cette main tendue. Michel cachait aussi ses vieilles blessures derrière une carapace rugueuse et un caractère de chien. On ne le surnommait pas « Fox » pour rien. Le vécu du gamin ne l'impressionnait pas. Son propre vécu le mettait à l'abri des surprises désagréables et autres facéties douteuses liées à son histoire. Les dangers de « l'effet miroir » n'avaient plus prise sur lui depuis longtemps. Il les connaissait, les maîtrisaient, il avait le recul de la digestion, de l'assimilation, de la formation, de la sublimation : un pro.

Personne, sauf une poignée de collègues, ne soupçonnait son histoire. Un éducateur est de facto un énergumène cabossé. Le hasard n'existe pas, en tout cas pas dans ce secteur. Il n'en parlait jamais, le ressentant comme un écho lointain en voyant les vies morcelées, cassées de tous ces enfants confiés à l'aide sociale.

Lundi ; sept heures. Un des véhicules de service s'éloigna de l'établissement. À son bord, Michel et Mattéo. Le premier a l'œil du mec qui a passé un dimanche reposant. Le second est défait par son week-end sans âme, à se demander à quelle sauce il va être bouffé. N'y tenant plus, il attaqua au premier kilomètre :

- Bon, Michel, on va où ? Je veux savoir, j'ai le droit de savoir ! Putain, c'est ma vie, je vais faire quoi ?
- Ouais, je vais te le dire. Pas la peine de t'agiter comme un sac de puces. Je me réveille, alors piano.
- Piano ? Mais bordel, c'est ma vie ! Tu peux pas comprendre, t'es pas à ma place !

L'humeur du « Fox » était au beau fixe ce matin ; une chance pour l'autre qui lui baillait dans les oreilles.

- Fais pas chier Mattéo. Je te dis que je me réveille. Et puis d'abord, si je ne suis pas à ta place, comprendre, ça je peux.
- Ah ouais, tu peux comprendre ma vie toi ! Tu connais ce que j'ai vécu, peut-être ?
- Je ne prétends pas tout connaître de toi. Comprendre, par contre ce que tu vis, oui, ça, je crois que je comprends.
- Je ne crois pas, tu n'es pas à ma place.
- Écoute, Mattéo. Tu me connais sans me connaître. Ce que tu vois est une partie minime de moi. J'ai une vie, j'ai quarante-cinq ballets, et tu ne sais rien. Un de ces jours peut-être, je te raconterai. Pour l'instant, concentre-toi sur ta vie et ce qui t'attend.

Mille questions envahissaient la pensée de Mattéo. Que pouvait-il bien cacher ? Il avait une petite idée, n'insista pas. La voiture roulait depuis une bonne demi-heure. Il en faudrait une de plus pour arriver. La route se perdait progressivement dans une nature presque vierge, ponctuée de hameaux, de fermes abandonnées en majorité. Ici, tout n'était que roche démesurée, lits de torrents presque à sec, végétation pauvre, malingre ; le désert. Le Larzac affirmait sa dureté archaïque sans retenue. Terre grandiose, majestueuse, diablement inquiétante, idéale pour un fugueur en mal de grands espaces. Le secret de la destination finale devait maintenant être rompu.

- On est à moins de dix minutes. Je vais te dire l'essentiel, tu ne tarderas pas à découvrir le reste. On va au domaine de la croix pattée, en plein Causse. Tu vas y rencontrer Gérard et Pauline Carrat. Je les connais depuis des lustres, j'ai déjà bossé avec eux, des gens fiables. Ils ont été longtemps *éducs*. Il y a une dizaine d'années, ils ont racheté ce domaine un peu délaissé. Ils accueillent, sporadiquement des ados comme toi. Dans ton cas, ils ont accepté avec l'accord de l'ASE et du juge de faire une exception, en élargissant leur temps d'accueil. Chez eux, tu vas bosser, apprendre, et je l'espère, te poser. Tu vas être à l'essai quelque temps. Si ça colle, on prolongera. Je ne t'ai jamais menti. Aussi, je préfère te dire qu'il ne s'agit pas de vacances, et que Gérard et Pauline ne sont pas du genre à se laisser balader sans réagir. Ils ont un statut particulier ; ils connaissent bien les mecs comme toi et n'ont guère de naïveté ou de temps à perdre. Autour de toi, regarde ce que tu vois : le Larzac à perte de vue. Celui-là ne dit rien, il agit. Tu l'as vu à l'œuvre récemment. Tu peux embrouiller les hommes, pas lui. Il te fait payer cash la moindre erreur. Si tu sais trouver la force qu'il dégage, tu trouveras la tienne, alors rien ne t'arrêtera dans ta vie. Penses-y bien, parce que tu risques d'être un peu surpris en arrivant.

Surpris était faiblard quand il vit se dessiner au milieu de nulle part les contours de la propriété. Contraint, forcé par l'avalanche de conneries qu'il avait lui-même généré, il sentit le poids des regrets atterrir sur ses épaules.

Les bâtiments de la ferme de «la Croix Pattée» se regroupaient en une forme massive, judicieusement placée au centre d'un des seuls bosquets arborés du coin, signe de la présence d'eau. Les alentours n'étaient que solitude, hostilité, désespérance. S'il voulait se tirer, il devrait en effet affronter en direct « live », le plateau, resserré sur cette présence humaine tolérée, incongrue, et faire preuve d'une imagination proche du génie.

- Putain ! C'est quoi ce truc ! Ne me dis pas que c'est là !

L'œil goguenard d'un enfant satisfait de son coup, sourire en coin, « Fox » passa le grand portail, point de passage incontournable. La voiture garée, ils furent accueillis par un molosse, assurément le croisement d'un ours et d'un veau. Apeuré, le nouveau pensionnaire de l'endroit remonta dare-dare dans la bagnole.

- Arrête de faire ta mijaurée, descends. Il s'appelle Pok, il est méchant uniquement avec les cons…et les fugueurs !

Sur cette blague qui ne fit rire que lui, l'éducateur caressa affectueusement le gros molosse, visiblement satisfait de le revoir. Mattéo vit passer furtivement l'image de la vieille « Cardabelle », suivie de près de celle de ses maîtres, les Costalou. Il ne les avait pas revus. Ils avaient entretenu une correspondance un temps, stoppée par la bienveillance perfide de la psychologue de l'époque, la délicieuse madame Taillardier. Depuis, plus rien. Mais seules les montagnes ne se rencontrent pas. La voix tonitruante de Michel, forgée par des années d'internat, le sortit de ses pensées.

- Oh ! Il y a du monde là-dedans, où êtes-vous ?

Pas de réponse.

- Où vont-ils être ces deux ânes-là ? Pok, Pok, emmène-moi, va, montre-moi où sont tes patrons.

Le chien, parfaitement huilé aux demandes de ce genre, ne se fit pas prier, et partit en aboyant bruyamment. En le regardant se mettre en branle, muscles saillants, Mattéo se dit qu'il détesterait l'avoir au cul. Il se dirigea derrière les murs d'enceinte de ce qui était une ferme fortifiée. Dans la verdure et l'ombrage du bosquet, le clébard des Baskerville rejoignit deux personnes affairées autour d'une masure ; un homme et une femme. L'arrivée peu délicate de Pok alerta les deux silhouettes, tournant leurs regards vers eux. Pauline, la première s'avança, sourire aux lèvres.

- Ah ! Vous voilà ! Désolée pour l'accueil, on est pas mal occupés en ce moment, et Pok était là.

Celle qui leur parlait était une femme d'une beauté passée, encore magnétique. Les rides de la cinquantaine lui donnaient une aura de mystère, de pays ensoleillés, de fêtes entre amis. Sa chevelure disciplinée vaguement dans une queue de cheval la rendait à l'enfance. Ses yeux gris ne laissaient personne indifférent. Grande et robuste, elle avait l'air de celle qui a vécu et bien vécu.

- Vous avez fait bonne route ? Salut Michel, ça va à la Couv' ? (Comprenons La Couvertoirade). Elle l'embrassa chaleureusement.
- Donc, tu es Mattéo ! Sois le bienvenu, j'espère que ça te plaira ici. Ne te laisse pas envahir par la première impression, celle du vide.
- Bien vu se dit le gamin, qui fut embrassé comme du bon pain.
- On ne reste pas là, il commence à faire chaud. On va se mettre au frais. Eh ! « Gé » ! Tu viens » ? À l'appel lancé répondit une voix grave, celle de quelqu'un qui peine.

- J'arrive, je veux finir ça. Oh ! Michel puisque tu es là avec ton gars, venez m'aider à soulever, ça ira plus vite !

Derrière un muret partiellement détruit se redressa un homme, torse nu, tatoué sur les bras, le cou, le haut du dos. Sec comme un coup de trique, il faisait bien son mètre quatre-vingt. Ses yeux plissés laissaient passer le laser de ses prunelles vertes, paraissant découper et analyser tout ce qui se trouvait dans leur champ. Ce qui restait de sa chevelure était noué en catogan. En sueur, il fixa les aides opportuns.

- Ah, tu tombes à pic, vieux ! Ça roule Michel ?
Les deux amis se tapèrent une bise fraternelle et sincère.
- Mattéo, c'est ça ? Salut, moi c'est Gérard, mais tout le monde m'appelle Gé. Bon, aidez-moi à virer cette foutue caillasse sur le tas. Après, on va boire un coup !

Le « foutu caillou » devait bien peser son quart de quintal. Mattéo eut l'impression que son dos s'arrachait du reste du corps en apportant son aide. Petit avant-goût peu engageant. Assis autour de la grande table de la pièce de vie de la vieille bâtisse, les vieux amis échangeaient les dernières nouvelles avant d'aborder le sujet du jour : Mattéo.
Michel se chargea de faire le lien, de présenter les choses, de reposer le cadre du contrat passé avec le diplômé en fugue supérieure. Il était redevenu le professionnel, un court instant remisé.

- Voilà, je crois avoir résumé l'essentiel. Maintenant, à vous de jouer, à commencer par toi Mattéo. Moi, je reste en contact. À la moindre merde, j'arrive, et si c'est vraiment important, j'informe le juge dans la foulée.

Pauline, servant des rafraîchissements, rebondit sur les derniers mots.

- On va tout faire pour que ça n'arrive pas. Ici tu ne trouveras pas forcément toutes tes réponses, mais quand on se connaîtra mieux, on pourra chercher ensemble des moyens de réussir. Les règles sont simples. On se respecte, on se parle, on ne triche pas, et on bosse. À partir de là tu constateras que tout coule de source.

L'intéressé ne disait rien, écoutant, observant, ses radars, sonars et micros en alerte maximale. Gé, qui écoutait dans son coin, l'air chafouin, ne perdant aucune virgule de ses interlocuteurs, prit la parole, de sa voix grave, rocailleuse.

- Pauline a bien résumé. Il n'y a pas de piège, pas de double discours, de faux semblants. On a accepté de t'accueillir parce que Michel a su nous convaincre que tu étais plein de capacités et d'envie. Je le connais et je le crois. Nous, on ne se connaît pas encore. Je vais jouer cartes sur table. On t'apportera tout le soutien possible. Mais si tu n'en fais qu'à ta tête, si tu nous la fais à l'envers, avant la justice, les éducateurs et le reste, c'est d'abord à moi que tu rendras des comptes. Ici, tu peux te barrer comme tu veux. La porte est ouverte. Je ne chercherai pas à te retenir. Tu es libre. Réfléchis-y à deux fois néanmoins. Le vrai gardien, celui qui se chargera de toi, on est dessus, c'est le plateau. Michel m'a dit que tu avais subi quelques échantillons de son style. Ça peut être pire la prochaine fois. Apprends à le connaître, et tu finiras par l'aimer. Ah, oui ! Demain, c'est au p'tit dèj' à 7 heures. Pas 7 heures et demie. 7h, On ne fait pas snack-bar. Maintenant je te le redis, bienvenu Mattéo, sincèrement.

Ce dernier ne savait que penser. D'une part, le discours était carré, coupant, sans concession. Ça ne s'annonçait pas facile, ses accueillants suintants d'une exigence qu'il n'était pas sûr de pouvoir atteindre. D'une autre, il y avait des paquets de sympathie, d'authenticité, d'encouragements chez ces deux sauvages. La rudesse de l'accueil se couplait d'une simplicité rassurante. Le dernier point le troublait. Gé venait de lui parler du Larzac comme de quelqu'un de bien présent. Il était le second. Michel, peu de temps auparavant, avait dit sensiblement la même chose. C'était pourtant des mecs les pieds sur terre. Que voulaient-ils dire ? La voix de Gé le tira de ses songes.

- Michel, tu restes déjeuner ?
- Non mon ami, j'ai un vrai boulot, moi ! Et je ne débauche qu'à seize heures. Je repars.

Joignant le geste à la parole, il se leva. Il ne fallait pas s'attarder et laisser ce trio faire connaissance, seul. Il embrassa ses amis, se dirigea vers la voiture, accompagné de Mattéo.

- C'est maintenant que tout commence Mattéo. Je sais que tu le peux, que tu le veux. C'est flippant, inconnu, c'est vrai. C'est aussi le seul et dernier chemin pour t'arracher à ton merdier. Tu dois y croire comme j'y crois. Je ne te laisse pas dans de mauvaises mains. On fera le point vendredi prochain. D'ici là, fais pas le con et saisis ta chance. Autorise-toi un peu de temps pour apprécier ce qui se présente.

L'ado ne doutait pas de Michel, pas plus d'ailleurs de ce couple qu'il ne connaissait pas. Il ne doutait que de lui-même, de ses incommensurables peurs, de ce sentiment abandonnique qui rongeait tout ce qu'il entreprenait, ses carences anciennes, enkystées comme des tumeurs. Il devait compter sur ses atouts, des lames à double tranchant. De l'entêtement stupide, passer à la persévérance ; de ses facultés intellectuelles utilisées pour fuguer passer à s'en servir pour construire ; de sa violence imprévisible, passer à sa maîtrise. De toute éruption naît la vie. Il en découvrait juste la vérité. Plus facile à dire qu'à faire.

En regardant Michel s'éloigner, il sentit la solitude l'envahir, l'abandon entonner sa ritournelle sempiternelle. Elle n'eut pas le temps de finir sa sinistre mélodie. Pok, intrigué par ce nouvel arrivant, venait sans ménagement lui renifler le cul et les couilles. Un sauveteur n'a pas toujours l'aspect de Paméla Anderson.

Le programme de la journée était simple. Installation, découverte de son nouvel environnement, planning de la semaine. Pauline bloquait sa journée à cet effet. Il retrouverait Gé demain pour sa première journée de boulot. La maison était vaste, capable d'accueillir du monde. Il fut surpris par sa chambre, installée dans les combles. La pièce d'une quinzaine de mètres carrés sentait encore la peinture fraîche. Un petit chien assis permettait de voir et observer les alentours, la grandeur démesurée du plateau. Mais qui observait qui ? Les hommes ou le Causse ?

Un lit deux places, armoires et étagères complétaient le décor. En prime, luxe privilégié, il avait une petite salle de bain personnelle, adjacente.

- Gé a bien bossé sur ta chambre. Il sait faire des tas de choses, tu verras. Sur ce coup-là, il voulait donner le meilleur. Tu l'investis à ton goût, c'est TA chambre.

Cette remarque pleine d'attention n'échappa pas à Mattéo, l'étonna. Ainsi, des gens qu'ils ne le connaissaient pas, l'accueillaient avec une hospitalité totale. Ils donnaient, ouvraient leur porte à un inconnu de réputation agitée. Il n'était pas habitué. Passé le déjeuner au cours duquel Mattéo parla timidement, ses deux hôtes mirent tout en œuvre pour le mettre à l'aise et expliquer le fonctionnement de l'exploitation. Gé, moins disert, laissait volontiers la parole à sa compagne, déclinant les multiples activités de l'endroit.

- Il y a toujours de quoi faire ici. Tu essaieras tout, tu peux même apporter des idées. Dans quelque temps, tu verras ce qui te branche, j'en suis certaine. Dans l'immédiat, on va apprendre à se connaître. On ne va pas te demander un blanc-seing sur la confiance et réciproquement. Prenons le temps de la construire, c'est la base de tout.

Il pensait qu'on lui poserait des questions sur son histoire, ses exploits récents, qu'on lui assénerait une morale récurrente. Rien de tout cela. Il en fut plus que surpris, presque déçu.

L'après-midi, il découvrit la multi-activité de l'endroit. Les brebis et la fromagerie, un vrai cliché du Larzac, l'atelier de Gé, homme à tout faire travaillant pour son compte ou celui des autres, le poulailler, le garage des voitures et du tracteur. En fin de parcours intra-muros, Pauline l'entraîna dans la maison. Une vieille et lourde porte barrait l'entrée d'une petite pièce adjacente à celle « de vie ». Elle avait fonction de bureau et de bibliothèque. Sur un mur entier, se rangeaient, prêts à être dévorés, des dizaines de livres plus ou moins récents.

- Comme tu peux voir, la bibliothèque est fournie. Michel m'a parlé de ton intérêt pour la lecture. Tu peux te servir à loisir, les sujets ne manquent pas. En parcourant les enfilades de bouquins, Mattéo nota qu'un grand nombre traitaient du plateau et de son histoire. Se tournant vers Pauline, il demanda :

- C'est toi qui aimes l'histoire ou c'est Gé ? Il y a ce qu'il faut ici.

- On aime tous les deux cette région. Moi, j'ai en plus un master d'histoire médiévale. Je m'intéresse beaucoup à toute l'épopée Templière et Hospitalière du coin, c'est passionnant. Je fais des visites-conférences sur les grands sites. Ça apporte un plus en fin de mois à la belle saison. Je t'emmènerai si tu veux.

- Ouais, faut voir, c'est intéressant. Mais dis Pauline, pourquoi vous aimez ce coin ? C'est un peu le désert ici.

- Les grands Causses, le Larzac en particulier, sont des terres singulières. Elles paraissent inhospitalières, sans vie, balayées par le vent, brûlées de soleil ou froides comme les pôles. En vérité, c'est un univers extraordinaire, généreux, pudique, une terre d'Histoire, de refuge, de résistance. Le plateau est un géant calcaire. Il est un réservoir d'eau énorme, un vrai gruyère. Si tu le veux, on a un pote spéléo. Il t'en dira plus et t'en montreras au-delà de ton imagination. Tu ne connais pas le Mas Raynal, par exemple. C'est une gueule ouverte en plein Causse, profonde, menaçante ; un trou de cent dix mètres de profondeur sinistre et menaçant. Quand tu descends là-dedans, tu trouves pourtant de vraies merveilles. Il faut juste respecter et obéir à ses lois, ne jamais sous-estimer sa puissance, parce qu'on ne fait pas le poids.

- Je sais. J'ai eu, il y a longtemps une famille d'accueil sur Carenac le haut. Ils m'ont souvent emmené sur le Causse, et j'ai eu des ennuis avec la météo locale il n'y a pas très longtemps. Et puis je suis né ici.

- Ah ? Tiens donc, je ne le savais pas. Et où ça ?

- Ben, en fait, je sais pas trop. Du côté de Sainte Eulalie, je crois. Quand j'ai été serré par les bleus, j'ai vu un médecin qui a connu mes parents. Il m'a même dit qu'il avait accouché ma mère de moi. J'ai prévu de le revoir. On en a parlé avec Michel et la psy du foyer.

- Près de Sainte Eulalie ? Je connais bien le village, j'y fait des visites à La Commanderie. À l'occasion, avec ton accord et celui de Michel, on pourrait à coup sûr retrouver l'endroit. Maintenant, viens, on va aller voir le Roi en direct.

Elle le guida hors les murs, sur un sentier s'enfonçant dans les plis du terrain. La beauté de cette nature s'offrait à eux sans retenue. Austère, silencieux, magnifique, le Larzac accueillait Mattéo dans le calme retrouvé, la sérénité du sage ancestral. Ils marchèrent un long moment jusqu'à un petit cours d'eau au filet fragile, agrémentant les visiteurs d'un joyeux clapotis.

- Tu vois ce ruisseau Mattéo, il est agréable, minuscule, il existe à peine. Quand le temps vire à l'orage ou la tempête, il n'a besoin que d'une heure pour devenir dangereux. Ici, il n'y a pas de demi-mesure. C'est tout ou rien.

Mattéo écoutait, laissant défiler ses pensées sur le paysage. Il revoyait les Costalou, son enfance avec eux, sa fugue en pleine brousse ayant précipitée son départ et le vrai début des emmerdes. Pauline parlait des choses simplement, sa voix était douce, berçante, reposante. Il se surprit à ressentir une forme de paix, sentiment étrange, oublié, effacé. De retour à « La Croix Pattée », il termina son installation, essaya diverses tenues de travail au vécu intense, des chaussures de randonnée, indispensables, et aida Pauline à préparer le repas. Réservé, observateur, il amorça quand même la discussion.

- Pourquoi ça s'appelle la croix pattée, ici ?

Occupée à trier sa salade, elle répondit sans lever la tête.

- Au bout du chemin, à la croisée, tu as peut-être vu une croix de pierre, bien travaillée par le temps. Elle est évasée à chaque bout de ses branches, comme des pattes d'éléphant. C'est pour cela qu'on dit qu'elle est pattée. Le plus intéressant, c'est que la croix de ce type était aussi celle des Templiers, présents sur le plateau à partir des années 1100. On prétend que cette ferme fortifiée leur appartenait. Rien n'est moins sûr. Elle est ancienne, certes, mais de là à affirmer qu'elle est Templière... On n'en a aucune preuve tangible, à part... la croix pattée du bout du chemin. La ferme aurait pu s'appeler le bout du monde, tu ne trouves pas ?

Il ne releva pas, parti dans sa réflexion. Il avait déjà lu des trucs sur ces Templiers ; difficile d'y échapper quand on est du coin. Il les identifiait à travers plusieurs prismes. Celui des Moines Chevaliers, des croisades, des sites sur le plateau, Sainte Eulalie en tête, et de types un peu orgueilleux qui s'étaient crus intouchables jusqu'à ce qu'un roi de France leur tombe dessus. Ce dernier point renvoyait à son comportement. Il se promit d'en savoir plus, Pauline connaissant apparemment bien le sujet.

Interrompant l'échange, Gé rentra du travail, sale comme un porc, sentant le bouc au propre et au figuré. Il partit prendre sa douche. Son retour donna le top départ au dîner. Une fois redevenu quelque chose d'humain, Gé, attablé, s'enquerra de sa première journée.

- Alors Mattéo, ta première impression ? Tu restes un peu ou tu pars en fugue après le dîner ?

192

La blague était un peu lourde, mais claire, directe, comme son auteur. Prudent plus qu'amusé, Mattéo afficha le sourire jaune du mec qui ne sait pas comment prendre la blague.

- Euh, je crois que tout de suite, je reste, j'ai faim et j'ai déjà eu un épisode un peu difficile il y a peu de temps. Ce soir en tout cas, je reste, demain je verrai, si l'eau de la piscine est bonne...
Il finit en souriant. Du Mattéo tout cru. Prenant le risque de se faire ramasser par le bourru, il répondait sur le même ton, une once de moquerie dans la sauce.

Pas certain que Gé s'attendait à cette réponse-là. Il figea son expression une demi-seconde, prélude à une réplique incertaine. Et il explosa d'un coup. Son rire envahit la pièce, tonitruant, tellement rassurant. Il balança une grande claque dans le dos du gamin qui piqua dans son assiette, avant de regarder Pauline :
- Celui-là, il va ma plaire ! il a de l'esprit et du caractère ! Allez mon gars, on trinque !
Il prit son verre de pinard, l'entrechoqua avec celui du gamin, rempli de coca, pour fêter son arrivée. Il venait de faire son entrée officielle chez Gérard et Pauline Carrat.

Les choses sérieuses débutèrent à 7 heures pétantes le lendemain. Bon nombre d'enfants réputés « difficiles » dissimulent leur vraie personnalité dans les premiers jours. Mattéo ne manquait pas à l'appel de la liste, et garda le masque. Gé et Pauline, loin d'être des lapereaux n'étaient pas dupes. Si les surprises survenaient, ce serait après un temps d'usure, de frustrations répétées, de frontières atteintes. Quitte à savoir à qui on avait à faire, ils étaient décidés à forcer les doses, pousser leur poulain à ses limites, l'acculer au mur en gardant une bienveillance sécurisante. S'il parvenait à vaincre l'obstacle, on pourrait taper dans le dur, y bâtir. Serrer le cadre à son max' pour le desserrer ensuite, un des dictons de leur « philosophie ».

Aucun état de grâce ne fut octroyé. Il s'attela à un boulot ingrat, harassant. Gé travaillait beaucoup, rarement distrait de sa tâche, gardant un rythme soutenu ponctué de pauses parcimonieuses. Il exigeait de son assistant l'exacte réplique dans l'effort. Trop fier pour renoncer, avouer que la fatigue le gagnait, celui-ci ne bronchait pas, exécutant de son mieux sa mission. Il creusa, brouetta, souleva des pierres aussi lourdes qu'une pyramide, terrassa, apprit à faire du béton, fourcha du foin, participa au nettoyage de la bergerie, fendit des bûches. Rien ne lui fut épargné de la liste des travaux physiques et ingrats. Il ne disait rien, n'en pensait pas moins. L'image du bagne apparut vite dans ses méninges. À l'issue de ce mardi, il manqua de s'endormir à table. Et ce n'était que le début.

Il accueillit le vendredi après-midi tel le militaire à l'aunée d'une permission. La voiture de L'IR apparaissant dans l'encadrement de la grande porte était une idée réduite, mais réaliste du paradis sur terre. L'ange salvateur, une éducatrice nommée Sophie ramassa ce qui restait de Mattéo. Pendant une semaine il n'aurait pas droit au traitement de faveur de « la Croix Pattée ». Il n'était pas pressé d'y remettre les pieds, esprit en lutte contre l'envie d'y retourner. Il était brisé, courbaturé, vidé, laminé, mais pour la première fois depuis longtemps, il se sentait en vie.

Le week-end aurait pu naturellement s'appeler le repos du guerrier. Il retrouva Gaëlle, ses baisers, ses caresses, le confort finalement douillet de l'internat, et surtout sa couette et la grasse matinée si chère aux ados. Son besoin de récupération occulta toute agitation qu'elle fut utile ou stupide. Son corps fourbu était une camisole l'emprisonnant dans sa torpeur. Si la réussite du projet n'était qu'une hypothèse, la tranquillité du Week-end était garantie. Lundi arriva sans que toute la fatigue du bagnard soit éliminée. Il était quand même debout, baillant et dans le pâté lorsque Michel arriva à 8h.

Le café aidant, ils décortiquèrent les premiers jours de réparation pour la loi, de supplice pour lui. À 9h, il partait prendre ses cours de rattrapage. À un moment ou un autre, il devrait reprendre en extérieur formation ou scolarité.

De Gé et Pauline, le jeune cheval sauvage changea de maître de longe. Michel reprenait les commandes. Graziella avait la charge difficile de commencer à utiliser le retour du docteur Arsule dans son histoire. Elle devait préparer avec chacun une rencontre pleine d'incertitude et d'espoir. Cette perspective conjuguée à une semaine de pause avant de retourner se colleter les travaux avec Gé, réveillait des velléités explosives et provocatrices, le syndrome du marin prenant du bon temps en escale. Pas méchant, juste stupide, pas irrespectueux, juste agaçant, pas violent, juste brutal, pas embêtant, très chiant. On le surprit un soir à se taper des canettes de bière dans un coin reculé de l'internat, à bousculer d'autres jeunes pour des broutilles, à se plaindre de tout, de rien, drapé dans la toge outragée de l'homme condamné à bosser dur. Ces petits incidents sans conséquences accouchèrent d'un rappel à l'ordre du « Fox », rafraîchissant la mémoire du subversif, ramenant un air frais de réalité. Le barrage tenait, retenant les vagues pulsionnelles, les manifestations comportementales fulminantes, les relents d'angoisse, les douleurs, surgies systématiquement après des entretiens avec la psy. Elle grattait les plaies, les nettoyait, les désinfectait de ses bactéries abandonniques tenaces. Elle ne jouait pas, elle travaillait avec le feu volcanique, en bord du cratère en ébullition. Elle était elle aussi une professionnelle, prudente et humble devant la souffrance destructrice des autres.

Laisser « du mou » sur la corde diminuait les risques. Mieux vaut céder un peu que de s'aventurer à subir l'ingérable. Les semaines passées chez les Carrat suffiraient à l'exigence. Sans espaces de relâchement relatif, on allait droit à la surchauffe et l'éruption majeure. Personne n'en voulait, tout le monde la redoutait, Mattéo le premier. Sa chance, sa carte maîtresse c'était sa capacité à réfléchir, élaborer, remettre en question des positions jamais figées. Le remue-méninge du volcan devait posséder quelques compensations fertiles. Il existe des êtres en guerre leur vie durant, incapables de bâtir la paix, exercice privilégié de l'intelligence. Mattéo n'était pas de cette catégorie. Il pouvait, il voulait la paix, SA paix.

Cahin-caha, la « mayonnaise » se lia, lentement, sûrement. La tactique fonctionnait, un équilibre fragile s'installait. Les semaines s'accrochèrent en un convoi brinquebalant, mais régulier. Le rythme de « La Croix Pattée » s'intensifia encore. La demande physique était telle, qu'une volonté de fugue et autres fantaisies manqueraient de carburant. Les compteurs Geiger contrôlaient en permanence les moindres soubresauts du turbulent sujet, restant plat pendant les premières semaines. L'alerte sérieuse éclata un mois et demi après son arrivée chez Gé et Pauline. Elle était prévisible, attendue, anticipée. Elle devait arriver, il fallait qu'elle existe, vive et meurt pour passer à une étape supérieure. Les liaisons formelles ou pas entre les Carrat, Michel et l'équipe des « Roches », tendaient un cordon rouge de sécurité recoupant les infos, en expliquant d'autres, devançant et organisant un potentiel « pétage de plomb ». Les grandes tempêtes sont annoncées par de petites brises. Il en va de même avec les crises merdiques et telluriques de l'ado.

La semaine avait été dure, pluvieuse, décourageante. La fatigue, une lassitude tenace, la production embarrassante de testostérone s'associaient en un ciment compact dans la cervelle rebelle. Il rechignait de plus en plus, remettait en cause règles, conventions et contrat, se renfermait dans un mauvais rôle d'exploité. Les adultes ne disaient pas grand-chose en retour, laissant monter le lait qui ne tarderait pas à déborder. En coulisses, les services secrets de « l'intelligence éducative service » s'activaient, se préparant sans savoir quand, à la prochaine éruption. Il est préférable que la colère, volcanique ou humaine éclate loin des lieux où public et population sont en grand nombre. Pour ce genre de spectacle, l'isolement, l'éloignement des autres est plus facile à gérer. À cet égard, les solitudes du plateau étaient la scène, l'arène rêvée.

Jeudi. Le mercredi avait été un exercice de patience et de maîtrise éprouvant pour Gé qui supportait les jérémiades de Mattéo et ses excuses bidon pour ne pas bosser depuis le début de la semaine. Ça n'aurait tenu qu'à lui, il collait sa main dans la gueule du gréviste en herbe, histoire qu'il sache pourquoi il se plaignait. Il se retint.

Fin d'après-midi. Gé et Mattéo finissaient de charrier des blocs de pierre destinés à un chantier. Gé, dix vies au compteur, avait appris la taille de pierre. Il avait besoin régulièrement de matière première. Mattéo n'en pouvait plus, rêvant d'une douche, de Gaëlle encore dans le circuit, et de sa couette, sa véritable maîtresse.

Gé en demandait encore et encore, le secouant verbalement sans faux semblants.

- Tu vas te bouger oui ou merde ? Si tu as décidé de ne rien foutre, tu n'as rien à faire ici. J'ai pas besoin de bras cassés, de mecs qui jouent les bonhommes et qui ne sont pas foutus de lever le petit doigt.

La tirade de trop. Jugeant qu'il bossait bien assez, prenant la remarque comme une paire de gifles, et sentant se lever le vent de l'injustice chronique, il jeta ses gants à terre.

- Tu m'emmerdes avec tes caillasses à la con. J'en ai plein le cul de ces conneries, je ne suis pas un esclave ; je préfère encore la tôle, je me casse, connard !

Le dernier mot atterrit mal dans les oreilles de Gé. Posant à son tour ses gants de travail, il se dirigea lentement, l'œil mauvais vers Mattéo ; un ours descendant tranquillement sur sa proie, sachant qu'elle était perdue. La proie le sentit, instinct de survie, et décampa en balançant un florilège d'insultes, typique d'un comportement exaspérant que connaissent pas mal *d'éducs*.

Détalant à la vitesse d'un garenne, il disparut en une seconde. La colère et la trouille sont meilleures que le kérosène. Gé n'était pas franchement d'humeur badine, il ne fut pour autant surpris plus que de mesure. Ça devait arriver. Restait à gérer la crise calmement, en priant que cet oiseau coureur ne fasse pas germer encore une fois une fugue à irresponsabilité majeure. Pas le genre à s'affoler le Gé. Il retourna sur la ferme, prévint Pauline et appela en priorité son pote, Michel, chez lui. Il ne connaissait pas ses horaires. Prudent, avant d'en informer « Les Roches », il voulait en parler avec lui.

Dès que le tocsin serait sonné officiellement, la mécanique administrative s'enclencherait et serait impossible à enrayer. Une fugue n'est pas un délit, c'est une conduite à risque. Quand on s'appelle Mattéo Bonaventure, qu'on a été prévenu deux fois, qu'on attend un jugement au tribunal, qu'on a usé les patiences, c'est se tirer une balle dans le pied en favorisant une condamnation aux conséquences incalculables. « Fox » accueillit la nouvelle sans grande stupeur, c'était tellement probable.

- On ne va pas s'énerver, et laisser un temps de cuisson suffisant. Si sa tarentule n'a pas les pattes trop retournées, il se calmera et réfléchira. À partir de là, on peut essayer de le retrouver. J'arrive, fais chauffer le café.

Une heure plus tard, il arrivait. Conseil de guerre restreint commandé par Michel.
- Il ne doit pas être très loin, on doit pouvoir mettre la main dessus. Le vrai risque, c'est qu'il ait encore l'idée de se barrer plus loin, ce qui compliquerait tout. On se laisse deux ou trois heures avant de prévenir les renforts. C'est un délai très long, mais ça me ferait carrément chier que tout soit balayé pour un coup de tête. Et puis, c'est un peu ce que l'on cherchait, non ? Vous en pensez quoi ?

Le couple n'était pas du genre à se coucher devant la difficulté, encore moins à mettre un genou à terre en alertant tout le monde, histoire de se couvrir, ôtant ainsi toute chance au gamin. La soirée s'allongeait, sans aucun signe de la présence proche de Mattéo. Pour autant, il ne se dissimulait qu'à peu de distance. Bien camouflé derrière un de ces paquets résistants de roches ruiniformes qui jalonnent le plateau, il avait fini par se poser, et pleurer, beaucoup pleurer. Son esprit réactif et créatif revenait sur cette altercation stupide, due essentiellement à une fatigue généralisée. Il se voyait déjà pourchassé, repris par les flics, mis à mort par la justice.

« Ira furor brevis est », la colère est une courte folie, citation latine tenace. Il en éprouvait une nouvelle fois l'amère expérience. Le repentant prenait maintenant la place du bourreau. Il avait, pensait-il, brisé en une seconde ce qu'il avait remonté en plusieurs longues semaines à s'arracher les tripes, à regagner la confiance, à se débattre pour sortir de l'aven. Tout ça pour ça ! Noyé dans ses larmes, il était happé vers l'abbysse, avachi, vidé au pied du rocher.

Le colosse de pierre et d'eau n'était pas menaçant ce soir. Il agrémentait le désespéré d'une petite brise rafraîchissante, arrêtant la pluie démoralisante de l'après-midi. L'humidité qu'il dégageait libérait des arômes végétaux puissants, mêlés à un parfum de pierre mouillée venue du fond des âges. Oui, ce soir le Larzac se voulait bienveillant, rassurant, incitant à l'apaisement, à la réflexion. Il donnait à sa façon, une chance à Mattéo. Le film d'une vie se déroula, du plus loin qu'il puisse se souvenir. Chantal et Raymond Costalou ouvrirent la séance, suivis de près de la honnie Madame Taillardier. Le foyer, Kévin, Tac Tac, ses fugues, les flics, la juge, l'inattendu docteur Arsule, « Fox », Gaëlle, Gé et son regard prédateur, Pauline et sa douce autorité, les personnages se bousculaient. Manquaient à la distribution deux protagonistes de choix : ses parents. Naturellement, tout avait commencé avec eux. Il ne les avait jamais connus, au-delà de ses premières minutes de vie. La baraque ne pouvait être autrement que branlante puisqu'il n'en connaissait pas les fondations…

Apparut enfin un dernier personnage de l'histoire. Silencieux, omniprésent, envahissant, il l'avait rencontré de maintes fois sans chercher à en savoir plus sur celui qui l'accompagnait depuis toujours, le berceau de sa vie ; le grand Plateau. Il était plus qu'un décor, il était un acteur, une présence, un artisan façonnant les hommes, leur donnant une raison de vivre ou de mourir.

Ses parents et le Plateau ; l'origine, la tanière de ses réponses, de ses angoisses, de son mal de vivre, de son avenir et de sa puissance intime. Le monstre ivre de rage lors de sa dernière fugue, offrait ce soir sa présence la plus paisible, protectrice. Il n'aurait su dire le temps passé au pied de ces rochers. Quand il se releva, calmé, il inspira une grande goulée d'air frais et régénérant, prit le temps de regarder son environnement, et pour la première fois de sa vie, fit demi-tour, assumer, affronter, vivre. À défaut d'avoir obtenu la paix avec lui-même, il remportait, l'ignorant, sa première victoire, et signait la trêve des braves avec le Colosse ancestral. Marchant au combat de ses espérances, il rêvait à ses côtés, de l'ombre fière des Chevaliers du Temple.

Résolu, il s'engagea sur le chemin le ramenant vers la ferme, vers demain. La lumière de l'habitat perçait la nuit naissante. Là-bas, on veillait, pourtant aucune présence humaine n'était perceptible. Pok, vigilant gardien, révéla la sienne par des aboiements sonores. Il avait décelé son retour avant qu'il ne pénétrât dans la cour. Le brave animal vint vérifier l'identité de l'arrivant et l'accompagna à la porte de la maison. Pétri d'appréhension à l'instant d'ouvrir, tendu comme une corde d'arc, il hésita un quart de seconde. Manifestement, il y avait du monde là-dedans. Restait à savoir comment on l'accueillerait.

Il sentit dès son entrée la fraîcheur de la pièce. La cheminée s'amusait à faire craquer quelques bûches, mais tout son corps n'était que froideur. Devant lui, jetant à peine un coup d'œil, Michel et Gé en train de siroter un verre de pinard. Allant et venant, toujours en action, Pauline semblait ne pas l'avoir remarqué. Il s'attendait à tout ; pas à une indifférence quasi totale. Il considéra la situation. Fallait-il qu'il reparte, qu'il se confonde en excuses, qu'il envoie valser table et convives ? Il opta pour une autre attitude. Crânement, sans se dégonfler, il prit place autour de la tablée. Profitant de l'avantage qu'on lui laissait, peut-être pas innocemment, il porta sa charge, anticipant la riposte.

- OK, j'ai déconné. Je regrette, j'aurais pas dû. Je suis crevé et vous le savez. Je rembourse mes conneries, je veux bien, c'est normal. Par contre, vous m'aviez dit que je ferais des trucs intéressants, que j'apprendrai. Trimbaler du bois et des cailloux toute la journée, ça lasse à la fin. J'ai pété les plombs et n'importe qui à ma place l'aurait fait. Si c'est ça, je préfère encore morfler au tribunal. Je m'attendais à autre chose, c'est tout. En tout cas, je ne me mettrai pas à genoux pour supplier. C'est tout ce que je voulais dire.

Il regarda chacun, l'un après l'autre, baissa la tête, caressa Pok, attendit la réponse qui ne tarderait pas. Ce fut Gé, antagoniste de la dernière querelle, qui prit la main.
- J'entends Mattéo, et j'accepte.
- Tu acceptes quoi ? Relança l'ado, désarçonné par la réponse ultra synthétique.
- Tes excuses, tête de nœud !
Et regardant son compère « Fox », demeuré anormalement silencieux, il continua.

- Peut-être bien que ce coup-ci, il est mûr. T'en penses quoi ?

- Je crois qu'on a une petite chance !

Et sans lever les yeux vers Mattéo, « Fox » prit son verre, le leva et l'entrechoqua avec celui de Gé. Les renards étaient contents. Dans le classement des ahuris qui ne comprennent pas tout, Mattéo, à cet instant précis, aurait pu tenir la tête loin devant. Pauline, amusée par tout ce cirque, les rejoint, lui tendit un verre et trinqua avec lui.

- À la tienne, tête de bois, demain on passe la seconde ! Debout pour 7 heures ! La renarde se réjouissait aussi !

Dès potron-minet, plus curieux que motivé, le lascar se présenta au petit déjeuner. Gé était déjà parti, son cahier de charge démarrant très tôt. Il ne serait donc pas avec lui pour charrier cailloux et autres bastings. Pauline, souriante, l'attendait cafetière à la main.

- J'espère que tu as récupéré de tes pérégrinations. On est ensemble pour le reste de la semaine. Tu veux du changement, tu vas en avoir. Ne pense pas malgré tout te reposer. Dans quelques mois, tu auras dix-sept ans, il est temps de regarder l'avenir de façon productive.

Que voulait-elle dire ? Mattéo ne s'était jamais vraiment demandé comment envisager l'avenir. Il s'y refusait, subissant l'instant présent avec la douleur d'un forçat. Ce qu'il deviendrait ne comptait pas ou peu. Seul l'instant présent était à vivre. La réalité du concept lui donna le vertige. Le vide absolu, finalement plus inquiétant que celui auquel il se confrontait depuis toujours.

La différence, c'était que ce néant-là devait être rempli, organisé, habité, maîtrisé ; la page blanche de l'écrivain... Il ne reviendrait pas sur ses pas, et se jetterait dedans à corps perdu, pourvu qu'il y ait quelqu'un au bout de la corde. En mal de paroles et de propositions, il laissa Pauline le guider. Le poulain découvrait enfin un peu de paix. Le dernier dérapage n'avait pas terminé dans le mur. Cette simple constatation constituait à elle seule une réussite, un dépassement. Elle ne traduisait pas non plus l'éradication de ses humeurs sanguines. On pouvait juste espérer qu'elles se trouvaient mieux gérées.

Il n'échapperait pas aux corvées de l'exploitation destinées à justifier un salaire nécessaire au remboursement de ses victimes. Feus les 4 L ne coûtaient pas beaucoup d'argent. Il fallait quand même en dédommager les propriétaires. La condamnation à venir s'agrémenterait sûrement d'une amende qu'il valait mieux provisionner maintenant. Assumer les actes était une chose. Éviter la récidive en est une autre. Et c'était tout l'objet du plan imaginé par Fox.

En ce deuxième semestre de 1997, ils n'étaient pas légion ceux qui croyaient dans les chances de l'équipe de France de football au mondial 98, pas plus que ceux qui gardaient des espoirs prometteurs en Mattéo. Bâtir du solide serait une belle réponse et un démenti cinglant à tous les disciples du désastre annoncé. Rien que pour cela, ça valait le coup d'être tenté. Le garçon vivait son adolescence en pleine force, invincible qu'il se croyait, déprimant et déprimé comme la mort, chiant comme une gueule de bois. Il n'osait trop regarder devant lui, terrifié de voir parfois, dans les brumes de sa jeunesse, poindre les sommets redoutés de l'état adulte. Il n'avait pas beaucoup d'alliés, mais ceux-là étaient sûrs, loyaux et aguerris.

Le premier d'entre tous était celui qui ne disait rien, insoupçonnable et omniprésent. Le plateau millénaire avait vomi sa colère sur lui, l'avait rappelé à sa toute petite condition humaine, fragile. Le cadre de son pouvoir posé, il se révélait un protecteur indéfectible, éloignant les dangers tentateurs de la civilisation et d'une impatience fourbe. Il enseignait patience et humilité à ceux qui acceptaient de comprendre et d'apprendre ses dures leçons. Mattéo n'en était qu'à l'aube de sa prise de conscience. Au fond de lui, la passion du plateau germait, poussait, s'imposerait. Comparé à d'autres adolescents en dérive, perdus dans un univers de rue, d'urbanisme et de solitude, la chance qui se présentait était un passeport pour la Vie. La maîtresse de maison, ne le laissant pas dans une attente stérile, l'arracha à ses biscottes, son bol, et ses pensées en une tirade :

- En route, j'ai du monde à te présenter. On n'a pas de temps à perdre. Rejoins-moi vite à la voiture.

Le vieux Land des Carrat aurait pu sillonner le Causse tout seul, tant il avait parcouru ces espaces depuis des années. Il n'était pas un modèle d'écologie, mais sa puissance permettait d'affronter les pièges et turbulences du relief dans une relative sécurité. Installé sur les sièges fatigués, le duo s'ébroua dans un ronflement puissant, témoignant de la vivacité encore présente de l'Anglaise.

Haussant le ton pour contrer les décibels généreux de l'engin, Pauline déroula l'essence de l'action.

- C'est simple. Nous avons parié sur tes capacités, qui n'attendent que de devenir compétences. Tu es solide, actif, têtu et surtout curieux. Malgré ce que tu peux penser de toi, nous savons que tes sauts d'humeur masquent des possibilités énormes. La première étape est de dépasser ces parasitages violents, incontrôlés. Depuis hier, il est clair que c'est possible. Oh ! Tu as encore du chemin, mais ce qui est pris est pris. Deuxième étape, mettre à profit ta curiosité et un intellect loin d'être celui d'une huître. On va le nourrir, l'alimenter, le gaver, et tu découvriras des voies que tu n'envisages même pas. Tu continueras à bosser aux tâches de l'exploitation, le bémol c'est que tu feras aussi autre chose. Cet autre chose, il commence maintenant. Et j'ajoute que ça continuera pendant tes semaines aux « Roches ».

- Mais dis-moi où on va, s'impatienta l'ado.
La réponse tint en un seul vocable, le laissant dubitatif.
- La Couvertoirade.

D'une autre cité fortifiée, celle du palais de justice de Millau, une convocation au nom de Bonaventure Mattéo partit au courrier quotidien. La missive redoutée parviendrait à son destinataire deux jours plus tard. Quinze suivraient jusqu'à celui, primordial du jugement. Ce jour-là serait dans tous les cas, marqué d'une croix blanche ; le début d'un avenir sur les horizons du plateau ou l'arrêt net à l'ombre d'une maison d'arrêt, au mieux d'un établissement pour délinquants juvéniles. Pour l'heure, c'est sous les murs estampillés de la Croix pattée rouge sang qu'arrivait le prévenu et son guide.

La vieille cité baignait tranquillement dans l'austérité de ses pierres assemblées en un ensemble paraissant inexpugnable. Le château, gardien vigilant multi-centenaire veillait, silencieux et fier sur les hommes et les bâtisses. Sept cents ans auparavant, les Templiers, guerriers d'élite, moines pieux et banquiers exploitants d'exception avaient construit leur petite forteresse sur la roche, symbole d'une domination du Larzac sans partage.

La Couvertoirade dépendait de la vaste commanderie de Sainte Eulalie de Cernon, avec laquelle et le village de la Cavalerie, elle constituait les éléments clés du réseau Templier en Larzac. Les turbulences et les blessures du Temple à partir de 1307 n'avaient plus prise aujourd'hui sur le village paisible qui s'offrait à Mattéo. Il découvrait, ébahi, la majesté et la beauté du site. En quête de réponse, le visiteur fugueur relança l'assaut de son questionnement :

- Qu'est-ce qu'on fait là ? Et c'est quoi ce truc de fou ?
- Ça, reprit Pauline, « c'est La Couvertoirade, construite par les Templiers, reprise à leur fin par les Hospitaliers, qui ont entre autres rajouté les murailles. Les Templiers étaient un peu comme toi. Fiers combattants, habités d'un feu redoutable, ils se sont crus tellement intouchables qu'ils se sont perdus dans un orgueil mortel. On va visiter, je vais te raconter. C'est le point de départ. Nous sommes certains que ce sera un sujet d'intérêt et de réflexion pour toi. Quand on aura fait le tour et rencontré quelqu'un, on va pouvoir discuter de notre proposition d'avenir. Tu auras les cartes en main.

Pauline Carrat avait un vrai talent de conteuse. Elle savait emmener ses auditeurs dans son récit, l'épiçant d'anecdotes et de traits d'humour judicieux qui le rendait passionnant. Mattéo fut vite emmené dans le sillage des Chevaliers du Temple et de l'Hospital. Sa curiosité naturelle couplée à un attrait pour l'histoire accentua son envolée onirique. Pauline lui ouvrait une porte sur le passé, coloré de bravoure, de combat, de conquêtes au soleil levant et du milieu hostile des grands Causses. Pour finir, orgueil, entêtement, pouvoir achevaient l'épopée en un drame humain et judiciaire sans pareil dans l'Histoire.

Pendant quelques heures, Mattéo fugua, une nouvelle fois. Cette fugue était singulière, sans commune mesure avec ce qu'il avait connu. Elle le libérait du monde et de ses contraintes. Elle ne mettrait pas la gendarmerie à son cul, elle ne le meurtrirait pas. Cette fugue-là l'embarquait au-delà des mers, écoutant et cherchant à comprendre l'histoire de ces hommes, en écho à la sienne. Sans s'en douter, c'était une boite de Pandore.

Des murailles Hospitalières au château Templier en passant par les venelles de la cité, du portail d'amont à celui d'aval, de l'église intramuros à celle de Saint Cristol ruinée et perdue dans le Causse, du moulin des Rédounelles à la lavogne presque sèche, rien ne lui échappa. Pauline racontait le village en gardant en toile de fond l'histoire inégalée de l'Ordre du Temple. La faim seule les ramena au monde présent. Là encore, une surprise attendait le pèlerin sans barbe ; une surprise nommée Gaspard Coltès. Des images plein la tête, encore étourdi par le tourbillon de sa narratrice, il la suivit entre les maisons. Dans un recoin, tassée entre deux constructions plus imposantes, une bicoque typique et atypique, une de ces baraques locales ouvertes sur la rue par une voûte en plein cintre, permettant l'entrée dans ce qui devait, jadis, être une grange ou une échoppe. Une enseigne, enchaînée et torturée annonçait l'esprit des lieux : « *Gaspard Coltès, bar restaurant bouquiniste* ». Vaste programme alliant les nourritures du corps et de l'esprit.

Barrant l'entrée, un bonhomme de petite taille, sec comme un fagot, les cheveux longs, blancs, le regard plissé par le soleil, le vent et une insatiable curiosité. À première vue, il n'avait pas l'air avenant, les deux mains logées dans les poches d'un vieux jean, portant tee-shirt et surchemise d'un autre âge. En voyant débouler Pauline, son regard s'éclaira. Le vieux s'approcha, l'embrassa chaleureusement, accompagné d'un « *ça va ma fille* » ?

- Bonjour papa, répondit-elle. On vient casser la croûte, tu as une place pour nous ?

- Quelle question, tu es chez toi.

Ainsi donc, ce rugueux petit homme était le père de sa protectrice. Cela expliquait en partie les allées et venues de Pauline sur le site. Installés en fond de salle, entouré d'objets hétéroclites et insolites, chinés dans mille brocantes, ils auraient pu dévorer un curé tout habillé, tant la faim les tenaillait. Un détail, et pas des moindres, attira l'attention de Mattéo. Recouvrant un pan entier de mur, une bibliothèque fournie remplissait des étagères en planche de chêne mal dégrossies. Il y en avait tellement qu'on aurait cru qu'ils se reproduisaient entre eux. Cela n'échappa pas au vieux Coltès. En apportant le plat unique, un aligot fumant, dégoulinant de fromage, il se fendit d'une remarque.

- Mange d'abord, petit, tu auras tout le temps d'y jeter un œil après. À la fin du service, je viendrai vous voir. À cette saison, je n'ai pas trop de monde.

Sa voix rocailleuse s'accompagnait de tonalités chantantes. Ce type était manifestement du cru. Son aspect faisait penser au père lapin, victime des fantaisies du jeune Bonaventure, mais avec un quelque chose en plus, un truc latent incitant à la prudence. Il ne tarderait pas à comprendre la différence entre les deux hommes.

À la fin de leur repas, repus, détendus, les deux convives devisaient encore au sujet de leur périple de la matinée. L'après-midi printanière s'étirait benoîtement. C'est l'instant où Gaspard vint les rejoindre, libéré des contraintes d'un service peu encombré. Trois cafés sur un plateau, il attrapa une chaise.

- Alors, ça a été ? Il se laisse manger mon aligot, pas vrai ?

- Tu es un sorcier, papa ! Mais c'est une recette que Maman t'avait apprise.

Une seconde, les yeux de l'ancien s'embrunirent.

- Ah, ça, elle avait le coup ta mère. La vie a décidé qu'elle irait cuisiner pour le ciel. C'est comme ça.

Reprenant ses esprits dans la foulée, il se tourna vers Mattéo.

- Alors c'est toi le gamin des Roches. Je suis content de te connaître, on a plein de choses à se dire.

Plein de choses à se dire ? Que voulait dire ce mec qu'il n'avait jamais vu ni d'Ève ni d'Adam.

- Pauline m'a beaucoup parlé de toi. Elle ne tarit pas d'éloges. Je sais aussi qu'elle n'a pas son pareil pour me convaincre. Tu as dix-sept ans, c'est ça ? As-tu été recensé au moins ?

Un peu déstabilisé et toujours sur ses gardes, l'ado s'avança prudemment.

- Oui, oui, je dois faire ma journée défense dans quelque temps. Enfin, si je peux. Je ne sais pas où je vais être dans les mois suivants.

- Ne te fatigue pas petit, je sais. Et c'est bien pour cela que tu es ici.

- Comment ça, je ne comprends pas.

Pauline, restée intentionnellement muette, continua.

- Justement, papa a peut-être quelque chose à te proposer. Ça dépendra en effet du tribunal, pour appeler un chat un chat ! Écoute bien ce que je vais te dire. Dans quelques mois, tu seras majeur. Tu as la menace d'une condamnation sur ta tête. Tu ne sais pas où te diriger, quoi faire. Avec les « Roches », Gé, Michel et moi, on pense que si tu vas au tribunal avec des billes et un projet, tu auras de vraies chances. Ce vieil ours qui est mon père est une possibilité solide. Ça dépendra bien sûr de toi seul. Papa n'est pas seulement restaurateur ; il a été enseignant. Il a été longtemps guide sur les sites du plateau avant qu'il ne passe le flambeau. Il est la mémoire du coin, l'érudit de service. Il peut t'aider.

- M'aider en quoi ?

- Laisse-moi finir. On te l'a dit, répété. Tu regorges de capacités, il suffit juste de les exploiter. Tu as pas mal de retard dans bien des domaines et tu dois avoir de quoi payer amendes et avenir tout court. Je ne te promets pas la fortune, je te dis que ce que nous voulons te proposer te permettra de construire les armes nécessaires. Mattéo ; tu as assez perdu de temps.

Là-dessus, le vieux renchérit.

- Pauline, laisse-moi avec lui. J'ai des choses à lui dire.

Restés seuls, en un tête-à-tête incertain, Gaspard attaqua d'entrée.

- Écoute, gamin. Je ne vais pas y aller par quatre chemins. Je connais un peu ton histoire. Je l'ai vécue moi aussi. Je n'ai jamais connu mes parents. Je suis un enfant « de l'assistance ». J'en ai bavé, j'ai connu ta solitude, ton injustice, les plaies à vif et l'envie de tout péter. J'ai gueulé comme un veau à emmerder tout le monde, jusqu'au moment où je me suis rendu compte qu'il fallait que je ne compte que sur moi. J'ai travaillé, j'ai tout fait, je me suis payé mes études en bossant comme un dingue, et j'ai réussi. Si moi je l'ai fait, tu peux aussi. Perdons pas de temps. Ce que je te propose c'est de venir me voir chaque après-midi de présence chez mes enfants. Je te ferai bosser ta tête, on rattrapera ton retard scolaire, tu pourras passer un diplôme, le BAC peut-être, ça se couplera avec ce que tu fais aux « Roches ». Si tout va bien, à ta majorité, je t'embauche. Tu m'aideras au bar restaurant et tu continueras à apprendre. J'ai déjà une chambre libre pour toi, si tu le veux. Je vais faire de toi ce que j'ai fait de ma fille ; un connaisseur, un gars qui sent et sait le Causse, à commencer par La Couvertoirade et ses copines, Sainte Eulalie et La Cavalerie, sans compter Saint Jean d'Alcas, Le Viala du Pas de Jaux, et tous les recoins de ce plateau. Réfléchis bien. Prends un peu de temps, mais pas trop. Parles-en avec ceux qui t'accompagnent, ce diable de Michel. Si, par ma voie, le plateau te tend les bras, ne le refuse pas. Cet endroit est unique. Je ne suis plus qu'un vieil homme qui a eu sa chance. J'ai le devoir et l'envie de la transmettre. Maintenant, va, réfléchis et recontacte-moi, dans pas trop longtemps. À bientôt Mattéo.

Sans laisser le temps à son interlocuteur de répondre, il se leva, tourna les talons et disparut dans sa cuisine. Il ne vint pas à l'esprit de Mattéo de le poursuivre. Tout était dit et il ne doutait pas un instant que Pauline saurait répondre aux questions qui se bousculaient au portillon de sa cervelle. Il était totalement interloqué par la surprise de cette journée à rebondissement. Sans insister, ce qui était nouveau, il rejoignit Madame Carrat... née Coltès.

Le retour combla ses attentes. Il put abreuver de questions sa conductrice, arrivant à la Croix pattée l'esprit toujours plus embrouillé, mais ayant sujets à réflexion. Le soir venu, éreinté, il avait l'impression d'avoir charrié dix tonnes de gravats. Le crâne lourd, rempli d'informations génératrices d'interrogations et de délibérations, il gagna son lit très tôt. Pour aujourd'hui, c'était suffisant. Il passa une nuit agitée, peuplée de juges, de Gaspard, de Templiers et d'un géant de calcaire qui riait à gorge déployée.

La routine reprit ses droits. Il était content et apaisé, curieusement, de revenir à l'institut. Après sa semaine passée dans les mains des Carrat et autres Coltès, il retrouvait la tranquillité ennuyeuse de l'internat et les câlins de Gaëlle. Il changeait cependant. Depuis ses derniers coups de sang, ses humeurs imprévisibles s'adoucissaient, son comportement s'affichait plus sociable. Le petit coq grandissait tout simplement, acceptant bon gré, mal gré de faire face à son avenir, celui-ci prenant parfois des chemins détournés.

Lundi. Le courrier arrivé, lui qui n'en recevait jamais, on l'appela au bureau du « chef ». Une lettre venait d'arriver à son nom et ce n'était pas l'annonce des résultats du loto. L'en tête du tribunal sur le haut de l'enveloppe, il pigea de suite. Assisté de la chef de service, il ouvrit l'enveloppe. L'ayant lu, il tendit la missive vers Aïcha :

- Putain ! Aïcha, j'ai les boules !
- Pas de panique, tu t'y attendais. Ça fait toujours un coup, mais tu n'es pas isolé, c'est ta chance. La convocation est jeudi en quinze. Exceptionnellement, tu passeras cette semaine-là ici plutôt que chez les Carrat. Je t'accompagnerai et je fais ce qu'il faut pour que Michel soit là aussi. C'est en audience publique, ce qui veut dire que nous ne serons pas seuls. Ce n'est donc pas le moment de craquer. Tu as la semaine pour penser au projet proposé par Monsieur Coltès et nous rendrons un rapport qui devrait rassurer la Juge. C'est l'instant de vérité Mattéo !

L'instant de vérité, il s'en serait bien passé. Il se voyait en cow-boy, dans la grande rue, au moment de dégainer devant l'adversaire. *Billy the Kid* le solitaire chiait dans son froc. En face de lui, Madame Carrier, alias *Calamity Juge*.

- Nul n'est censé ignorer la Loi. Et si c'est le cas, elle se charge de se rappeler au souvenir de chacun. Mattéo pourrait chercher longtemps. Ce n'est qu'en assumant qu'il avancerait. Et ça commençait à s'installer dans sa tête folle.

Dépité, il revint sur son groupe, s'isola, rejetant tout contact, y compris celui de Gaëlle. Il s'en éloignait d'ailleurs de plus en plus et ne revendiquait que mollement désormais sa place de leader. Il passait à autre chose.

Dans ce contexte tendu, un entretien avec Graziella ne serait pas un luxe. La clinicienne continuait à le voir une fois tous les quinze jours. Compte tenu de cette période particulière où chaque pas s'appuyait sur des œufs, elle décida avec son accord de le voir trois fois cette semaine. Tribunal, avenir, recherche familiale, Arsule en embuscade, la matière était riche. Un peu d'aide serait opportune pour tenter d'y voir clair. Le programme se révélait chargé en vérité. Avant tout, il s'agissait de préparer l'athlète de la petite délinquance à l'épreuve du tribunal. Et comme des poupées gigognes, parler du projet de Gaspard devenait essentiel, urgent. La psychologue n'était pas fraîchement sortie de la fac'. Burinée par des générations de gamins malmenés, laminés par la vie trop tôt, elle avait connu des problématiques plus complexes, pathologiques, ce qui, on ne peut pas toujours être malchanceux, n'était pas le cas de Mattéo. Son histoire pesait le poids d'une baleine bleue, mais il avait des atouts, des qualités, des traits de caractère, sa force d'adaptation et de survie largement devant le peloton.

Il arrivait à un moment crucial de sa courte vie ; celui où l'on fait des choix, à commencer par celui d'assumer ses actes passés. La gravité des faits ne le mettait pas pour autant dans la classe des Mesrine et autres Escobar. Elle prit son temps, dérogeant à ses traditionnels entretiens de 45 minutes, montre en main. Elle bloqua deux heures ; un marathon, mais pour qui ?

Elle ou lui ? Graziella conclut que la course allait se tracer à deux. Le boulot déjà effectué avec ce poulain au débourrage la laissait confiante. Elle le reçut une main tendue, ouverte, l'autre posée sur le pommeau de l'épée. L'arme n'eut pas d'utilité. Mattéo était écrasé par la trouille, la menace du jugement. Elle apprécia le chemin parcouru par cet éraflé chronique. Il y a encore peu de temps, les mêmes raisons auraient déclenché une éruption massive, entraînant violence, fugue et autres amusements pour éducateurs d'internat. Aujourd'hui, la peur et la culpabilité envahissaient l'avant-scène. La prise de conscience de la réalité s'installait dans cette caboche sans eau ni électricité. Il sortait de l'âge de pierre au profit de celui, nouveau-né, de la maturité. La route réserverait encore bien des surprises, mais un professionnel est toujours heureux de constater qu'il ne se fait pas insulter, brutaliser, pour rien. Ce n'est pas énorme, mais ça aide !

Dans l'intimité de son bureau devenu arène, elle le tritura, le tortura, l'énerva, le rassura, le calma, l'excita, le galvanisa, le cabossa, le démonta, le durcit, l'endurcit, bref, le prépara au combat. En retour, le rat de laboratoire rendit les coups, déchaînant sa terreur par une éloquence qui aurait fait rougir des membres de l'académie. C'était le but. Exhorter la peur, la sublimer en une force motrice justifiait bien quelques moments de turbulence active avec ce paquet de nerfs. Ils flirtèrent dangereusement avec les limites de la convenance, de la civilisation. La température de la pièce monta, atteignant le seuil d'explosion. En professionnelle avisée, Graziella ne perdit jamais le contrôle de la relation, protégeant ainsi les deux protagonistes. Au prix d'un échange tumultueux que n'aurait pas démenti un lave-linge à l'essorage, elle quitta Mattéo plus calme et moins tétanisé d'angoisse. Elle remportait le premier round au bénéfice de l'accusé. Il en restait une bonne poignée avant le jour J. Et ça irait surement crescendo ; super !

« Fox » prenait le relais sur l'internat, multipliant les moments de défoulement. Le sac de frappe du groupe Ado doit encore s'en souvenir. Mais ce que Mattéo voulait surtout, c'était parler, parler, encore parler avec son éduc'. Son avenir à court et moyen terme le tenaillait. Désormais, il le verbalisait clairement. Oui, pensa ce têtu de « Fox », un pas venait d'être franchi. « Pourvu que ça dure comme disait Madame Mère », et que le jugement ne vienne pas briser l'édifice.

Arriva enfin ou déjà, la journée de tous les dangers. La réalité froide et dure s'affichait dans la façade du palais de justice. Austère, froide, d'un blanc sale, elle incarnait l'imperturbable marche de la justice. Passées les vérifications d'usage et autres contrôles des convocations, Mattéo s'avança, tracé, soutenu par Aïcha et Michel dans la salle d'audience, remplie au tiers de sa capacité. L'aide sociale à l'enfance avait dépêché un de ses représentants éducatifs. Le gamin ne le connaissait pas, ses deux éducateurs guère plus. Le service connaissant quelques soucis d'effectif, on avait désigné le plus disponible, pas le meilleur connaisseur de la situation. Ils étaient en plus, plusieurs sous gardiennage de l'aide sociale ce jour-là. On ne jugeait pas là des procès à grand retentissement ; juste des faits émanant de la bêtise et de la misère humaine. Comme lui, d'autres prévenus s'installaient, mines bravaches, faussement détendues, ou défaites par la peur. Il rentrait sans conteste dans cette dernière catégorie.

Vêtu pour l'occasion d'un jean propre et repassé, d'une chemise bleu nuit et de baskets nettoyées, il ne ressemblait plus à cet adolescent risque tout, se moquant sans retenue de la loi, de ses représentants, de la vie. Cette image inattendue et nouvelle de Mattéo était à elle seule tout un symbole. Celui d'une chrysalide devenant papillon. Il restait à prendre son envol. La Loi prenait sa revanche, patiente, sûre de ce rendez-vous trop longtemps ignoré par l'accusé. En ce jeudi, elle lui rappelait que « seules les montagnes ne se rencontrent pas ». L'heure de rendre des comptes était arrivée.

Maître Millard Ferrand, avocat commis d'office, vêtu de sa toge noire et collerette blanche, les accueillit d'une poignée de main aussi théâtrale que mercantile. Il n'avait pris connaissance des faits que peu de temps auparavant, et comptait appuyer sa stratégie de défense sur les rapports récents de l'institut, l'histoire de son client « minute », et au cas où, les témoignages des encadrants présents. Pour lui, ce n'était pas le dossier du siècle ni le plus compliqué. Jeune, en pleine ascension professionnelle, il fallait bien commencer par des Mattéo Bonaventure avant d'envisager Dreyfus.

En face, le procureur Portel, homme intègre et intransigeant, carré comme une brique et ardent porte-parole du ministère public, consultait l'ordre du jour. Dans sa robe rouge de procureur, ses lunettes posées sur le bout de son nez, il ressemblait à un oiseau de proie guettant son prochain repas. Ce tableau renvoyé à l'assemblée ne correspondait pas à la réalité de l'homme, réputé strict, mais sans excès. Il était important de donner la certitude pour tous que la Loi et l'accusation n'étaient pas servies par un plaisantin. En règle générale, ça marchait plutôt bien !

L'audience débuta lorsque Madame Carrier, juge des enfants entra en scène, suivie de ses assesseurs. Impressionnant spectacle que la vision de ces personnages solennels tout de noir vêtus. Elle déclara la séance ouverte. Un long cortège de petits délinquants se relaya à la barre pour justifier de multiples faits. Agressions, vols à l'arraché, dégradations, cambriolages de cabanes de jardin, le tout venant d'actes honteux pour le citoyen lambda défilèrent devant Madame Carrier, des actes répréhensibles, les parties visibles d'une errance née dans la solitude, la souffrance, le besoin naturel d'exister, de ne pas être oublié. Et si ce n'était certes pas le meilleur moyen de crier au monde qu'on est là, c'est le seul que tous ces ados plus pieds nickelés que bande à Bonnot avaient trouvé. Mattéo était des leurs, tremblant sur son banc à chaque question posée, aux interventions du procureur, froid comme un congélo, demandant, imperturbable, l'application simple des sanctions prévues par la loi. Que serait-ce quand son tour viendrait…

Le petit caïd de foyer aurait voulu être loin, au fin fond de ce foutu plateau au jugement pourtant autrement sans concession. Lorsqu'il entendit son nom à l'appel, tout son corps trembla. Une sueur froide lui détrempait le dos, son visage semblait fêter Halloween, blanc comme une merde de laitier. Laissant ses soutiens, qui n'en menaient pas non plus bien large, il s'avança à la barre. Devant lui, Madame Carrier n'affichait plus le regard bienveillant des convocations précédentes. À sa gauche, le Procureur Portal attendait, prédateur, le moment de l'hallali. Sa pensée distillait les informations par le filtre de la peur et de la persécution. On lui demandait juste d'assumer ses conneries. Il ne risquait pas la veuve de la place de la Concorde.

- Mattéo Bonaventure, né le 25 décembre 1980 à Sainte Eulalie de Cernon, vous êtes ici pour répondre d'actes délictueux punis par la loi.

Suivit le récit des aventures rocambolesques et pathétiques de l'Indiana Jones des bacs à sable. Le vol de voiture serait presque passé inaperçu si l'issue de cette course ne s'était terminée par une droite dans le visage d'un gendarme. Ça commençait à faire beaucoup. La magistrate paraissait lasse, mais par qui, par quoi ? Était-ce l'enchaînement jamais tari des histoires foireuses qu'elle jugeait depuis ce matin, ou la déception et le ras-le-bol de voir encore ce même comparaître devant elle ? Mattéo avait donné sa parole, Mattéo l'avait trahi. Heureusement pour lui, elle ne s'arrêtait pas à ces considérations presque personnelles. La Loi seule comptait en cet instant.

- Maître Millard, vous avez la parole.

Le défenseur de Mattéo ne ressemblait pas à celui du Saint Sépulcre. La jeunesse a l'avantage de la fougue. Son rôle de commis d'office n'altéra en rien l'ardeur de sa plaidoirie.

- Madame la présidente, les faits reprochés à mon client sont d'une gravité indéniable. Le vol de voiture demeure le point le moins sensible de ce débat. Les voies de fait contre un agent de la force publique constituent un délit d'une autre importance. Monsieur Bonaventure a reconnu sans conteste les faits. Il n'est pas un être sans remords ou culpabilité. Revenons un instant si vous m'y autorisez sur l'histoire de ce garçon. Si elle n'excuse en rien les actes posés, elle explique clairement comment il en est arrivé à commettre des violences et autres délits.

L'avocat reprit l'histoire de Mattéo, sur la possession des rares éléments. Ils suffirent à ébranler l'intéressé qui se mit à chialer à la barre. Un procès est d'une violence sans retenue et tous les coups sont à donner et prendre pour vaincre. La plaidoirie servait Mattéo, mais au prix de le maltraiter encore. Le rappel de sa vie renvoya en pleine gueule ce sentiment d'échec, d'abandon, de solitude. Un sentiment lourd, empoisonné par des années de désintérêt des autres à son égard. Il se sentit soudain bien seul au milieu de cette meute rassemblée, attendant le coup de grâce. Isolé, au centre de toutes les attentions, il se confrontait au résultat final d'un chemin douloureux, désastreux.

- Ainsi donc, madame la présidente, nous en sommes à un point où il vous faut trancher entre deux options : continuer à donner un peu de confiance à ce jeune homme, qui, j'insiste a entamé depuis ces lamentables événements une résilience positive, ou briser son élan et sa vie avec. Les travailleurs sociaux qui l'accompagnent témoignent dans leurs rapports exhaustifs des efforts du prévenu. Madame la présidente, vous le connaissez depuis des années, vous savez qu'il n'est pas le visage d'une indécrottable délinquance. Son projet, exposé devant chacun, est viable, solide. En témoignent ainsi les artisans de cet ambitieux espoir ! Si Mattéo Bonaventure mérite une sanction, il mérite également, je dis bien également, une chance. Madame la présidente, sa vie est entre vos mains. J'en ai terminé, je vous remercie ».

« *Diable !* pensa « Fox », *pour un commis d'office, il s'est bien arraché les doigts du cul »* ! Fidèle aux traditions orales et théâtrales de sa fonction, le « baveux » avait bien défendu le bout de gras. Restait à savoir ce qu'allait dire le « proc' ».

- Merci maître. Monsieur le procureur, vous avez la parole.

Quand il se redressa, un léger toussotement pour s'aérer la voix, Mattéo eut la vision terrible du rapace prenant son vol, fondant sur la souris avec gourmandise.

- Madame la présidente, tout cela finalement est fort simple et ne mérite pas que l'on n'y passe plus de temps. Ce garçon a sans contestation possible une histoire difficile. Ce n'est en aucun cas un blanc-seing l'autorisant à enfreindre la loi et brutaliser ses représentants. Sa chance, il l'a eue madame la présidente, c'est vous qui lui avez donné ! Qu'en a-t-il fait ? Rien ! Il a abusé de votre confiance et de celle de toute la société. Il est temps de stopper cette escalade dangereuse. Je demande donc, madame la présidente l'application sévère de la loi, une peine d'emprisonnement de six mois pour voies de fait sur agents, une mise à l'épreuve de cinq années et une amende forfaitaire en dommages et intérêts pour chacune des victimes. Je vous remercie.

Une armoire normande descendant du ciel sur sa tête aurait eu un effet moindre chez Mattéo. La demande de peine était écrasante, piétinant les maigres pousses d'un printemps annoncé.

Après un court instant d'échange avec ses assesseurs, madame Carrier déclara la mise en délibéré de la sentence, à l'instar d'autres. La suspension de séance intervint une heure plus tard, le tribunal se retirant pour manger, boire…et délibérer.

Entouré de ses alliés, de son avocat d'un jour, le prévenu ne pouvait rien avaler. Abattu, détruit, il s'imaginait dans une cellule à ruminer sur les ruines fumantes de son existence. Les mots de soutien se fracassaient aux portes de son cerveau. Déjà emprisonné dans le carcan de la menace, il fermait tout accès, ne pouvait, ne voulait rien entendre. L'attente infernale prit fin vers dix-sept heures. Sept heures lourdes, monstrueuses s'étaient gentiment écoulées depuis son entrée dans le temple de la loi. Il patienta encore une grosse et insoutenable demi-heure avant d'être rappelé devant ses juges pour entendre la sentence. Enfin, de nouveau sur la sellette, droit et tremblant comme un peuplier dans la tempête, il redressa la tête. Chacun retenait son souffle.

- Mattéo Bonaventure, le tribunal après délibération vous condamne à une peine d'emprisonnement de trois mois avec sursis, assorti d'une mise à l'épreuve de trois ans. Le tribunal vous condamne, de plus, à dédommager vos victimes et à une amende de mille deux cents francs. Vous avez quinze jours pour faire appel.

Le boulet venait de le raser. Il échappait à un emprisonnement ferme, une épée de Damoclès sur sa tête. Quant aux amendes et dédommagements, il avait commencé à payer.

À l'issue de cette journée en enfer, il ne se prenait pas pour Bruce Willis. Dans la voiture qui le ramenait aux « Roches », il demeura pensif, se jurant, peut-être pas trop tard, qu'on ne l'y reprendrait plus. Une nouvelle ère pouvait vraiment commencer.

Faussement détachés et carrément soulagés, Aïcha et Michel se réjouissaient finalement de cette condamnation équitable. Le sursis et la mise à l'épreuve garantiraient à leur « poulain » une menace suffisamment forte contre toutes velléités de récidive, bridant ses envies d'errance. Ils le savaient intelligent, maintenant en marche vers des jours meilleurs. Plus tard, dans le secret du bureau d'Aïcha, les deux *éducs'* se payèrent une bonne bière, histoire de fêter cette conclusion provisoire, et s'encourager, le travail de « débourrage » étant loin de s'achever. L'avenir, désormais plus net, appartenait au gamin. La donne était avantageuse, qu'allait-il jouer ?

« Battre le fer pendant qu'il est chaud » résumait l'esprit des jours suivants. Le verdict rendu, des étapes cruciales devaient survenir, à commencer par la rencontre en suspens avec le docteur Arsule, témoin privilégié du passé familial. Libéré des craintes du jugement, l'esprit plus disponible, ce moment plus intense que l'audience à bien des égards, s'annonçait comme la nouvelle priorité.

Le condamné traîna sa carcasse trois jours durant avant de revenir au monde éveillé. Cette bataille l'avait épuisé, vidé. La peur, le stress fatiguent mieux que n'importe quelles épreuves physiques. Bâillant, dormant, rognant, mangeant, c'était un zombie provisoire. Le volcan s'était heurté violemment au reste des forces de la terre ; il ne faisait pas le poids. Le quatrième jour, conformément aux écritures, le petit Jésus ressuscita, reposé, récupéré de son voyage en enfer. S'ajoutant aux précédentes, les dernières journées semblaient l'avoir changé, bougé. Un « je ne sais quoi » de différent pointait son nez. La première à en pâtir fut la pauvre Gaëlle, trop éloignée de lui. Leur relation s'effilochait depuis quelques semaines, les absences répétées de Mattéo n'arrangeant rien. Et ils maturaient, grandissaient, commençaient à peine à vieillir. La vie prenait son temps et ses droits. Pour l'un et l'autre, ils resteraient le souvenir romancé, enjolivé et mythique de « la première fois ».

Le jeune Bonaventure présentait les stigmates de l'émergence de l'adulte. Barbe naissante non dénuée de charme, voix descendant dans les graves, physique toujours long, sec, plus viandé aussi sans en faire un athlète. À l'arrivée, un jeune homme assez plaisant. Son regard ne perdait rien de sa curiosité et de son acuité. C'était lui, pourtant, qui trahissait le changement en cours.

La fureur magmatique brûlante, dégueulant de ses yeux jadis s'était retirée, endormie au fond de ses tripes, toujours vivante et disponible. Le groupe ado avait perdu son héros, le médaillé des combats contre éducateurs et flics, le vétéran des foyers. Il se désintéressait d'eux, chacun vivant sa vie. Son détachement et son apaisement ne le transformaient pas non plus en ermite ou autre Mahatma Gandhi. Ses collègues d'internat n'allaient pas tarder à s'en souvenir.

Quand Philippe Balestro arriva sur le groupe, Mattéo ne sympathisa pas, mais fut attiré par ce garçon de quinze ans, au regard alternant colère et désespoir. L'écho était fort, d'autant qu'il n'avait plus ses parents. La surcharge pondérale du nouveau n'avait échappé à personne. Lent, pataud, peu enclin à se défendre, il devint naturellement le souffre-douleur de la meute. Un être humain est capable du meilleur et du pire. Un groupe a ses codes, ses fonctions, et mieux vaut être leader que bouc émissaire. Mattéo, presque sorti du collectif était au stade où, preuves faites, personne ne le cherchait. Il avait un statut d'ancien respecté, déjà oublié. Le pauvre Philippe en était loin. La bêtise humaine, suractivée par l'adolescence sans pitié, conjuguée à une imagination fertile le gratifia de « baleineau ». En prime, les bizutages et vexations complétaient le reste du cadeau de bienvenue. La vindicte éducative n'y fit rien. On se moquait sous le manteau en présence de ces « pisse froid » d'éducateurs, ce qui est pire, et on tombait sur Philippe « le baleineau » dès qu'ils avaient le dos tourné, occupés à *réunionner* et refaire le monde. Vite, la situation devint invivable pour le torturer. Humiliations, agressions physiques banalisées se succédaient quotidiennement. Mattéo voyait, constatait, mais participait à cette lâche omerta.

On ne dit rien, on ne donne pas. Règle inepte, particulièrement vile et pour tout dire très dégueulasse. Adepte des contournements des lois et règles en tout genre, il trouva ses limites. La journée s'annonçait tranquille sur « Les Roches ».

Mattéo attendait son entretien avec Graziella, bouquinant devant la télé collective, quand le bruit l'interpella. Il venait de la salle à manger. Des cris, des vociférations, des rires, des insultes, assez banal dans un foyer, malheureusement. Ce n'était pas « comme d'habitude ». On aurait dit un groupe en liesse, déchaînant sa méchanceté, sa folie. Intrigué par le ton, il s'avança sans bruit vers ce qui ressemblait à une arène. Sa lâcheté, son égoïsme, son indifférence lui revinrent en pleine tronche.

Les nouveaux caïds du groupe donnaient spectacle en matinée. Deux crétins au physique de beau gosse archi con s'amusaient à déverser jus d'orange et chocolat encore tiède sur Philippe, à terre, se protégeant comme il le pouvait. Tous les spectateurs n'approuvaient pas, repliés dans le silence pétrifié des couards.
Quelques jeunes femelles de l'espèce des connasses encourageaient les deux jeunes Mâles, au sommet de leur domination, de leur connerie. Pétrifié devant la scène, Mattéo l'était, mais par sa lâcheté. Comment, lui, avide de justice, avaient-ils pu laisser faire cela ? Comment avait-il pu être aussi salaud ?
Pas *d'éducs* à l'horizon.

Un groupe de quinze ados mobilise toute l'attention. Le matin, un seul encadrant est chargé des levers. Parti vérifié les chambres, le don d'ubiquité n'appartenant pas au panel éducatif, les minutes occupées ailleurs suffisent largement à certains pour instruire un bazar parfois drôle, parfois sinistre. Il chopa le plus en arrière des observateurs impuissants :

- Va chercher l'éduc, vite !

Sans réfléchir, inexorablement poussé par la force vive et violente du volcan réveillé soudainement, pétri de colère et de haine, il bouscula l'auditoire et plaça un méchant coup de boule au premier des deux bourreaux. Le second eut un peu plus de chance, valsant sans trop de casse sur la table du petit déjeuner.

Lorsque Quentin, éducateur de service ce matin débarqua, le spectacle était passé au dernier acte, l'apocalypse. Des gamins se barraient à toutes jambes de la pièce, d'autres criaient, aucun par contre n'eut l'audace de tenter de sauter sur Yellowstone en éruption. Ce dernier aidait Philippe à se relever. À cet instant, ces deux-là étaient seuls au monde. L'arrivée de l'autorité légitime donna l'occasion aux tortionnaires de passer pour victimes.

- Putain, Quentin, ce bâtard, il m'a pété le nez ! Je vais porter plainte !

Morveux, sanguinolent, le beau gosse ne l'était plus, demandant justice, misérable répartie de celui qui a été démonté logiquement en public. L'autre, occupé à constater les dégâts occasionnés par son vol plané matinal, gueulait comme un veau au remboursement de ses fringues chocolatées et tartinées de confiture. Avant que Quentin reprenne les manettes de la situation, Mattéo eut le temps de leur lancer, lapidaire, un avertissement sans frais.

- Vous refaites ça une fois, je vous crève !

Le gentil Mattéo n'était pas tout à fait mûr. Les vieux démons rappelaient leur présence, même en hibernation. Ils étaient là, et ils le seraient toujours. Quentin, renforcé par le cuistot et Graziella, venue récupérer Mattéo, sépara les belligérants, dispersa le rassemblement. Le premier partit à l'infirmerie, avant un probable passage aux urgences. Le second remonta en chambre se changer et sans doute pleurer sa peur, loin des autres. Quentin accompagna Philippe se remettre et se changer. Mattéo, le regard en feu peinait à redescendre. C'était une chance qu'il dut rencontrer Graziella. Elle emmena d'autorité le fauve dans son bureau. À la demande de la *psycho*, il expliqua sa version des faits. Il cracha sa colère contre sa lâcheté latente et les deux cabossés, son inaction. Il pleura, de rage, de désespoir, ce salaud de brouillard remonté du fond de son âme. Il termina par une synthèse sans appel.

- Je me fous de ce qui peut arriver. Si c'était à refaire, je le referais. Ces mecs sont des enculés. Ce qu'ils ont fait, c'est dégueulasse !

Dans le contexte post-condamnation pour violence encore frais, ça pouvait en effet devenir embêtant. Un dépôt de plainte entraînerait un jugement qui lèverait le sursis et l'enverrait directement en « zonzon ». Revenir au calme, réfléchir, trancher. Les trois verbes occupaient la direction de l'établissement informée par Graziella. Une nouvelle plainte contre lui serait catastrophique, mais surtout injuste. L'état de secours à autrui s'illuminait d'évidence. La violence ne peut pas devenir un recours. On ne peut l'ignorer dans un milieu tel qu'un groupe d'ados en souffrance. Les deux instigateurs de l'humiliation n'en étaient pas à leur coup d'essai. On en resterait donc là. Il devenait essentiel de sortir Mattéo de ce collectif où la nocivité ne cesserait de grandir en réciprocité. Telle fut la conclusion de cette comédie dramatique mille fois vécue en internat.

Exfiltré du groupe, Philippe regagna celui des « moyens », où il connut plus de sécurité et tranquillité. Son sauveur vint le voir dès que l'occasion se présenta, désireux de racheter son inaction initiale. L'autre le remercia, sans plus. Sa pudeur, la fatalité ancrée chez ces enfants rompus à l'insupportable atténuaient le sentiment de reconnaissance. Mattéo comprenait ce manque de gratitude. Il était un survivant qui gardait intrinsèquement ces codes. Repris en main par « Fox » à son retour de congés, il ne tarda pas à quitter le chaudron bouillant de l'unité. Le garder était devenu ingérable. Prendre le risque d'autres conflits était impossible. On ne tente pas le diable en laissant cohabiter des bêtes féroces.

Excentré du gros de la structure, le pavillon réservé aux jeunes bénéficiant « d'un contrat jeune majeur » restait vide depuis plusieurs mois, les restrictions économiques n'autorisant plus ou peu ce type de financement. Passé la majorité, l'administration ne cherchait plus à prendre en charge de jeunes adultes, au risque de voir s'abîmer leur projet trop fragile sans un minimum de soutien.

Pour une fois, ce retrait des organismes de tutelle profita à l'héritier Bonaventure. Installé dans un studio avec kitchenette, il trouvait un havre solitaire et paisible, régi par des règles d'autonomie strictes et non négociables destinées à aider les occupants dans l'effort vers l'autonomie. Mattéo était armé, prêt à s'assumer, ce qui fit dire à Michel : « *Bordel de merde ! Pourquoi on n'a pas pensé à ça plus tôt* » ? L'isolement relatif convenait bien à la personnalité taciturne et indépendante du grand adolescent. Cuisiner, faire ses menus, entretenir son habitat, et surtout l'obligation de ne recevoir personne n'avait rien d'insurmontable. Au contraire, c'était son premier vrai lieu de vie à lui, à investir, ce qu'il fit en ramenant un bon paquet de bouquins, son seul trésor, sa seule propriété... croyait-il.

Le printemps offrait un visage faussement apprivoisé au plateau. Les cours d'eau s'ébattaient bruyamment dans leurs lits, la végétation habillait la terre de couleurs, masquant le pendant colérique et changeant du grand Causse. Malheur à l'imprudent, s'égarant sur l'immensité, se livrant à la merci des pièges du temps, de la roche et de l'eau. Défier le Larzac restait périlleux. Mattéo l'avait appris à ses dépens. Le présent consolidait un calme annoncé, l'avenir dessinait une esquisse pleine de promesses. Il restait à sonder les racines, bien enfouies dans un passé imprécis. Un petit mois après l'expédition punitive du justicier, on remit l'ouvrage sur le métier. La mission délicate demandait tact, douceur et cadre.

Graziella, à la tête de l'opération, lança le sujet lors d'un entretien. Apaisé, l'intéressé présentait les conditions nécessaires à ce nouveau challenge. De sa vie, il en était sûrement un des plus importants, vitaux. Connaître ses racines permet un meilleur épanouissement de l'arbre, même si les ténèbres du système nourricier peuvent réserver des surprises déplaisantes, indigestes. Appuyée par Michel, combattant éducatif engagé, la clinicienne contacta en présence de Mattéo, le docteur Arsule. Le téléphone ne tarda pas à être décroché. On eut cru qu'il attendait ce coup de fil, la main sur le combiné, depuis leur rencontre à la gendarmerie.

- Docteur Arsule, bonjour. Graziella Montserrat, Psychologue aux « Roches ». Je vous rappelle comme convenu au sujet de Mattéo Bonaventure, en face de moi.

229

Le ton guilleret du vieux médecin indiquait clairement son intérêt.

- Oui ! Bonjour madame, bonjour Mattéo. J'attendais votre appel depuis longtemps. Je suis heureux de vous parler enfin.

- Oui, il a fallu du temps pour envisager tout cela. Bien des choses se sont passées ces derniers temps. Aujourd'hui, Mattéo se dit prêt à vous rencontrer. Quand seriez-vous disponible ? Je propose que le premier contact se déroule aux « Roches ». Qu'en pensez-vous ?

- Excellente idée ! Que diriez-vous de vendredi en huit ?

- Parfait ; dix heures, si ça vous convient et on vous garde déjeuner.

Dans le même temps, elle lança un coup de menton vers Mattéo qui n'en perdait pas une miette. Il acquiesça d'un signe timide de la main.

- Dix heures, c'est parfait et j'accepte l'invitation avec plaisir.

- C'est noté. Nous prendrons le temps de refaire la route de son histoire sous votre conduite. Nous devrons envisager plusieurs séquences. Vous êtes partants ?

- Bien entendu ! Je ne pensais pas les choses autrement. Vous savez, le temps maintenant, je l'ai. Je me ferai un devoir de vous livrer ce qui appartient à Mattéo.

- Bien, merci beaucoup. En ce cas, à vendredi.

- Avec plaisir, je suis assez ponctuel. Au revoir.

Bip bip, fin de l'entretien. Inutile d'en faire trop à distance, rien ne vaut une rencontre. En raccrochant, la psycho planta ses yeux dans ceux de son patient.

- Voilà, c'est fait. Tu as rendez-vous avec ton histoire. Comment te sens- tu ?

- Ben, je sais pas trop. Excité, flippé, inquiet, curieux. En fait je crois que j'ai connu des instants plus glorieux !

La dernière phase du long travail entrepris sur ses origines était actée. Neuf jours allaient s'écouler. L'enchaînement rapide des événements réclamait une rupture. On l'expédia chez les Carrat où il pourrait souffler, aérer ses pensées, penser à autre chose, si possible. Il était soulagé, au terme de cette période un peu folle de retrouver la sérénité de la ferme, la simplicité de ses habitants, et il piaffait d'impatience sans le dire de revoir le père Coltès. Le programme fut respecté à la lettre. Le matin, il s'acquittait des tâches monotones de l'exploitation. Bergerie, fromagerie, jardin, assistance au travail de « Gé », ménage, le tout sans broncher. Les Carrat multipliaient les travaux sur le planning. Il eut même droit à trois heures rébarbatives de comptabilité d'entreprise et de droit élémentaire aux côtés de Pauline, ce qui rappelait que rien n'échappait à la loi.

L'après-midi était consacré aux précieuses minutes avec Gaspard. On débutait par le nettoyage de la salle de restaurant, la cuisine. Ritualisé, à trois heures, Gaspard enfilait son costard d'enseignant et reprenait son élève sur les matières étudiées en classe protégée à l'établissement. Le garçon, vif, réactif, curieux de tout et revanchard ne méritait pas de végéter sur un territoire sans savoir. Il devait aspirer à mieux : « *La connaissance, petit, la connaissance, c'est la clef de la réussite »,* aimait à seriner le vieil intransigeant.

Laborieux, studieux, bosseur, Mattéo prenait tout ce qu'il pouvait. Il ne tarderait pas à trouver le niveau qui lui était dû depuis si longtemps. Ce qu'il appréciait le plus, dévorant avec gourmandise jamais assouvie, c'était les temps consacrés au plateau et ses frères Les Grands Causses, à leur histoire géologique et humaine. Il goûtait la sensation étrange de faire connaissance intimement avec une présence tellement dominatrice qu'il ne la remarquait pas, sauf, pensait-il maintenant, à l'occasion de ses escapades folles où le colosse avait manifesté sa colère. C'était un puzzle qui se dévoilait, pièce par pièce.

Coltès ne se tarissait jamais, source de science et de force inclinant le « disciple » vers une saine émulation et une admiration sincère. Le petit diable des « Combes » découvrait que le monde ne se résumait pas à l'injustice, à la *scoumoune*, à un désespoir inéluctable et à un monde indifférent. La magie de la confiance opérait, reprenant le tunnel étroit suivi par Michel, les Carrat, quelques autres, rares, et les inoubliables Costalou.

Le dîner pris avec son mentor concluait la journée. La nourriture du corps se mêlait alors avec celle de l'esprit. Plus le vieux ouvrait les portes, plus les questions abondaient. Rien n'arrêtait ce tandem improbable du fossile de la Couvertoirade et du feu follet de l'aide sociale.

En regagnant « La Croix Pattée », les bras chargés de bouquins, devoirs, documentations en tout genre, Mattéo s'imprégnait chaque fois plus, à son insu, de l'esprit de la terre. Celui-ci insufflait un souffle nouveau à son insatiable soif de liberté. Sur les pentes encore chaudes du volcan, des pousses de vie pointaient discrètes, méfiantes, le bout de leur nez.

La densité de l'emploi du temps l'arracha à des pensées emplies d'espoir et d'inquiétude. Connaître des arcanes de son passé, de ses parents, représentait un pari risqué. Il pouvait en sortir renforcé, chargé d'un nouveau sang, ou détruit durablement. Mettre toute la mise amassée pendant ces années sur tapis vert le fragilisait, l'exposait dangereusement. Il ne connaissait pourtant aucun doute. Il fallait, il devait le faire. On peut éventuellement vivre avec des remords ; avec les regrets c'est affreux. Garder à jamais le sentiment d'avoir peut-être raté quelque chose englue la mémoire dans une mélasse lourde à traîner.

Le vendredi des incertitudes arriva, sans se presser, à la cadence du temps qui passe et se moque bien des impatiences humaines. Arsule, comme pas mal de ses confrères n'était pas un spécimen de ponctualité. Fidèle à cette tradition corporatiste, il franchit les portes de l'institut à 10h45 ; quarante-cinq minutes ajoutées au supplice. Sa voiture, un *land rover* confortable était un de ses seuls sacrifices à la modernité. Le vieux Lada, auquel avait succédé une Toyota de même génération, compagnons de route infatigables, prenait un repos mérité dans une casse de Millau.

Quelques rides en plus, des kilos s'ajoutant à un physique déjà avantageux, le thérapeute tout terrain gardait l'œil pétillant, alerte, la démarche plus lente, mais encore volontaire, reliquats d'une époque où l'urgence motivait ses pas. Son âge n'altérait en rien sa volonté d'indépendance, ce qu'il démontrait en restant au volant sur des routes difficiles. Les conseils et recommandations de ses proches ne feraient pas céder si tôt cet entêté chronique. Arsule aimait la vie, à la façon d'un môme devant un sac de bonbon. Avec lui disparaîtrait un archétype du médecin de campagne des années 60/70, véritable généalogiste accoucheur de générations familiales. En bon esprit contradictoire, il traquait le cholestérol et autres triglycérides chez les autres. Réputé redoutable à table, il se préoccupait peu de son taux personnel. Il n'avait jamais oublié Mickaël et Leïla, ces deux tourtereaux brisés et trop tendres pour affronter à la fois leur vie et les rigueurs impitoyables du Larzac. Ils avaient rejoint le panthéon de ses souvenirs professionnels les plus intenses, ceux qui laissent des traces émotionnelles profondes gravées dans le marbre.

Retrouver le rejeton de ces Robinsons de l'inadaptation sociale le touchait. La rencontre inattendue au sein de la gendarmerie l'avait frappée comme un signe. Transmettre au légitime héritier de ces patients particuliers leur histoire, leur sentiment d'Amour pour leur fils attendu apparaissait impératif, presque sacré. Non dénué de bon sens et d'expérience, il connaissait la puissance des révélations. Il faudrait des tonnes de délicatesse, d'empathie, de doigté aidé en cela, le savait-il, par les gens de l'établissement éducatif.

Mattéo lui serra la main sans cacher une curiosité teintée d'étonnement. Il avait gardé une image floue de leur première entrevue. Les conditions du moment, la fatigue, le stress s'étaient chargés de laisser des traces furtives de l'instant.

« *Ainsi*, se dit-il, en détaillant le bonhomme jovial, *c'est lui le détenteur de mes secrets* », au moins de certaines réponses à des pages encore vides. Arsule n'avait rien du messager lumineux envoyé l'éclairer, accompagné de trompettes célestes tonitruantes. Il était tout aussi réaliste de constater que l'ado inquiet ne présentait pas le portrait type du prophète.

Le Colisée de la pensée éducative, la marmite des tambouilles institutionnelles, la salle de réunion, accueillirent les protagonistes. Des chaises de facture basique autour d'une vaste table ovale, imprégnée de la sueur des discussions alambiquées de travailleurs sociaux, des panneaux d'informations au mur, domaine des formations, comité d'établissement et incontournables syndicats, une grande affiche des gorges du Tarn jetant un peu d'air dans cet univers confiné plantaient le décor. Un ensemble fade pour une rencontre qui en était loin.

Présent, un petit comité. La multiplication des intervenants est un dispositif rassurant chez les acteurs sociaux ; ce qui produit souvent une cacophonie inaudible aux résultats plus stériles que le Sahara. Menant la bataille, Graziella. À ses côtés, « Fox », artisan fidèle des luttes du gamin à sa droite. En face de celui-ci, Louis Arsule, sourire affiché témoignant d'une joie non feinte. Le petit groupe se lança sans tarder dans les profondeurs du sujet. Première à descendre, la psychologue rappela le contexte, les motifs, une part de ce qui est appelé savamment « l'anamnèse », le genre de mot qui pète bien dans un discours psycho-éducatif.

Mattéo écoutait, Mattéo se taisait, à l'affut de révélations, sans bien savoir ce qu'il attendait en vérité. Et Arsule prit la parole, entrainant la bande sur des terres inconnues. Prenant à cœur sa mission d'éclaireur, il aborda les choses précautionneusement. Avec la légèreté d'une plume, il aligna ses premiers mots.

- Mattéo, le hasard, la vie ou toute autre raison nous ont fait nous rencontrer. C'est une chance pour vous comme pour nous. J'ai eu ce privilège d'accompagner vos parents une longue période. Les événements vous ont privé d'une part non négligeable de votre vie, je suis là pour vous en restituer ce que j'en sais. Si mes mots vous choquent, si le contenu de ma parole vous interpelle, si vous voulez m'interrompre, n'hésitez pas et pardonnez par avance de possibles maladresses qui ne se voudront en aucun cas blessantes ; cela vous convient-il ?

- Ça me va, fut sa réponse, courte, claire.

- Vous êtes né le 25 décembre 1980, au moulin des « Combes », à Sainte Eulalie de Cernon. Et c'est moi qui ai accouché votre maman. Je suis avec vos parents, le premier à vous avoir accueilli.

C'était parti. Midi et demi passa. Arsule parlait encore, interrompu sur des points de détails par les différents auditeurs. Graziella notait, Michel écoutait, concentré. Mattéo paraissait loin. Il l'était, suivant le récit et les pas du vieux médecin. Il faisait face à la levée d'un voile vieux de plus de vingt années. Avec soin, le narrateur ne chercha à omettre aucun point de sa connaissance. L'espoir, la désillusion, l'enlisement, la misère, les fumées bleues et l'alcool, le décès suivi de l'un et l'autre, rien ne fut épargné. Il eut des pauses, des pleurs de l'enfant des « Combes », et le déjeuner annoncé refroidit. S'arrêter semblait impossible. Il fallait aller au bout. Quand il termina son récit, il était quatorze heures passées.

- Mattéo, j'ai conscience que tout cela est énorme pour vous, mais aussi pour chacun d'entre nous. Nous sommes appelés à nous revoir, ici ou à Sainte Eulalie. Prenez le temps de reprendre tout cela avec vos accompagnateurs. Moi, je reste à votre disposition. Et n'oubliez pas cela : vos parents vous ont attendu, aimé. Ils nourrissaient un rêve où ils se sont perdus. La fatalité n'existe pas. Chaque vie est unique, et vous avez la vôtre entre vos mains. Nous sommes tous tributaires d'un passé que nous n'avons pas façonné. Le connaître, c'est maîtriser son avenir propre. Quand vous aurez assimilé cette histoire, quand vous serez prêt, je vous attends. Ma porte reste ouverte.

En pensant au boulot qui les attendait, Graziella et Michel ressentirent une seconde de pesanteur écrasante. Le repas pris en commun détendit un peu la corde. On s'attachait au présent, on parlait de tout, de rien. Le vieux plateau, sujet inépuisable, vint au secours des convives en envahissant la conversation.

Il était là, encore, aux côtés de Mattéo. Lui, parlait peu, mangeait peu, occupé à commencer une autre digestion.

En voyant s'éloigner le 4x4, en fin d'après-midi, assommé par cette journée corsée, il gardait un nom en tête, la luminosité d'une guirlande de Noël : Sainte Eulalie de Cernon. Traversée dans l'ignorance lors de sa dernière fugue, il savait que la vieille Commanderie l'attendait. Elle aussi avait des choses à dire, à dévoiler. Plus que jamais, la vigilance redoublait. Les conséquences de cette réunion restaient dans l'ombre. Le calme retrouvé après des semaines éprouvantes pouvait dissimuler nombre de tournures distrayantes. La pire d'entre toutes était une nouvelle éruption de sa part, provoquée par le séisme de cette vérité nécessaire et brutale. Le chemin parcouru consolidait son tracé, jour après jour. Mais il recelait toujours une fragilité émotionnelle très réactive, capable de faire basculer en une minute des mois de travail. La garde rapprochée se resserra un peu plus, multipliant les points de dialogue. Une semaine plus tard, il repartait chez les Carrat. La surveillance ne descendait pas, elle changeait de main. Avec un tel phénomène, le relais était un élément essentiel contre l'isolement et l'épuisement. Un éducateur n'est fort qu'au sein d'une équipe ; aucun secret dans cette stratégie, juste du bon sens et de l'humilité. C'est cette conviction qui rendait les volcanologues éducatifs attentifs aux frémissements de leur sujet d'observation préféré, efficaces.

La montagne accoucha d'une souris. Plus taciturne qu'à l'accoutumée, le visage triste, l'air pensif, il était simple de voir qu'il était hanté par des réflexions abyssales dont on observait là que les lointains signes. Toute agressivité semblait l'avoir déserté, étouffée par la masse complexe et drue des découvertes récentes.

Moins envahissante que la violence des propos et des faits, sa tristesse menaçait de le maltraiter intimement ; elle méritait l'attention. On n'en était pas encore au stade mélancolique, mais seuls savent ceux qui l'ont humé que le parfum de la dépression, invisible et silencieux s'immisce innocemment avant de se révéler meurtrier. Les armes de ses anges gardiens se limitaient à peu de choses. La souffrance psychique, affective, n'est pas palpable, elle ne se cale pas dans un étau, limée, travaillée, meulée. Le seul moyen de la combattre, de la contrôler, de la vérifier reste le dialogue, la parole. Une béquille chimique peut stabiliser des humeurs, le fond du mal ne peut s'extirper que par la parole. Encore faut-il que le sujet en proie soit disposé à parler. Dans le cas de Mattéo, là où il était parvenu, c'était heureusement assez facile. La confiance établie lui offrait le vecteur *sécure* à la verbalisation de ses angoisses revigorées et récurrentes.

Leur manifestation ne se traduisait plus par la fugue, la révolte permanente, la brutalité comportementale. Elle ciblait sa capacité de nuisance en nouant savamment son estomac, épicentre douloureux irradiant tout son être jusqu'à la tétanie, le gavant à en gerber de pensées troubles et pesantes, enrayant toute activité cérébrale et physique. La pilule familiale était difficile à avaler. Le temps viendrait où elle apporterait ses bénéfices. Dans cette attente, l'étayage autour de l'assiégé cherchait l'infaillibilité.

L'été promettait d'être chaud. Les senteurs d'une coupe du monde de football devenaient fortes. Celles de la majorité de Mattéo, encore éloignée de plusieurs mois, ne l'étaient pas moins. Le temps quittait l'alliance, et rejoignait le camp de l'adversité. Le « timing » devenait un élément essentiel. En une grosse poignée de semaines, on devait aplanir les crêtes et asseoir une stabilité chancelante.

Passé la date fatidique du 25 décembre, il serait totalement libre d'agir à sa guise, pour le meilleur et pour le pire. La retenue devant les victoires obtenues évite la défaite surprise, celle qui profite de l'euphorie du succès pour surgir et tout écraser. La confiance, capitale, n'était pas suffisante. Vouloir n'est pas forcément pouvoir. Les intentions de Mattéo étaient sincères ; la seule chose qui convainquait son entourage. Les moyens d'y parvenir, par contre recelaient trop d'inconnues pour nourrir un angélisme trompeur.

« Faire vite en prenant son temps », la quadrature du cercle. L'équation occupait bien tout ce petit monde, en quête du « Graal » de l'exactitude temporelle. On s'efforça donc de concevoir un plan d'action à la hauteur de l'enjeu. La boite de Pandore familiale passait avant tout. Son éclairage ne pouvait plus s'éteindre. Aller au bout sans différer était une évidence.

Les projets professionnels évoluaient mieux depuis qu'il connaissait son sort judiciaire. Gaspard et consorts l'attendaient de pied ferme à la borne 18 ans et un jour. Il prendrait le tremplin de l'été pour aller travailler à temps plein chez le vieux. L'activité ne manquerait pas et on n'avait aucun doute sur l'encadrement de Maître Gaspard. Tout semblait clair, lumineux, facile. Le problème était bien là. Le passé se hérissait de faits d'armes du joyeux luron, à des instants où nul ne les attendait. La liste longue sans être exceptionnelle suffisait à jeter le doute chez les professionnels les plus convaincus. À cette seconde de la réflexion, chacun remontait le temps, se remémorant encore haletant et démoralisés, les épisodes facétieux de la carrière du fugueur.

La prise de risque était inévitable. Tous les éducateurs dignes de ce nom savent qu'elle précède toute relation, toute action. Le danger de se faire entuber jusqu'à l'os est omniprésent, mais préalable aussi à la réussite ; *« qui ne tente rien... ».*

« Fox », brave grognard de la première heure, se chargea de présenter le programme de réjouissance à son bénéficiaire. Il le récupéra sans l'avertir sur « La Couvertoirade ». Jamais, il n'avait pris son service au pied de chez lui, ça le changeait agréablement. Il le cueillit alors qu'il faisait la plonge, mécaniquement, perdu dans ses pensées. La brusque irruption de Michel le fit sursauter.

- Ben qu'est-ce que tu fous là, c'est pas prévu qu'on se voit.
- Non. Je me suis dit qu'un peu d'air te ferait du bien. Il faut qu'on parle... rassure-toi, rien de grave !

Il le suivit sans mot dire. Il avait largement dépassé le stade de la méfiance armée avec son vieil *« éduc'* de compagnie », comme il aimait à le surnommer. Exceptionnellement, et bien qu'il n'en eût pas le droit, Michel achemina son protégé dans sa propre bagnole, un engin cabossé, encore nerveux pour son âge, à l'image de son propriétaire. Il s'arrêta en un lieu singulier, magnifique, énigmatique. Un de ces lieux habité par l'esprit du Larzac ; le *Rajal Del Gorp.*

Le paysage ruiniforme, érodé par l'eau et le vent illustrait à lui seul toute l'ancestralité de la région. Présentes depuis la nuit des temps, les roches torturées étaient de véritables chefs-d'œuvre, fruit d'une nature inspirée et créatrice. La Puissance du plateau pouvait se déployer ici, en ce lieu perdu, fantomatique, exposé aux caprices du climat. La vie y était bien présente.

Tout un petit peuple ailé, écaillé, poilu colonisait chaque recoin. Mattéo, stupéfait par cette nouvelle vision, hésitait entre parler ou se taire. Déclamer son respect et son émerveillement où observer un silence respectueux d'étonnement. Michel le débarrassa de ce choix cornélien en rompant la contemplation des deux marcheurs.

- Les esprits sans imagination, les crânes épais, les têtes creuses, te diront que tout ça n'est qu'un tas de pierres, un désert sans âme qui n'attend que le coup de grâce de l'érosion. Mais c'est faux. Ici tu retrouves non seulement une image parfaite du Larzac, tu retrouves aussi tout l'esprit de lutte des gens du coin... et d'ailleurs. Dans les années 70, tout le plateau a été le théâtre d'une grande lutte. L'état avait eu la très mauvaise idée de vouloir étendre sur des milliers d'hectares le camp militaire déjà existant à La Cavalerie. Le gouvernement avait en bonus, présenté cette terre comme sans âme, ses habitants en voie d'extinction.

En peu de temps, une résistance sans égale s'est organisée. Du plateau, de la grande région, du pays tout entier, des milliers de gens ont déferlé, ralliant les gens du cru, tous bien décidés à défendre le vieux géant. Ici même, là où nous marchons, des milliers de manifestants ont tenu leur campement. Mes propres parents me racontaient qu'il arrivait que des concerts improvisés soient donnés. Ça ne te dira rien, mais *Graeme Alwright* réveillait les gens perchés sur les roches, accompagné de son groupe ! Bref ! le combat a duré une dizaine d'années. En 1981, tu avais un an, le projet a été définitivement abandonné, le Larzac resterait intact. Depuis, les luttes du Larzac sont devenues des symboles forts de toutes les résistances. Pour tous les Caussenards, c'est encore vivant. Ce coin de terre désert représente le combat têtu d'une volonté inébranlable contre une fatalité qui n'existe pas, même si elle impressionne par les doutes et la résignation qu'elle inspire. Tu vois maintenant où je veux en venir ?

- Ouais, je ne suis pas complètement crétin ! Je sais ça, je l'ai compris il y a un moment. Je sais que vous avez les boules que je remette ça. Mais, je ne sais pas comment dire... J'ai pigé pas mal de choses depuis quelque temps, depuis le tribunal en fait. Te bile pas, j'ai pas envie de lâcher ! Ceci dit, ici, c'est pas dégueu !

Fox, rassuré par la tirade de Mattéo relâcha la garde une demie seconde, suffisante pour que ce dernier le prenne par surprise.
- Dis-moi Michel, tu dis pas grand-chose de toi, jamais. Je sais rien de toi, à part l'*éduc'*. Tout à l'heure, tu as fait allusion à tes parents. Tu es du coin, elle est où ta famille ? Tu crois pas qu'au stade où on en est, tu pourrais m'en dire deux mots ?

Pris au dépourvu par ce tir sans méchanceté, Michel sentit planer un petit vent de solitude, le laissant démuni. Dans son for intérieur, il se dit qu'il avait fait mouche ; joli coup en vérité, précis parce que sincère. Il stoppa ses pas, tourna son regard vers le *snipper*.

- Bah ! Tu as raison. Depuis le temps qu'on fait la route tous les deux, je crois que je te dois un petit bout d'éclairage. Je suis né à La Cavalerie, pas très loin d'ici. J'ai un frère un peu plus jeune qui habite et bosse à Montpellier. Quand j'ai eu ton âge, j'ai collectionné les conneries. Voilà pourquoi tes singeries ne m'ont jamais impressionnées. J'ai fait chier au point de lasser les patiences. Les boites comme « Les Roches » n'existaient pas alors. On m'a envoyé assez loin, dans un établissement « de correction ». Un de ces endroits où tu n'as qu'un choix : te laisser enfoncer, te faire bouffer par le reste de la meute, où te battre, dans tous les sens

242

du terme. J'ai vu pas mal de mecs disparaître dans un monde de délinquance, de misère. Moi, j'ai choisi de tout faire pour sortir par le haut. J'ai bossé, j'ai eu le BAC, je suis devenu éduc'. Le truc con, dans cette affaire, c'est que mes parents qui ne savaient plus quoi faire ne m'ont jamais lâché, mais ils se sont tant donnés au boulot et dans leur vie, qu'ils sont morts entre 84 et 90. Ils avaient une maison juste à côté de La Couvertoirade, un peu pourrie, fatiguée. J'ai laissé celle du Caylar à mon frère et je me suis installé dans une baraque branlante que j'ai retapée petit à petit. J'y vis avec ma femme, et je n'ai pas de mômes. Je suis un enfant du pays, comme toi, et j'aimerais bien que toi aussi tu sortes la tête de l'eau. Et puis pour finir je suis amoureux fou de ce plateau, tu l'avais peut-être remarqué. Voilà, j'ai trop parlé, alors profites-en, je ne ferai pas ça tous les jours !

Sur ce, il se roula une clope, l'alluma, et reprit silencieusement son chemin. L'instant de vérité, furtif, concis, stupéfia son interlocuteur, resté planté comme un santon au milieu du sentier.

Pensif, Mattéo prenait lentement conscience que Michel venait, en quelques mots, de dévoiler l'essence de sa vie. Ainsi, le vieux têtu n'ignorait pas les tortueux passages d'une adolescence brutale. C'était donc cela son « secret ». Le passé nourrissait le présent. Toute son énergie, sa détermination, sa brutale force de conviction prenaient source au cœur d'un volcan endormi, un autre, plus ancien, plus puissant. Il le rejoignit sans prononcer un mot. Très vite, « Fox » retrouva le poste de pilotage.

- Bon, maintenant, je ne t'ai pas amené là pour te parler de ma vie ou de la poésie du lieu. Je voulais qu'on se cale sur la suite. La priorité, c'est, je le crois d'aller au bout de la démarche avec le docteur Arsule ; ce qui veut dire se rendre à Sainte Eulalie rapidement. La deuxième, prendre tes quartiers d'été chez Gaspard. Tu bosses, tu apprends, tu prépares l'année prochaine. Le resto du vieux va te donner de quoi t'amuser et du fric pour payer ce que tu dois. Nourri, logé, et formé. Je crois savoir que lui et Pauline veulent t'en apprendre assez pour faire des visites. Ça, c'est le plan. Seulement, c'est de ta vie qu'on parle. Tu en es le maître. T'en penses quoi ?

Fidèle à ses méthodes, il avait été au but sans détour. Déstabilisé, Mattéo se posait des questions.

- C'est pas mal tout ça, mais l'aide sociale ne décide pas ?
Le vieil éducateur ne ratant jamais une occasion de se marrer aux frais de l'ASE, il éclata d'un rire franc et enchaîna.
- Je vais te dire Mattéo, tu as raison. Là, pourtant, ils sont OK. Tu es majeur dans 6 mois et ils feront tout pour ne pas payer plus longtemps. Tu les as pourris pendant 18 ans. Tout ce qui sera proposé à moindres frais sera le bienvenu, tu peux me croire. Ils ne vont pas chercher à t'emmerder maintenant, ils ont plus à y perdre que toi. Tu vois, la roue tourne.
- Et Gaspard, tu l'as connu comment ?
- Ah, Gaspard ! Je le connais depuis longtemps. À la « Couv' », personne n'ignore qui il est. Quand j'étais un lascar dans ton genre, je traînais avec des potes, Gé entre autres et Pauline. Par elle, j'ai rencontré son père, qui ne m'aimait pas beaucoup à l'époque. J'ai quand même bossé pour lui pendant des vacances, et finalement il m'a aidé à refaire mon retard, quand il a été sûr que je le voulais. On t'a fait suivre le même tunnel, le vieux a marché dans la combine tout de suite. Je crois qu'il aime encore les défis et les sauvages tels que toi, non, tels que nous !

244

« Fox » n'usurpait pas son surnom. Une fois les dents dans le mollet, il ne lâchait plus prise.

- Tu n'as pas répondu à ma question. Tu penses quoi de la proposition ?

- Ben, je crois que tout ça est bien. Je serais con de pas saisir le manche. J'ai eu pas mal de surprises ces derniers mois, des bonnes, des mauvaises. J'en ai plein le cul de la galère. Je crois que j'ai pigé que je pouvais faire un truc. Alors, ouais, je marche.

- Bien, bien. Bonne nouvelle.

Une heure durant, ils déambulèrent entre les amas granitiques, n'échangeant rien d'autre que la contemplation féerique de l'endroit. Une petite brise jouait sa mélodie dans les entrelacs des sentiers. Le Souverain Larzac sifflotait sa satisfaction.

Le plus dur restait à faire. Mettre Mattéo face à la réalité physique de son histoire. Le circuit touristique de Sainte Eulalie pourrait devenir celui du train fantôme. La partie allait être serrée, délicate. Les professionnels chargés de la visite gagneraient là le salaire de la peur. En vérité, ils voyageraient avec un mètre quatre-vingt d'os, de muscle, d'émotion et de nitroglycérine.

On arrivait à l'ultime étape du parcours turbulent du mineur. Bientôt, la loi et les hommes le reconnaîtraient comme responsable. Un nouveau faux pas ne se paierait pas alors au même tarif, surtout avec un CV comme le sien, plombé par la menace du sursis. Les accompagnateurs du jeune homme constituaient la dernière équipe de cordée, succédant à des dizaines d'autres, acteurs sociaux et autres magistrats. Étrangement, Louis Arsule avait été le premier à l'accompagner dans l'existence. Il revenait pour l'aider à écrire la fin du dernier chapitre de son enfance.

La Montagne de Vie

Le médecin avait tout organisé et suggéré quatre étapes essentielles sur l'itinéraire de l'histoire familiale des Bonaventure. La première halte serait au cimetière, où étaient inhumés Leïla et Alexandre, dans le carré des indigents. En espérant qu'il encaisserait ce premier choc, Arsule entraînerait la petite troupe sur le chemin oublié du moulin des Combes. Durant cette journée aux couleurs du danger et de l'émotion assurés, ils passeraient chez Albert Pensac, jadis maire du village, lui aussi détenteur d'informations, une vieille connaissance de la famille en des moments périlleux. La mairie s'inscrirait dans le parcours, histoire de consulter les registres de 1980, et de récupérer les clés du moulin, gardées par les autorités légales depuis cet hiver funeste. La journée mettrait la pause au déjeuner, prévu chez Arsule lui-même.

Ce jour aurait l'allure d'un coup de poker. En quelques heures, le bénéfice de la partie serait poussé sur le tapis vert ; jackpot ou perte totale. Les paris étaient lancés. L'expédition quitta « Les Roches » dix jours plus tard sous un soleil poussif, entretenant un climat maussade en cette fin de printemps.

Le vaisseau spatio-temporel filait à bonne allure vers le passé. À son bord, Michel manœuvrait le poste de pilotage. À ses côtés, Graziella, exceptionnellement sortie de sa base. Maîtresse d'ouvrage, elle avait rencontré Mattéo de nombreuses fois ces dernières semaines, préparant le spationaute à la plongée dans l'espace-temps. Ses sempiternels occupants, angoisse, colère, désespoir, gardaient discrètement le terrain en s'accrochant vaille que vaille. Les coups durs portés ces derniers mois par Mattéo et ses alliés, réduisaient considérablement leur capacité de nuisance. Sur ce coup-là, pourtant, les ingrédients redoutables surgis du cratère adolescent n'autorisaient aucune faiblesse. La journée qui s'annonçait serait longue, ardue. Mattéo, véritable capitaine de la mission, laissait planer son regard sur les paysages brumeux découpés par la langue de bitume. Le silence gardait ses pensées, l'immobilité d'un mannequin sur la banquette arrière. Michel et Graziella, qui n'avaient rien perdu de ce mutisme épais, discutaient de tout et de rien. En eux grondait une angoisse sourde, inavouée, de quoi chier dans sa culotte pendant une décennie.

Autour de dix heures, Sainte Eulalie de Cernon se dressait devant eux. Altière et fière malgré son grand âge, elle barrait la vallée du Cernon, rappelant son hégémonie sur le Larzac. Les Chevaliers du Temple y étaient restés Maîtres longtemps, jusqu'à un vendredi maudit de 1307. En voyant approcher le village fortifié, Mattéo se laissa distraire par l'histoire fameuse et dramatique des Blancs Manteaux. Il commençait à bien la connaître, grâce à la manne Coltès, père et fille. L'histoire des Templiers le touchait curieusement. Loin du fracas des batailles, de l'argent et du pouvoir exercé, c'est leur orgueil et leur naïveté qui l'aiguillonnaient.

Ces figures de légende avaient sombré dans les fosses de l'Histoire par leurs défauts meurtriers. Ils se croyaient intouchables, s'étaient sur leur fin, laissés envahir par la certitude de ne devoir rien à personne ou presque, pratiquant des taux d'usure faisant passer les banques modernes pour des tirelires « cochons ».

L'écho était fort. Si fort qu'il ne se laisserait pas aveugler par le mirage de la toute-puissance. On ne peut dissocier les Templiers du Larzac, et ce vieux brigand était assez malin pour faire passer ses messages à travers l'histoire des hommes.

- Attention, Mattéo, ne fais pas les erreurs du passé. Philippe le Bel n'est peut-être pas si mort que cela.

Il fut tiré de ses rêveries par Michel.

- Oh ! bonhomme, tu dors ou quoi ? On arrive.

Arsule habitait un peu à l'écart du village, une maison charmante, ancienne, bien retapée. Le héros du jour apprécia le soin apporté à la restauration de la bâtisse. Il le fit d'un œil exercé par l'enseignement de ce bougon de « Gé », avec qui il continuait à bosser ponctuellement.

Le maître des lieux s'empressa au-devant de ses hôtes d'un jour. Sur la table de la cuisine, café, thé et viennoiseries n'attendaient que la voracité des visiteurs. Celle de Mattéo attendait autre chose. Voulait-il savourer ou en finir rapidement ? La réponse se baladait quelque part dans sa tête, dans la chaleur de ses mouvements telluriques. Les gourmandises proposées ne connurent pas le succès attendu. Un café, un thé vite expédiés et l'équipée redécolla. C'était le début d'un vol dont nul ne pouvait prédire l'issue.

Les véhicules prirent la route du cimetière. La tension monta d'un cran quand ils poussèrent la porte grinçante du dernier repos. Mattéo ne disait rien, interdit, mâchoire serrée à en écraser les dents. Personne ne pouvait seulement envisager une once de sa pensée du moment. Mécaniquement, il suivit Arsule jusqu'à une vaste pierre tombale, stèle collective abritant ceux à qui la vie n'avait même pas permis de reposer individuellement ; un autobus pour l'au-delà. Parmi la liste incomplète des personnes inhumées là, deux noms sautèrent à la gorge des vivants :

Leïla Ben Massara. 1955-1980 ; Mickaël Bonaventure. 1953-1981. Deux noms, quatre dates pour afficher la réalité crue. Ils étaient là et ailleurs. Le fils fixa sans un mot les épitaphes. Il paraissait digérer l'image en repoussant les préambules violents, intimes d'une éruption en pleine poussée.

À cet instant précis, Michel et Graziella allaient savoir si la chaîne d'hommes et de femmes relayés auprès du jeune depuis sa naissance avait réussi à endiguer la monstrueuse énergie qui le rongeait. La réponse se ferait attendre. Après cinq petites minutes à se triturer, à affronter ses démons, le jeune capitaine de troupe lâcha, laconique : *« C'est bon, on dégage. De toute façon, je reviendrai…et ils ne resteront pas là-dessous. C'est pas LEUR tombe ce truc.»* Et sans attendre, il traça sa route vers le parking.

Le soleil enfin réveillé faisait le ménage, aidé d'un petit vent balayant les nuages. Un temps lumineux est assez banal en cette saison. Mais il tombait à propos au milieu d'une situation ténébreuse. La première escale venait d'être expédiée avec diligence, à la vitesse de la lumière. La seconde ne prit guère plus de temps. Sur le lourd registre d'état civil, descendu des étagères poussiéreuses de l'hôtel de ville, Mattéo constata qu'il était bien un enfant du pays. Les quelques lignes écrites à l'encre noire permettaient à ce gamin en quête de s'attacher concrètement aux lieux. Rien que quelques lignes d'encre noire, une ancre à son navire. Ils partaient déjà vers la troisième station.

Monsieur Pensac, le « père Albert » pour chaque habitant avait gardé la verve fournie de ses trois mandats en tant que premier magistrat du village. Le vieil homme renvoyait à ses interlocuteurs les murailles ridées d'une rugosité de façade. Albert Pensac était un brave homme, toujours habité du service public, baigné d'une empathie naturelle qui n'avait pas nécessité le passage en fac' de *psycho*. Avec une délicatesse surprenante, des mots pesés, des traits d'humour bien sentis, il narra au dernier rejeton des Bonaventure les épisodes tragi-comiques vécus avec ses parents. Il réussit le coup de force de faire sourire le garçon. Il est vrai que la vie de ses parents oscillait entre Zola et une bande dessinée. L'ancien maire savait mettre de la couleur dans son récit et faire passer des pilules amères avec le sourire. Son accent rocailleux et chantant apportait une note de drôlerie. Il était ancien maire ; il restait un « show man ». Il captiva son auditoire au point de répondre à une ou deux questions. Mattéo écouta, Mattéo questionna. Les pérégrinations de ses géniteurs attisaient une curiosité qui passait ses angoisses au second, voire troisième plan. Quand il demanda où se situait le théâtre de ces frasques, ce fameux moulin, ce fut Arsule qui répondit : « *ça, jeune homme, c'est la dernière étape. Mais d'abord, on déjeune !* »

La bombe à neutron pouvait bien tomber sur Sainte Eulalie, elle n'aurait pu empêcher le médecin retraité de déjeuner. Il avait sauté tant de repas dans sa carrière qu'il n'était plus question d'en manquer un seul aujourd'hui. Tout ce petit monde suivit donc l'affamé sans discuter. L'estomac a ses raisons qui ignorent l'impatience et l'angoisse. Saine philosophie au final.

Simple autant qu'alléchant, le menu mitonné par ses soins ne reçut pas les suffrages débordants de la tablée. L'esprit de cette journée particulière anesthésiait les papilles, emprisonnait les estomacs. Celui du cuisinier était une exception. Le challenge décuplait son appétit. Alors que les autres grignotaient, il dévorait. Ce repas, fort accueillant, ne resta pas dans les annales, quelle qu'en fût l'orthographe. La discussion évitait soigneusement les écueils, se rabattant sur des sujets neutres. Une fois de plus, le Larzac procura un faux conduit opportun vers le dessert.

Le principal intéressé avala à peine de quoi nourrir un moineau. Son être entier ressassait les images de la matinée, se préparait à celles de l'après-midi. L'effort consenti à contenir une intimité bouillonnante était énorme. Si ses accompagnateurs avaient visualisé cette bataille épique, ils auraient été fiers et rassurés. Il résistait, profitant de l'expérience, des conseils, des heures passées à décortiquer, épurer, laver ses plaies. Il vaincrait, il le savait, il en était certain. Le volcan, tenté par une nouvelle dévastation, refoulait sa force dans ses entrailles, désormais disponible pour des combats libérateurs, constructifs. Un après-midi le séparait d'un armistice rêvé. Il devait, il allait tenir.

13h30. Dernier acte de la pièce. Le ventre léger et l'esprit lourd, les acteurs reprirent la route, direction le moulin des Combes. La route les entraîna non loin du Cernon qui coulait nerveusement dans son lit. Le silence dominait. En conduisant, Pensac à ses côtés, Arsule se dit que le temps passait vite. Des images de nuit neigeuse, des visages en souffrance, l'urgence d'une intervention, les cris d'un nouveau-né décontenancèrent sa pensée rationnelle en le surprenant tandis qu'il approchait. Derrière, Michel, Graziella, Mattéo suivaient, tendus comme des cordes d'arc. L'ado en mutation adulte manifestait une curiosité accrue, verbalisant maintenant sa peur de la découverte.

- Putain, qu'est-ce qu'on va trouver ? C'est de plus en plus paumé ici ! Putain ! ne me lâchez pas ; là, c'est hard !

Toujours pro, Michel n'entra pas dans un discours inutile.

- Cool, bonhomme, cool. Tout va bien se passer. On ne te lâche pas !

Clignotant droit embarquant tout le monde dans un long chemin avalé par un sous-bois envahissant. La nature a horreur du vide. Avec le temps, elle reprenait ses droits. Les trous garnissaient le sentier, transformant les caisses en lessiveuse. La péripétie amusa les aventuriers, qui, une courte seconde, retrouvèrent un rire timide. À moins de cent mètres maintenant, on distinguait une trouée de clarté, un mur. Mattéo retournait à la genèse, au cœur du volcan.

Flamboyant n'était pas le premier qualificatif retenu. Délabré, mourant convenait mieux au coup d'œil. Le vieux moulin plongeait dans les abysses de l'histoire. Le toit en mauvais état il y a 18 ans, affichait son désespoir par deux trous béants, vaguement recouvert de bâches. Les murs puissants dressaient encore leur défi au temps, sans pouvoir contenir ses assauts. Fenêtres et portes étaient barrées par d'épaisses planches de bois quand elles n'avaient subi l'outrage de briques cimentées. Le point fort de tout moulin, sa raison d'être, la roue, n'était plus qu'un lointain souvenir. Ne résistait que le moyeu, dernier vestige d'une époque où l'eau et les hommes pactisaient. Le Cernon ne ralentissait pas sa destruction, continuant jour après jour son ouvrage, éliminant morceau après morceau cette verrue impunément posée sur ses rives. La végétation n'était pas en reste. Telle une armée assiégeant une place forte, elle cernait le bâtiment de toutes parts. Une petite sente frayait un passage jusqu'à la porte de l'ancien habitat. Le rêve des Bonaventure n'était plus qu'un cauchemar à l'agonie. Pourtant, l'ensemble gardait une aura de fierté, d'orgueil. La légende de ses bâtisseurs semblait le hanter, le maintenant debout, vieux guerrier menant son ultime combat. Perdu au milieu de nulle part, il n'attendait plus de renforts, de secours. Les hommes et le plateau l'avaient condamné. Les spectateurs, plantés devant ce décor de fin du monde, ne prononçaient pas un mot ; par respect, plus sûrement par désarroi.

Mattéo, ébahi, découvrait le lieu de sa naissance, de la vie tourmentée de ses parents. C'était donc un territoire sacré, son état de ruine n'y changeant rien. Albert Pensac s'instaura guide, rompant le silence embarrassé.

- Nous y voilà. Le moulin des Combes. On dit qu'il est l'œuvre des Templiers, présents longtemps sur le plateau. En fait rien n'est sûr. Les informations sur le sujet ne sont pas légion. La Mairie a sécurisé les lieux. Une visite épisodique est encore d'actualité. Mais je crois être un des seuls à venir ici de temps en temps. Les gamins du coin, les promeneurs et autres squatteurs ont connu leur heure de gloire ici. Depuis une dizaine d'années, il tombe dans l'oubli. Jeune Bonaventure, voici votre terre !

- Ma terre, comment ça ma terre ?

- Eh ! pardi, vous êtes légataire de vos parents. Ce moulin vous appartient. Je ne vous cacherai pas cependant que tout cela représente sans doute plus d'ennuis que d'avantages. À votre majorité, il vous sera demandé ce que vous voulez en faire.

Massue ; objet lourd qui tomba sur la tête de l'infortuné propriétaire.

- Ah ! Là, c'est carrément énorme ! Je ne sais pas quoi faire, moi. Je m'attendais à tout, mais ça…

- Pas de panique, reprit Pensac. Tout cela est entre les mains d'un notaire à Millau. Vous serez contacté quand vous serez majeur. Si cette bâtisse semble rayée de la mémoire, elle ne l'est pas pour la mairie, quelques associations et des personnes intéressées par cette ruine. Le village est prioritaire par droit de péremption. Mais on en n'est pas là. Il y a toujours des solutions. Bon, maintenant, suivez-moi à l'intérieur.

La grosse clé tourna avec peine, déverrouillant une porte massive. Un grincement prolongé annonça l'ouverture sur les derniers secrets de Mattéo. L'obscurité régnait, percée çà et là de rais de lumière, infiltrés par les interstices des fermetures fatiguées des fenêtres. Une lampe torche à rayon puissant illumina la pénombre. La poussière couvrait de son linceul le mobilier et les rares ustensiles en décomposition avancée. Tout un bric-à-brac de décharge s'offrait aux visiteurs. Un canapé pourrit, ressorts à l'air, des chaises cassées, une table encombrée de bouteille, de magazines moisis, de verres bon marché crasseux, une vieille commode à moitié détruite résumait ce qui avait été le salon « cosy » des Bonaventure. Dans un coin de la pièce, une gazinière rouillée témoignait du passé d'une cuisine jamais équipée. La pièce était partiellement débarrassée, ouvriers de mairie et squatteurs ayant fait le ménage. Les fées du logis avaient laissé peu de choses. Le lit de naissance du petit Jésus était parti depuis des lustres. L'antique âtre, volumineux, noirci par la suie des siècles, trônait avec belle allure. Un vieux banc témoignait d'une présence passée cherchant un peu de chaleur.

C'est ici que Mattéo concentra son attention, après un inventaire rapide de l'amas de déchets, les lambeaux d'un quotidien de peine, les survivants fantomatiques d'une vie de misère. Le coin du feu, lui, symbolisait la vie. Il imagina un instant qu'il aurait pu se faire bercer dans les bras de sa mère, son père chargeant le foyer de bois. Recueilli, le regard figé sur l'âtre froid, ses pensées se libéraient des contraintes existentielles.

La bouche noire et apparemment sans âme réussissait ce que le cimetière avait raté. Ici, dans les murs harassés du moulin, il prenait contact avec les ombres de sa vie. Rien d'irrationnel, il s'agissait simplement de prendre conscience qu'il avait partagé dans cette masure, une poignée d'heures, un embryon de vie de famille. Bien peu dirions-nous, immense pour l'orphelin des Combes. Les autres respectaient un silence quasi religieux, laissant les yeux inspecter la foire aux détritus.

L'escalier accédant à l'étage, le grenier « aménageable », s'était affaissé, rendant sa pratique hasardeuse. Qu'il y avait-il à voir de plus, à faire de plus, sinon laisser le légitime propriétaire à ses méditations. Un à un, conscients de l'importance de son désir de demeurer seul, ils se retirèrent à l'extérieur. Michel trahit son émotion en roulant une clope ; exercice compliqué quand on a un infime et dérangeant tremblement. Graziella, gardienne imperturbable de ses affects, se laissa aller elle aussi en demandant à son collègue d'en faire deux. Les deux anciens devisaient, se remémorant les épisodes agités des occupants, ponctués de la fin la plus tragique. Ils se retrouvèrent tous près de la conduite forcée, malmenée par la rivière.

- Et maintenant, demanda le médecin, que va-t-il se passer pour lui ?
Tirant une *taffe* de son mégot mal roulé, l'éducateur répondit.
- Il doit digérer tout cela, avec notre aide, mais seul de toute façon. C'est son histoire. Il a commencé à apprendre à vivre avec, et ça n'a pas toujours été simple. On pense qu'il a cicatrisé pas mal, et grâce à vous monsieur Arsule, il peut maintenant concrétiser ce qui n'était qu'une image floue, fantasmée. Se prendre cette réalité en pleine face est un passage obligé, le sésame d'un nouveau stade. L'avenir est structuré de projets à sa portée. Il ne manquait plus que cette journée pour achever la consolidation de ses assises. Il reste

pas mal de boulot, c'est sûr, surtout en ce qui le concerne. On est confiant, conclue-t-il en regardant Graziella qui approuva d'un clignement d'œil charmant.

Deux cigarettes plus tard, Mattéo réintégra le monde des vivants. Sa journée avait débuté sans passé clair, sans possession, il la terminait des images nettes en tête et propriétaire d'une ruine de moulin, mais ruine quand même. La lumière baissait ostensiblement quand ils se séparèrent. Remerciements d'usage aux deux mémoires vivantes de Sainte Eulalie, promesse de se revoir. Avant de fermer sa portière, Arsule lança à Mattéo :

- Et n'oublie pas ; tu viens me voir quand tu le veux. C'est ta terre que tu foules.

Cette dernière phrase fit cent fois le tour de ses méninges. « Ta terre », avait-il dit. Pompé par les émotions de ce mardi mémorable, il tomba comme une masse sur la banquette. C'est sûr, il ne fuguerait pas.

Graziella retenait sa fatigue en écarquillant les yeux, les empêchant de sombrer à leur tour dans le monde de Morphée. Michel, conducteur tenait bon. Il ne serait pas fâché d'arriver, de rentrer chez lui, et de se descendre un verre de pinard reconstituant. La voiture de service traversa un Larzac en paix en cette soirée printanière. À défaut de chanter, ils échangèrent un peu, sans excès, désireux comme leur protégé de digérer. Quand ils arrivèrent à l'établissement, le déposant au pavillon, ils échangèrent un petit sourire. Et la *psycho* ajouta :

- Je crois que là, on a réussi un coup !

De fait, le test « de Sainte Eulalie » conforta sa réussite les semaines suivantes. Rien ne serait plus comme avant. Mattéo encaissa, Mattéo digéra, Mattéo utilisa. Préparé à ces heures décisives par des professionnels engagés, le retour sur ses origines explosait la forteresse des fatalités, un horizon net s'ouvrant devant lui. La maturité cimentait les acquis, pommadant les cicatrices d'un baume nourricier. La stabilité s'installait à petits pas. Le fugueur pouvait envisager des épopées positives. Ses rêves seraient ses échappées belles. En relisant Saint Exupéry, une phrase le frappa à la manière d'un soleil levant : *« Faites de votre vie un rêve et de chaque rêve une réalité »*. Sa nouvelle devise.

Loin de toute envolée lyrique, un quotidien terre à terre, finalement rassurant, le rappela à son bon souvenir. Rien ne se ferait sans lui, et il garantissait des heures de labeur routinier, d'effort et de ras-le-bol que ne partageaient pas les rêves grandioses. À ceci près que ces derniers ne verraient le jour que dans un terreau d'ennui, de travail, de persévérance, de peine. Celui de Mattéo était riche d'éruptions encore fumantes, générant leur fertilité bienfaitrice à sa riche imagination. Son malheur était d'avoir connu des années difficiles, le menant mille fois au bord du gouffre. Sa chance était d'avoir couru de tels dangers pour apprendre à les contrer. Plus que beaucoup, les enfants de galère ont les capacités d'affronter les difficultés. Encore faut-il faire les bonnes rencontres. Et Mattéo était de ceux-là.

Ses affectueux bourreaux ne négocièrent pas une larme de répit. À Peine, revenu de ses pérégrinations que Gaspard le renard remit la main dessus. « Gé », râleur à durée indéterminée sollicita son aide sur un chantier où la pierre de taille aimait les promenades à main d'homme. Les cours de rattrapage de maître Coltès s'intensifièrent. Le restaurant montait en intensité à l'approche de l'été. La plonge et le service devenaient des tyrans inassouvis. Un emploi du temps à écraser un cheval de trait tua le risque d'être emmerdé par les fonds de casseroles de l'esprit. Sa meilleure amie devint vite la couette sous laquelle il se réfugiait avec jouissance au terme de journées chargées.

Les fenêtres de l'âme grandes ouvertes, il pouvait appréhender son environnement avec clairvoyance. Il était un écorché moins vif. Maline et coquine, la vie planquait dans ses poches un de ses remèdes adoucissant, efficace, imparable.

À 17 ans et des brouettes, le jeune éphèbe ne s'aventurait pas, nigaud qu'il était, sur les territoires de la relation amoureuse. Depuis Gaëlle, il n'était pas retourné se frotter, si l'on peut dire, à la gent féminine. Qu'à cela ne tienne. Sa virilité naissante dégageait un charme indéniable qui n'échappait pas aux jeunes filles. Il ne les voyait pas, occupé, centré sur son nombril. Maintenant que le nombril était propre, il s'aperçut des jolies fleurs qui l'entouraient. Le travail obstruait les possibilités et il ne faisait qu'en fantasmer la cueillette, aidé en cela par sa main droite. C'était un peu limité. Ce vaillant monsieur de Lagardère aimait à dire : *« Si tu ne viens pas à Lagardère, Lagardère ira à toi »*. En observant sa proie, tapie dans une indifférence rusée, il en est une qui fit sienne la citation du bon Chevalier.

Les ruelles de La Couvertoirade réservent bien des surprises. Certains aimeraient y rencontrer les nobles Chevaliers du Temple, d'autres préféreraient largement y croiser un damoiseau bien fait de corps et de tête. Le jeune disciple de Gaspard correspondait à cette description. Le visage fin, orné d'une barbe naissante irrésistible, le muscle sec et ferme, résultat d'heures de torture aux côtés de Carrat l'infatigable, et ce regard un poil sombre, chaud des braises d'éruptions passées, il ne laissait pas indifférent.

Margot Coltès, nièce de Pauline, des œuvres de son frère aîné, souscrivait totalement à cette opinion. Originaire de Montpellier, elle traînait de temps à autre chez son grand-père, friande de la compagnie de ce papy aussi grognon qu'adorable. Du haut de ses dix-huit ans, bac en poche sans savoir quoi en faire, elle allait passer l'été à bosser dans une boutique de la Couv'.

Elle avait repéré depuis le début le rebelle livré en torture éducative à son aïeul. La proie ne sentait pas qu'un fauve la guettait. Il s'apercevait du petit effet qu'il produisait auprès des filles, n'hésitant pas à parader comme un coq de bruyère, frimant en roulant des épaules, en jetant à l'occasion un regard complice. Ça s'arrêtait là. Ce doux crétin ne calculait à aucun moment qu'il pouvait faire l'objet d'une vraie traque.

Margot chasseresse ne possédait pas les atouts de la bombe sexuelle. Ses lunettes rondes corrigeaient une myopie en lui conférant un air d'intello. Derrière les carreaux cependant, une paire d'yeux marron scrutait l'environnement avec une curiosité perpétuellement insatisfaite. Elle s'intéressait à tout, adorait s'enflammer dans des débats contradictoires face à des adversaires coriaces ; son grand-père, exemple parfait.

Sa chevelure châtain et bouclée au naturel, son enfance rondouillarde, lui avaient valu pas mal de déboires à l'école primaire. Ses surnoms d'alors, « biquette et porcinette », au choix, la blessait, la mettait en pleurs. Elle avait appris elle aussi à encaisser, à se défendre, à rendre les coups. Sa force physique rentrait dans une norme banale. En retour, ses mots, ses répliques coupantes, sa sensibilité farouche, couplés à une réactivité fulgurante, l'avantageaient d'une arme de précision absolue.

Margot avait la tête dure, bien faite. Ses rondeurs corporelles constituaient maintenant un attrait appétissant qu'elle devait surveiller, gourmande impénitente, passionnée par les petits plats de son pépé. Si la beauté ne l'illuminait pas, son charme rayonnait ; nul besoin de se maquiller comme une affiche de cirque. Les deux jeunes adultes se connaissaient peu. Mattéo ne se livrant pas facilement aux inconnus, Margot se garda bien d'effrayer le gibier. Il ne la voyait pas, tout simplement. Elle décida, lasse d'attendre l'hypothétique bon vouloir de monsieur, de passer à la vitesse de chasse. La lionne fixa son objectif. Elle ne comptait pas échouer.

Toute chasse débute par des manœuvres d'approche. Elle sut donc rester suffisamment prudente pour n'effrayer ni le zèbre ni papy Coltès, gardien de la réserve. Celui-là était le meilleur alibi qui soit pour multiplier les visites. Quoi de plus naturel que de venir voir son grand-père adoré. La tactique, progressive, fonctionna à merveille auprès d'un Mattéo qui prit habitude et plaisir d'échanger avec elle sur des sujets badins. Ils avaient à peu près le même âge et l'objet désiré et inavoué de la belle ne rechignait pas une petite pause clope après le service.

Côté pépé, la ruse eut du mal à passer. *« On n'apprend pas les grimaces à un vieux singe »*. Il eut tôt fait de démasquer sa petite fille qui passait le voir anormalement plus, principalement les semaines de présence de son initié. Amusé par ce manège cousu de fil blanc, il se tut, observant, en affût sous ses sourcils broussailleux. Après tout, tant que ça ne gênait personne ni le travail, il considérait que *« c'était de leur âge »*.

Mattéo de toute façon donnait du fil à retordre à Margot, sa cécité égocentrique ne lui permettant pas de voir approcher ce doux péril. Fidèle à elle-même, elle attaqua audacieusement, ignorant totalement l'issue de l'offensive. Dans le registre outillage de jardin, c'était le râteau ou la pelle bien roulée. La peur au ventre, mais pas que, elle profita de la première opportunité. Son service terminé, il devait continuer sur une séquence scolaire. Or le vieux, ce jour-là, devait honorer un rendez-vous. Son élève aurait donc quartier libre jusqu'à 18h30 ; Plus de temps qu'il n'en fallait pour la prédatrice. Elle sauta sur l'occasion. Innocemment, tirant nonchalamment sur sa clope, elle se lança :

- Tu bosses pas avec mon grand-père cet après-midi ?
- Non, il a truc à faire, un rendez-vous je crois.
- Ah ! Et tu comptes faire quoi ?
- Bah, me reposer sûrement, aller me balader, bouquiner, à voir.
- Tu connais la Virenque ?
- La quoi ? Non, c'est quoi ?
- Un cours d'eau souvent sec, à quelques bornes d'ici, après le moulin des Rédounelles et la chapelle Saint Cristol. C'est un coin sympa. J'y vais, je t'emmène ?

Plus bêta que jamais, aveugle et sourd au traquenard tendu, le coquelet ne se sentait pas plus enjoué que cela.

- Je suis un peu crevé, là. Je pensais me poser, tu vois ?

Hors de question d'admettre et de renoncer. Margot n'était pas de ce bois-là.

- Allez, il fait beau, et ça te changera de La Couv'. Tu verras, c'est sympa, et ça te fera du bien de t'aérer. Sans déconner, tu peux bien m'accompagner.

Un enfant de cinq ans aurait flairé l'embuscade. Pas Mattéo, à cent lieues de penser ce qui l'attendait. Souhaitant agir en Seigneur, il pensa que l'accompagner serait perçu comme un geste chevaleresque, cette pauvre Pauline s'ennuyant sûrement, peut-être même craintive d'aller sur place toute seule.

- Ok, mais on rentre pas tard.

La première mâchoire du piège venait de se refermer. À travers le Causse endormi, laissé à sa solitude, ils empruntèrent le chemin caillouteux en discutant, libérant leurs regards au-delà de l'horizon. Ils partageaient cet émerveillement chaque fois renouvelé en arpentant la campagne aveyronnaise. Margot n'était pas venue ici pour parler beauté onirique du Larzac. La décence définirait la chose comme « faire la cour » ; l'adolescence pragmatique et sans fleurs disait « se faire Mattéo ». La Virenque attendait au bout du chemin, loin, trop loin. Elle prétexta rapidement une halte, suspecte pour beaucoup ; naturelle pour le naïf.

- Dis-moi, on est à deux pas de Saint Cristol. J'aimerais bien y passer.
- Pas de problème.

Les vestiges ruinés de la vieille chapelle ne se dévoilaient qu'aux connaisseurs. Nombre de randonneurs passaient sans deviner ou trouver la première église de la Couvertoirade. Entouré, envahi par une nature schizophrène, protectrice et destructrice, le vieux sanctuaire disparaissait lentement sous les arbres et les ronces. Les deux promeneurs connaissaient l'endroit, ils y parvinrent sans mal.

- Bon, et maintenant qu'on y est, on fait quoi ?

La phrase de Mattéo sonna tel un tocsin, un appel à l'assaut, le sésame d'Ali Baba. Celui-ci se nommait pour l'heure Margot. Peu décidée à tourner deux plombes autour du pot, elle approcha derrière sa proie, à la recherche de rien au milieu des cailloux. Elle posa sa main sur son épaule.

- Mattéo…

L'autre se retourna pour se retrouver en vision très rapprochée de son interlocutrice. Il en fut surpris au point de ne pas réagir. Il vit le tir arriver. Il vit les lèvres de Margot se rapprocher des siennes. Il sentit la chaleur l'envahir quand elle glissa sa langue entre ses lèvres, en quête de la sienne. De sa propre initiative, il ne l'aurait pas fait. Mais l'adolescence un peu gauche redécouvre instantanément l'opportunisme de circonstances sans raté. Il se laissa faire, prit sa part d'entreprise. Après tout, Margot était attirante, pourquoi se priver ? En multipliant les baisers comme le Christ les petits pains, ni l'un ni l'autre ne se doutait que le piège venait de se refermer sur les deux. Les deux têtes folles revinrent main dans la main, image d'Épinal des tourtereaux intemporels. Ils vivaient le moment, détachés du lendemain.

À 18 ans, on est éternels, invincibles, le futur une vue de l'esprit sans objet. Avant de franchir la porte d'amont, ils reprirent l'attitude détachée de deux potes en balade. Ils pensaient pouvoir donner le change à leur entourage, à commencer par Gaspard ; vœu pieux… La difficulté d'une relation amoureuse est la discrétion. Si la haine peut mûrir et grandir dans le silence obscur, l'amour est un joyeux luron qui aime se montrer et se faire entendre. Ce sentiment n'est pas gouvernable. Il s'identifie comme un nez rouge sur le visage d'un clown.

Quatre jours suffirent au grand-père pour déceler chez ces deux blaireaux une autre dimension à leur relation. La discrétion d'un camion-citerne résumait Mattéo. Quant à sa belle, elle se prenait pour un agent secret pendant la guerre froide, aussi repérable qu'une caravane de cirque. À coup sûr, elle aurait été flinguée au début du film.

Si Margot savourait sa victoire et son plaisir, le cérébral orphelin se demandait ce qui lui arrivait. Sa nouvelle copine de cœur n'avait rien d'un canon. Elle était charmante, intelligente, ce qui le changeait des QI de gants de toilette. Il ne se sentait pas pour autant amoureux ; attiré correspondait mieux. L'appétit viendrait en mangeant. Les pelles langoureuses, amuse-gueules savoureux, excitèrent une délicieuse voracité. La faim sexuelle les tenailla vigoureusement. Il s'agissait de se retrouver dans un endroit tranquille, à l'abri des regards et suspicions, ce qui ressemblait à un exercice de camouflage compliqué quand on vit sur le territoire d'un vieux renard. Coltès cultivait certaines valeurs, mais il n'était pas un homme rigide, un orthodoxe sec comme une biscotte sans beurre, prêchant chasteté et pénitence. Il avait vécu et bien vécu. Il décida donc de mettre à l'aise ces deux imbéciles presque heureux. Au préalable, il consulta sa fille, son fils, sa belle-fille, son gendre et Michel autour d'un apéro d'état-major. Ces cinq-là aussi avaient bien vécu.

Dès le lendemain, il s'amusa à foutre la trouille aux deux comploteurs peloteurs. La traditionnelle cigarette de fin de service offrit l'occasion rêvée. Parlant bas, échangeant des caresses furtives, ils se sentaient invisibles.

- Oh ! Vous deux. Quand vous aurez fini vos messes basses et vos minauderies, vous viendrez me trouver au comptoir. Il faut qu'on parle !

Le ton inattendu, impératif les statufia sur place. Gaspard reprenait l'avantage, pas mécontent de les faire descendre de leur nuage. Le comptoir ressemblait à un billot ; ils le pensaient. Papi Gaspard devenait Samson le bourreau. Bras écarté en maître de céans sur le zinc, il avait fait couler trois cafés.

La fumée aromatisée se dégageant des tasses passait devant les yeux fixes de l'aïeul. Ils étaient les proies.

- Bon ! On va pas y passer la journée. Et arrêtez de faire ces têtes de déterrés, je vais pas vous bouffer ! Vous me sortez de gros efforts pour cacher ce que tout le monde sait ! Vous avez peur de je ne sais quoi, mais on est au XXe siècle. Vous êtes ensemble, très bien. Vous n'êtes plus tout à fait des minots, alors ça ne gêne personne. Moi, et je ne suis pas le seul, à partir du moment où le boulot se fait et le contrat rempli, ce n'est pas mon affaire. Débrouillez-vous juste pour prendre vos précautions…
- Mais papi…
- Économise ta salive petite, et apprends à être discrète, parce que sur ce coup-là, on peut dire que vous avez du retard. Allez, avalez votre jus et filez ! Mattéo ! N'oublie pas ; on remet ça à 18h30. Sois à l'heure. Et demain, le romantisme passera après le scolaire ! C'est tout, vous pouvez y aller, on s'est tout dit !

Brutal, direct, efficace. En un court laïus, le maître venait de remettre du cadre en libérant les amoureux de la clandestinité ; la classe. L'amour passe pour ne jamais être ennuyeux. C'est sans doute vrai pour les intéressés. L'entourage, le lecteur, trouvent en général que tout ça devient vite aussi casse burnes qu'une séance diapositives sur les vacances des voisins.

Ils entamèrent au grand jour une histoire à durée indéterminée. Leurs personnalités respectives donnaient de l'énergie vitale à leur lien tout neuf. Planait néanmoins le danger que cette association de caractères forts pouvait créer à tout moment un petit Hiroshima. Leur communion sexuelle les accapara pas mal. Leurs visions des choses, des événements et du monde engendraient d'interminables débats. Ils avaient trouvé chacun un partenaire à leur mesure.

- Bonne pioche que ta petite fille, se permit de dire Michel à Coltès. Exactement ce qu'il fallait pour cimenter cette cervelle en vrac ! J'espère juste qu'en cas de rupture, ça ne lui remette pas la tarentule les pattes en l'air. Si en plus, on doit se cogner ses chagrins d'amour, je démissionne.
- Oh ! Ne te bile pas gamin ! Tu as beau être éducateur, tu ne sais pas tout. Je connais bien ma petite fille, et je commence à bien cerner le toto. Tu verras, ils feront un bout de chemin, ils sont faits pour s'épauler un moment. La suite, ben, on verra. Laissons faire, c'est leur problème.

Le vieux Caussenard gardait une analyse des choses, simple, rassurante, rarement prise en défaut. C'était une des raisons pour lesquelles on l'intronisait vieux sage. Un vieux sage forgé par les coups de la vie. L'expérience empirique vaut parfois mille fois mieux que de belles théories. Cette idylle pouvait bien être le carburant survitaminé octroyant l'élan du décollage au jeune Bonaventure. Le danger d'une telle force, c'est son imprévisibilité. Mal gérée, elle se métamorphoserait en une bombe dévastatrice. L'Amour est incontrôlable. Il est sûrement le secret du bonheur ; et de bien des malheurs. On regardait attentivement l'évolution des deux avions de chasse, profilés de belle facture, armés jusqu'aux ailes, toujours prêts à intervenir.

Les semaines passèrent, laborieuses, amoureuses, crapuleuses. La fin du mois de juillet sonna un premier bilan. Les commerçants de la cité Templière respiraient. La saison battait son plein, les touristes étaient bien là.

Le bar restaurant de Gaspard regonflait d'une affluence régulière. Il ne vendait pas de haute gastronomie, juste des produits du Causse de bonne qualité, et proposait une halte régénérante aux gens de passage, pour la plupart sacs sur le dos. L'adresse se passait de routard à randonneur : « Bon accueil, bonne bouffe, simple et pas chère, patron truculent. »

Actif, Mattéo bossait beaucoup. Sa liaison avec Margot avait dessiné des inquiétudes retenues. On comprit vite qu'il découvrait un petit morceau de bonheur, un ciel bleu longtemps attendu. Margot aimait la vie et la clarté. La gamine au caractère bien trempé était contagieuse. Il puisait à ses côtés la potion magique. Le magma destructeur originel canalisait sa vigueur dans une relation brûlante et bénéfique.

Côté entourage, on put souffler un peu. Une fois de plus, le vieux avait eu raison. Ces deux-là étaient faits pour s'entendre. Amarré à une vie reconstruite, renforcée, enracinée dans un passé désormais éclairé, projetée dans un lendemain plein de promesses, le petit fauve goûtait la douceur inédite de la vie.

Cinq mois le séparait de la liberté de l'adulte. Une liberté exigeante, structurée par plus d'obligations que de droits. Combien de fois avait-il rugi sa rage sur Michel en revendiquant une liberté rêvée.

« La liberté, ça se mérite ; il faut être prêt à l'assumer. Alors arrête de braire et travaille, bats-toi. Tu n'es pas une victime ! C'est trop simple. »

Mille fois, l'éducateur l'avait freiné dans ses élans révolutionnaires de parc enfantin en assénant ce discours déplaisant parce que vrai. Aujourd'hui, le râleur en percevait l'essence, reconnaissant, jamais trop tard que son vieux « Fox » avait raison. Ce dernier gardait un œil attentif sur ce jeune étalon fraîchement débourré. Le dispositif en place bornait le chemin. Une fois majeur, il y aurait encore du monde autour de lui. Il lâchait donc du lest, repartant au combat de sa profession en remettant l'ouvrage sur le métier. D'autres Mattéo viendraient, présentant les marques communes de l'enfance brisée, de l'adolescence volcanique, de la misère humaine. Ça n'arrêterait jamais, pas plus que les sermons bien-pensants rassemblant ces mômes éparpillés dans l'unité des « graines d'échafaud ».

Le dossier Mattéo Bonaventure rejoindrait bientôt les archives de l'ASE ; bonne nouvelle. Michel aimait le travail léché, accompli, toujours heureux de prouver aux oracles de la pensée éducative psycho-rigide qu'ils avaient tort. Maintenant que la bataille s'engageait avec succès, il comptait bien finaliser le combat en organisant dignement les dix-huit ans de Mattéo, une sorte de fête nationale individuelle. Le 25 décembre, la loi gommerait le nom du gamin du registre des fugueurs.

Un majeur disparaît, s'en va, part en escapade, s'évade au besoin, mais il ne fugue pas. L'événement méritait d'être fêté ; il avait son idée.

Août. Pauline, guide conférencière des cités Templières et Hospitalières du grand Larzac venait de décider de mettre au banc d'essais son apprenti. La stratégie était simple ; le prendre au dépourvu, ne pas laisser d'échappatoire aux doutes alambiqués, aux hésitations de pucelle. Deux fois par semaine, elle débauchait l'employé de son cher papa. Elle le traînait en observateur-auditeur dans le sillage des visites commentées auprès d'un public demandeur. Elle ne changea rien ce jour-là, jusqu'à la dernière seconde. Margot, sa nièce elle-même ne partageait pas le secret. On est toujours trahi par les siens, c'est bien connu. Un groupe d'une dizaine de personnes attendait près de l'office du tourisme. Pauline les accueillit, un bémol en plus.

- Mesdames, Messieurs, bienvenue à la Couvertoirade. La visite durera environ une heure. Mais je ne serai pas votre guide du jour. Je vous présente Mattéo qui va se faire un plaisir de vous faire découvrir l'histoire du site. Je lui laisse donc la parole.

Radio Mattéo ne décoda pas le message dans la seconde. Il pensait avoir mal entendu. Les regards du groupe tournés vers lui le rappelèrent à une réalité glaçante. Éberlué, terrorisé, il aurait bien fugué ; mais bon…

- Euh, Pauline, c'est quoi ce plan ? Tu ne m'as rien dit. Je peux pas.
- Excusez-nous deux petites secondes, notre guide est novice. Elle l'entraîna à l'écart.
- Si je te l'avais dit, tu aurais cherché à te défiler. Je te connais comme je sais que tu en es capable. Alors vas-y, je serai derrière toi.

Vaincu, il s'en revint tremblant vers les visiteurs. Il ne put s'empêcher de penser :
- Foutue famille, putain ! Foutue famille. Et il plongea. Balbutiant, il prit sans s'en apercevoir sa vitesse de croisière.

La présence de Pauline le rassurait, et la Couvertoirade, Les Templiers, le Larzac vinrent à la rescousse.

Emporté par l'histoire qu'il narrait, habité par la splendeur de l'histoire des hommes et de la région, il ne pensait plus au stress, au regard des autres. Avec le temps, il y prendrait un pied sans égal. Pauline avait vu juste. Une belle victoire à ajouter au tableau. Elle n'eut à intervenir que pour répondre à une ou deux questions un peu pointues. En fin de visite, le pourboire rondelet que le guide récolta apportait plus que du monétaire. Le butin s'appelait confiance en soi. Et ça, ça n'a pas de prix.

Aux « Roches », le vilain canard en métamorphose comptait encore parmi les effectifs. Le travail accompli avec lui donnait ses fruits. Pour l'équipe éducative, le nez dans le guidon en permanence, la réussite du jeune leur offrait aussi une indispensable confiance et reconnaissance. Les enfants n'ont pas le privilège de ce besoin vital. Et un bon éducateur est un éducateur qui doute. La réussite d'un accompagnement résonne comme une machine à sous qui crache le « jack pot ». Mattéo se faisait rare à l'établissement, catapulté sur la ligne de tir, prêt à continuer sans eux. Les difficultés rencontrées avec cet oiseau voyageur passaient au second plan. Le sentiment de réussite écrasait le reste. Dans quelque temps, les *éducs'* utiliseraient son exemple pour encourager d'autres ados retenus en enfer. Son parcours intégrerait la transmission entre les êtres. De cette façon au moins, il participerait à leur sauvetage. Ça ne marcherait pas à tous les coups. L'histoire de chacun est unique. Un exemple n'est pas un moule. Mais il peut indiquer une route.

Bel été en vérité que celui de 1998. Il grave dans le marbre la victoire de ceux qu'on n'attendait pas. Zinedine et ses potes venaient d'assommer à leur tour les esprits chagrins de la défaite, laissant naître l'espoir éphémère et naïf d'une France Black Blanc Beur. Oui, un bel été.

En septembre, Margot obtint un permis de conduire arraché à l'avidité temporelle de l'Amour. Le temps libre est une denrée rare quand on bosse en pleine saison sur un site tel que la Couvertoirade. Roméo et Juliette profitaient de la moindre minute de liberté pour se retrouver, se livrer à des exercices charmants, qu'auraient certainement condamnés les gardiens de la morale. Ce n'était pas la préoccupation principale des parents de la jeune fille. Ils s'étaient saignés en payant le permis de conduire à leur progéniture, il n'était pas question que les batifolages gourmands viennent gâter la démarche arrivée au terme de l'examen. Les chiens ne faisant pas des chats, la famille Coltès, parents en tête, grand-père en seconde ligne firent connaître leurs exigences par des ronflées démonstratives et sonores, remettant les adorateurs de Cupidon en ligne droite. Total des courses, Margot pouvait conduire. Ils allaient maintenant devoir apprendre la séparation. L'Amour et l'eau fraîche ne suffisent pas à nourrir son homme. La bachelière allait très prochainement intégrer un BTS de tourisme, impliquant de facto un éloignement. Leur lien s'épaississant au fil des semaines, il serait un handicap de départ, et deviendraient ensuite, « Inch'Allah », une garantie de solidité. Pure hypothèse car les sentiments vont et viennent, n'acceptent pas simplement d'être sous-alimentés, réduits à la portion congrue du téléphone. S'ils n'étaient pas trop cons, ils comprendraient que l'attente épice le désir. Mais à dix-huit ans, on ne peut pas non plus demander la lune, avec ou sans Colombine.

L'été donnait des signes de ralentissement. Le flot touristique s'amoindrissait. La vague plus calme de septembre venait conclure

271

la saison. Dans deux semaines, Margot et Mattéo connaîtraient le premier test de leur couple juvénile. Elle rentrerait à Montpellier, il poursuivrait sa route initiatique sous   la garde du Plateau. Ils mirent à profit avec un entrain dédoublé les jours restant, avant d'entamer un régime amoureux et sexuel relatif. Une grisaille persistante maintenait sa fantomatique présence sur ce ciel dégagé. Mattéo allait bien, pourtant les fumerolles des dernières secousses hantaient toujours son esprit perméable aux moindres perturbations. Le départ de la douce l'embêtait, la séparation le travaillait, mais tout restait gérable. Sa graine abandonnique résistait assez objectivement à l'épreuve. Non, c'était autre chose ; une idée insaisissable, obsédante. Il finit par identifier l'intrus, locataire ancien de sa mémoire. La journée passée à Sainte Eulalie tournait en boucle. Il fallait qu'il y retourne, sans témoin. Retourner au cimetière, au moulin s'affichait en absolues nécessités. Comment pouvait-il faire, pris qu'il était entre les murs de sa minorité finissante et bien remplie. En pareil cas, les vieux réflexes, relégués dans les cartons, n'attendent que d'être déballés. Il ne dirait rien, se débrouillerait seul, profiterait de la première occasion pour filer.

Le fugueur n'était pas mort.

Les jours suivants, il rumina son projet, recueillant la moindre information utile. Il en vint à la conclusion dangereuse et absurde qu'il partirait la nuit prochaine.

Ses précédentes expériences passaient à la trappe. Englué dans son idée fixe, il prépara sa fugue. Incapable de penser, il n'envisagea pas une seule seconde qu'il était toujours sous l'œil vigilant de personnes qu'on n'endormait pas de la sorte.

Coltès avait repéré le changement de comportement, conforté par le mécontentement de sa petite fille, le trouvant tout à coup plus taciturne, désagréable, mal aimable. Il sentait le coup fourré à longue distance en se triturant pour en trouver le motif et le projet. En mal d'inspiration, il appela le meilleur connaisseur de l'espèce : Michel.

- Le gamin ne va pas bien. Je flaire une bouse, une grosse bouse.
- Tu veux dire quoi ?
- Je ne sais pas trop. Depuis quelques jours, il redevient chiant comme la fumée, fuyant, pas aimable. Il a changé je te dis, il prépare un truc.

Pas besoin d'en dire plus à un « Fox » déjà en chasse. Il était en vacances, relâchait la pression pépère, et voilà le moment choisi par son poulain pour se remettre à ruer. Il devait anticiper, et vite. Heureusement, Michel n'était pas né de l'année. Le pistard éducatif savait qu'en pareil cas et quel qu'en soient les raisons, la route nationale de la connerie se nommait fugue. Le seul problème, c'était encore et toujours de savoir quand.

Il vint en reconnaissance s'envoyer un café chez Gaspard. Il croisa Mattéo, peu enjoué à parler, le visage fermé, torturé ; une gueule qu'il avait contemplée dix mille fois. Ça gavait grave *l'éduc'* de ruiner ses congés. Il pouvait prévenir « Les Roches », laisser faire Coltès family. Non, à ce stade, au bout de ces années de route à ses côtés, à le relever, le soutenir, l'engueuler, l'encourager, le pousser, il en faisait une affaire personnelle. Pas très pro et il le savait, mais il était hors de question qu'il piétine son boulot au volant de la pelleteuse de ses états d'âme. En bonus, putain de bordel, ce petit con sabotait un repos mérité. Sûr, s'il bougeait un doigt dans le mauvais sens, ça allait chier.

Le doigt en question bougea la nuit suivante, autour de deux heures. La cité endormie vit passer une ombre furtive. Au petit trot, le farfadet se glissa hors de l'enceinte, passa par le parking, plus discret, continua sur le Causse, et rejoignit la route. Avec un peu de bol, le lutin fugueur se disait qu'il pourrait être pris en stop. Idée stupide, mais meilleure que de piquer une bagnole. Il y avait du progrès. Depuis le décès de son épouse, Gaspard dormait mal, voire pas du tout. Une sieste récupératrice l'aidait à tenir en journée. Le vieil Aveyronnais était un dur à cuire. Les humeurs bizarres du gamin aggravaient ses insomnies. Il n'eut donc aucun mal à s'apercevoir que le lapin sortait du clapier. Il en informa Michel dans la seconde.

Être réveillé en pleine nuit par le téléphone est en soi très désagréable. L'être quand on est en congés l'est encore plus. L'être enfin parce que monsieur Bonaventure a décidé de se tirer en cédant à la poussée d'une révolution intérieure, là on atteint des sommets. Cette fois-ci, ce ne serait pas le cratère du gamin qui péterait. Beaucoup plus vilain, celui de Michel venait de se réveiller. Sitôt prévenu, il ne dit qu'une seule phrase au vieux.

- Ne t'inquiète pas, je m'en occupe.
Gaspard lisait Michel à livre ouvert. Le ton, l'heure tardive, le caractère de la bête ne le rassurait pas.
- Écoutes petit, il ne peut pas être bien loin. N'en fais pas trop ; il n'est pas bien méchant.
- Ne t'inquiète pas je te dis. Et il raccrocha.

Étrangement, un orage s'annonçait en grondement sourd aux flancs sud du plateau. Le Roi non plus n'aime pas être dérangé ; il en avait souvent fait la terrible démonstration.

Une fois dans son pantalon, Michel fit de même avec sa voiture. Réfléchissant à la vitesse de la lumière, il paria sur la route de « la Cavalerie » ; il venait de piger que l'autre pouvait aller à Sainte Eulalie. C'était selon lui, la seule piste valable. Coiffé comme un dessous de bras, l'œil mauvais, barbe naissante en friche, « Fox » méritait bien son surnom. Il allait le rappeler à Mattéo.

Se dessinant sur un horizon noirci de sombres nuages, il ne tarda pas à distinguer une silhouette marchant le long de la chaussée, se retournant au bruit du moteur, tendant le bras, pouce relevé. Pour s'arrêter, il s'arrêta, baissa la vitre passagère et fixa le fugueur. Ce dernier ne chercha pas à fuir, à disparaître dans le paysage. Il plongea ses yeux dans ceux de Michel, toujours fixe, sans âme, froids comme de la glace, une immense lassitude en fond de rétine. Incapable de bouger, de décrocher ses yeux de celui de son poursuivant, il leva les bras, les laissa retomber, ballants. Il n'était pas loin de chialer, rattrapé une nouvelle, et Dieu l'entende, dernière fois, par une averse soudaine de lucidité. Celle du ciel commençait à tomber, elle aussi, avant-garde d'une de ces colères cévenoles de derrière les fagots. S'il lui échappait, il ne couperait pas à celle de son éducateur mal, très mal réveillé.

- Monte, magne-toi !

À peine installé, pas de coup de semonce. La fureur de « Fox » éclata.

- Tu es un enfoiré, Bonaventure, un menteur, un sale petit con qui ne respecte rien ni personne ! Tu ne penses qu'à toi, sans te soucier de ce que peuvent vivre les autres. Tu as voulu me la faire à l'envers, une fois de plus ! Je, ON t'a fait confiance. Tu t'en fous ! Je peux te garantir que ce coup-là tu vas manger ! Si j'étais comme toi, je ne me retiendrais pas, et je te défoncerais ta petite gueule d'ange ! Tu viens de décevoir tout le monde ! Envers et contre toi, je ne laisserai pas détruire tout ce qui a été fait. Je ne resterai pas sans rien dire en te regardant te tirer une balle dans le pied ! Alors maintenant, tu as une minute pour tenter de m'expliquer, ce qui va être compliqué. Tu vois, moi, je te respecte encore assez pour te donner une chance ! Je t'écoute, mais c'est peut-être la dernière fois !

Curieux entretien que celui qui avait lieu au milieu de nulle part, en pleine nuit, sous une pluie maintenant battante, entre un furieux, blessé, le sentiment de trahison chevillé au corps, et ce crétin voyageur, désemparé, sèchement tiré de ses pérégrinations mentales, menacé vraiment de se prendre une raclée musclée.

Mattéo ploya sous la charge, les mains entre les jambes, le regard baissé, larmoyant, honteux tout simplement. Il en faudrait plus pour ramener « Fox » à la raison. L'accusé songea qu'il avait été un peu loin, qu'il venait de faire l'impensable, trahir ses meilleurs alliés, ceux qui avaient pris tous les risques pour lui.

- Je sais. J'ai agi sans réfléchir. C'est vrai, je me suis comporté comme un salaud. Je ne voulais pas faire ça contre vous tous. Je voulais juste retourner à Sainte Eulalie. J'en ai besoin Michel, je dois le faire, et sans témoin. C'est dur à comprendre, mais je trimbale ça depuis le début, et voilà que ça me saute à la gueule ! Je dois y retourner. Maintenant que j'en sais plus sur papa et maman, je leur dois. Je veux y retourner, et même toi, tu n'y pourras rien. Maintenant, fais ce que tu veux. Je peux comprendre, et je te demande de ne pas me juger. Je ne voulais faire de mal à personne. Ma connerie, c'est de ne pas penser à ceux qui se sont désossés pour moi. Je suis désolé, sincèrement désolé.

Pendu à une clope encore mal roulée, le professionnel reprenait le manche. Son cerveau décodait les paroles fraîches. Les infos se bousculaient aux portes d'un cerveau juste réveillé, toujours en ébullition. Mattéo venait de parler calmement, crânement. Ses regrets paraissaient sincères, sa détermination en granit. Surtout, deux mots, nouveaux dans son discours, venaient de faire leur apparition baignée d'une vraie tendresse ; papa, maman. Il ne le saurait jamais, mais ces deux mots emportèrent le morceau. « Fox » comprenait, admettait, découvrait un être neuf. Il reprit la parole, encore chaud, plus réfléchi.

- J'entends bien Mattéo. C'est ton droit, ton devoir si tu veux, je ne peux rien contre cela, et je n'en ai pas envie. Mais ! Risquer tout sans réfléchir, sans penser que nous pouvions t'aider, ça, tu vois, j'ai un peu de mal à l'avaler. Tu veux aller à Sainte Eulalie ? OK ! Ça se tient. Tu veux vivre seul les moments avec le souvenir de tes parents ? OK ! C'est légitime. Il n'empêche que tu es encore mineur. On peut t'accompagner là-dedans. Il ne s'agit pas de s'immiscer dans ton intimité, il s'agit de T'ACCOMPAGNER ! Tu fais la différence ? Tu l'intègres dans ta petite tête ? Le seul reproche que je te fais, c'est bien de partir, tête baissée en oubliant tout le chemin accompli ! Tu veux aller sur place ? Très bien, c'est parti. Du « Fox pur race ».
- Quoi ? Maintenant ? Il est trois heures du mat' !
- Tu ne sais pas ce que tu veux. C'est bien ce que tu voulais faire ? Alors, perdue pour perdue, finissons la nuit sur place.

Et sans en rajouter, il remit le moteur en marche sous un ciel pisseux. L'orage s'éloignait, le monstre retournait se coucher en grognant. Les deux compagnons taillaient la route vers Sainte-Eulalie.

Mettre Michel au défi, le mettre en pétard, lui planter un couteau dans le dos, tout ça au milieu d'une nuit de congés, représentait une audace proche de l'inconséquence crasse. Il était agacé, sa conduite s'en ressentait, obligeant son passager à serrer des fesses un paquet de fois, pas pressé de voir en direct et en pleine gueule le fond des ravins.

Une petite heure et ils stoppèrent au pied des murailles de la sentinelle du Temple.

- Voilà ! On y est. Il n'y a plus qu'à attendre que Mairie et cimetière ouvrent leurs portes. Après, on avisera !
- Mmmmh. Mais en attendant, on fait quoi ?
- On dort du con ! Laisse-moi finir ma nuit et ne me fais plus chier !

Sur cette diatribe de conclusion, il abattit son siège, s'emmitoufla dans son blouson, et chercha à roupiller. Il y arriverait sans doute rapidement. Il laissait ce fugueur à la tête creuse réfléchir. Il ne se tirerait plus maintenant. Il allait sûrement très mal dormir. C'était le prix à payer…pour les deux.

L'éducateur s'en moquait. S'il avait facturé les nuits sans sommeil passées dans sa carrière, il serait milliardaire ; une des contraintes d'un boulot ingrat.

Mattéo regarda un moment sans y croire ce têtu de « Fox » plonger dans les limbes. Il se retrouvait comme un con, à se cailler les meules, à ressasser qu'une fois encore, « qu'on ne l'y reprendrait plus ». La Fontaine aurait apprécié, un lit et de la chaleur en sus. En supplément spécial, *l'éduc'* ronflait. Pour un mec qui dormait peu, il devait être crevé. Lui, piégé tout seul dans sa merde, ne ferma pas l'œil.

Cette nuit s'attarderait un moment dans ses souvenirs et autres expériences à proscrire absolument. Le temps ralentît, le laissant à son ennui, coincé dans une caisse, en pleine nuit, dans un bled endormi, assis à côté d'une machine à laver à l'essorage, à attendre le lever du jour en se gelant les prunes. *« Oui*, se dit-il, *à ne renouveler sous aucun prétexte »*. Souligné en rouge. Il sortit fumer une ou deux clopes. Comme distraction, on était loin de la foire du Trône.

La cloche de l'église vint au secours de celle des « Roches ». Sept tintements libérateurs mirent fin au supplice mérité du noctambule forcé. Un bâillement animal, presque un rugissement, accompagné de deux bras étirés en travers de l'habitacle annoncèrent le réveil du fauve endormi. Il le fleurait bien d'ailleurs et son humeur gardait toutes ses chances d'être en accord avec le reste. Le malheureux fugueur imagina, écœuré, que s'ajoute le bonus d'une haleine de crocodile.

Réveiller un éducateur d'internat est simple. L'élixir ressuscitant se nomme café noir. Sitôt un œil ouvert, Michel, se demanda ce qu'il foutait là. Émergeant péniblement, sa première phrase donna la température.

- Pouuuuh ! Celle-là, tu me la copieras ! Nuit de merde, j'ai le dos à moitié vrillé !

Jetant un œil à sa montre, il continua.

- Bon ! Première chose, du café, beaucoup de café. On ne trouvera rien d'ouvert ici, à cette heure. On remonte à la Cavalerie. On trouvera un routier ouvert. On reviendra pour neuf heures.

Hors de question de contredire cet ours encore mal léché. Mattéo se tut, opinant de la tête. Deux grands cafés croissants plus tard, la discussion redevenait possible.

- Je vais appeler le vieux, lui dire que ça va. Il s'inquiète tu sais, mais tu t'en fous, non ?

Même réveillé, le « Fox » gardait un vilain fond de morgue.

- C'est bon, je ne m'en fous pas, tu le sais. J'irai le voir dès notre retour.

- Ouais, passons à la suite. Voilà ce que je te propose. Je te dépose au cimetière. Pendant ce temps, je passe voir Pensac. J'espère qu'il acceptera, s'il est là, de m'accompagner à la Mairie récupérer les clefs du moulin. Ça te va ?

- Ça me va. Tu crois qu'à la Mairie, ils me fileront des documents ?

- Je ne vois pas bien ce que tu veux dire. Mais si tu parles de documents officiels, genre livret de famille, il vaudra mieux se tourner vers l'ASE. Tu le pourras à ta majorité.

- Ah ! bon, j'attendrai.

Attendre. Encore un mot inédit dans son vocabulaire. C'était plutôt bon signe.

La mission de chacun tracée, ils reprirent l'assaut de la Commanderie séculaire. Déposé aux grilles des dernières demeures, l'héritier de la dynastie asociale des Bonaventure retourna vers son passé, son histoire, plus seul que jamais. Il s'avançait lentement, d'un pas sûr, magnétisé, jusqu'au pied de la stèle réservée à ceux qui n'en avaient pas. Il demeura planté là un long moment, aussi immobile que toutes les croix et monuments pointés vers un ciel incertain, possible. Nul ne saurait jamais, en vérité, ce qu'il put malaxer, penser dans un esprit plus verrouillé qu'une forteresse Templière en état de siège. Questions en quête d'une réponse, promesses, serments faits aux morts, combien d'images fulgurantes lui traversèrent la tête ?

Si le temps ne ralentit ni n'accélère, il lui donnait la sensation étrange de suspendre un court instant sa marche, lui octroyant une pause dans son chemin d'humanité. L'heure passante explosa en siècle, pétrifiant tout son être dans une bulle de solitude sans fin. Quand il franchit en retour la porte défraîchie du cimetière, gardien de la mémoire des voyageurs d'un au-delà indéchiffrable, il se sentait épuisé, chargé de promesses, de tristesse, d'espoir.

Il comprit que le monde l'attendait, en apercevant la silhouette fatiguée et revêche de « Fox », appuyé sur le capot de sa voiture aussi cabossée que son propriétaire. La rugosité de l'éducateur dissimulait mal un respect et une pudeur à fleur de peau. Chacun existe et se défend comme il peut. Sa carapace peu engageante constituait sa muraille. Et plus elle est épaisse, brutale, violente parfois, plus la fragilité terrée sous son ombre est grande. Il ne posa aucune question, ni n'avança la moindre remarque.

« On continue ? J'ai les clefs du moulin. Pensac n'a pas été trop dur à convaincre. Il s'est fait un devoir d'aller les chercher. Tiens, prends-les, elles sont à toi. » En serrant le trousseau dans sa main, il ne dit qu'un seul mot : *« Merci »*.

Cette sobre gratitude contenait bien plus qu'une formule de politesse. Mattéo, envahi d'émotion au touché de ces clefs patinées, remerciait Michel pour tout le soutien apporté par le vieux combattant. Ce vieux chien aurait pu le laisser tomber mille fois, lassé par les singeries du gamin. Il était là, ronchon, pétant, ronflant, gueulant, loyal. Une seconde, disparut *l'éduc'* mal rasé du groupe ados. En lieu et place, un Chevalier, un Templier en guerre, de ceux qui ne reculent jamais, un authentique frère d'armes.

Tassé près du Cernon, le moulin attendait son légitime propriétaire, hanté par le souvenir, à défaut de spectres vaporeux. La façade fatiguée affirmait sa vieille puissance aux intrus. Sa lugubre masse n'encourageait pas les aventuriers d'un jour à oser la violer. Elle recelait une impression sourde de mélancolie, de malheur. Le jeune maître des lieux ne se laissa pas envahir par une quelconque appréhension. Il était chez lui, et quelle force, Dieu ou diable pourrait refuser de le laisser rentrer chez lui ?

Portière claquée, il jeta un regard de défiance, mieux, de domination sur l'édifice inquiétant. Sans perdre de temps, il marcha d'un pas lourd et assuré vers la porte close, dégageant nerveusement les barrières végétales barrant son parcours. Toute la force du volcan montait dans le cratère, informant le tas de pierre fantomatique qu'il aurait fort à faire pour le briser.

Michel n'avait pas bougé. Il ne se donnait ni le droit ni l'obligation de l'accompagner. Il devait affronter seul les démons de l'histoire. Ça tombait bien, Mattéo gardant jalousement le privilège de forcer les portes de la maison forte. La force de sa jeune vigueur s'attaqua à la serrure qui résista, aidée par la rouille de ses rouages. Elle capitula vite, libérant la charge du poulain devenu destrier. Il continua sa marche conquérante vers une fenêtre fermée, barricadée, nantie de volets anciens et solides, renforcés de planches de bonne facture. Cette opposition inerte n'eut pas plus de réussite que la porte. L'élan rageur, aidé d'une barre de fer trouvée dehors déglingua le passage. La lumière pénétra puissamment, repoussant l'obscurité, couronnant le retour de la vie dans ce mausolée poussiéreux. La bataille ne faisait que commencer. Une heure durant, il arpenta l'endroit à l'instar d'un chat marquant son territoire. Il retourna les monceaux de détritus, de meubles ruinés, de cartons éventrés, bouffés par l'humidité.

Petit à petit, il amassa son butin. Il ne venait pas ici pour parler à ses défunts. Méthodiquement, il recueillait les traces enfouies des anciens occupants, accumulant les preuves, les indices. Une boite à sucre qui n'en avait plus vu depuis des lustres fit office de coffre au trésor. Ce n'était pas celui des Templiers, c'était bien plus précieux aux yeux de Mattéo. Quand il fut satisfait, repu de ses recherches, il referma le volet, tira la porte, tourna la clef, jeta un œil régnant sur le bâtiment vaincu, et s'en revint vers son très patient compagnon. Le moulin des Combes regagnait la tranquillité de ses ombres. Il avait payé son tribut à son jeune suzerain.

Indiana Jones n'aurait pas manipulé le Saint Graal avec plus de précautions. La pauvre boite à sucre se retrouvait au stade du sacré lorsque son inventeur s'assit sur le siège passager. Le conducteur gardait le silence, observant avec curiosité et interrogation cet objet surgi du naufrage. Fidèle à ses valeurs, il ne se précipita pas pour assouvir son questionnement.

- Oh ! Mattéo, ça va ? Tu as fait ce que tu voulais ?

La question n'était pas complètement innocente. La matinée qui s'étirait fermait le convoi d'une nuit chargée. L'éducateur, aussi motivé était-il, rêvait sans scrupules d'une douche, d'un repas et d'une sieste d'anthologie. Il n'était plus une première main. Sa capacité de récupération émoussée avec l'âge, il prit cruellement conscience que ses vingt ans étaient bien morts. Les noctambulismes fêtards se classaient aux archives. Son bouillant comparse le tira de ses rêveries.

- Ça va ! C'est carrément pourri là-dedans ! J'ai quand même déniché des bricoles, pas de joyaux, mais c'est mieux ; pour moi en tout cas !

Il ouvrit le couvercle usé, découvrant fébrilement sa précieuse cargaison. Monsieur Prévert aurait pu débuter une de ses listes avec le faible contenu. Une enveloppe sale, jaunie, adressée à « monsieur Bonaventure Mickaël ou mademoiselle Ben Massara Leïla », un stylo... plume, jadis certainement, une petite main de Fatma ternie, une pièce de monnaie de cinquante centimes, un canif en mauvais état, réclamant un bain d'anti-rouille musclé, une figurine de personnage médiéval en plastique. S'ajoutaient un vieux magazine bon pour le feu titré « habitats anciens », et enfin...une layette sale, passée, trouée. N'importe qui aurait considéré ces trouvailles dignes d'une poubelle sans intérêt. Pour Mattéo, elles étaient le plus précieux des cadeaux. Derniers témoins d'une époque révolue, elles racontaient humblement le quotidien de sa famille, les minutes banales d'une vie de famille un peu spéciale. Qu'importe s'il savait que ses parents n'entraient pas dans le cadre propre et sans aspérités d'un couple « normal », les vestiges de ce qui aurait pu exister suffisaient à nourrir des images idéalisées.

L'expédition arrivait à son terme, au soulagement de « Fox ». Ils purent reprendre la route vers la Couvertoirade, Margot, Gaspard, une douche, un repas. En chemin, Mattéo examina sa récolte. Le courrier ne contenait qu'une simple convocation de l'assistante sociale, Ghyslaine Rondin concernant une sempiternelle aide financière. Le canif bénéficierait d'un décapage complet avant de gagner la poche de l'héritier. Le magazine moucheté de moisi ne présentait que l'intérêt de la date, 1980. Le petit soldat moyenâgeux atterrirait sur les étagères de sa chambre. La petite main de Fatma pendrait rapidement à son cou. Une main de Fatma en terre Templière n'était pas banale. Au-delà du symbole religieux, elle illustrait l'anachronisme, celui d'une famille Bonaventure en plein Larzac. Restait la layette, aussi précieuse que le Saint Suaire. Le doute conservait une part d'ombre presque nulle. Il était plus que vraisemblable que ce vêtement, ce haillon postnatal appartenait à Mattéo. Sa mère l'avait sans doute touché, prévoyant d'en vêtir son bébé. Le destin avait été d'un autre avis, cet enfoiré qui l'avait catapulté en enfer. En serrant ce torchon inestimable, le grand orphelin des Combes sentait grandir une chaleur de fierté. Il obtenait, dix-huit ans plus tard, une revanche, un triomphe sur la malédiction programmée. En repassant la porte d'aval, le fugueur était mort pour de bon. Un Chevalier investissait la belle Templière. La terre de Larzac, puissante, hégémonique, souveraine, acceptait l'allégeance d'un de ses plus turbulents féaux.

Le retour de cette tête de lard au cœur tendre donna lieu à quelques manifestations individuelles de mécontentement. Gaspard et Margot laissèrent aller leur surplus de tension accumulé ces dernières heures en invectivant ce coupable pénible et attachant. Il n'en rajouta pas, se laissant pourrir par cette colère légitime, conscient des angoisses qu'il avait suscitées.

Michel se retrancha vers son canapé, le sentiment du devoir accompli le réchauffant mieux qu'une couette. Cette dernière péripétie ne l'inquiétait plus. Il venait de vivre le dernier acte de bravoure de son fugueur favori. C'était sa première vraie certitude depuis longtemps. Tranquillement, jouissif et relâché, il déversa ses dernières forces dans la douceur d'une paix signée. Le sommeil du vieil ours s'amusa à projeter des images confuses revenues des cryptes d'une vie d'éducateur. Le film racontait dans un désordre cérébral les coups de calcaire, les galères et les combats de la croisade au royaume de Mattéo. Juges, psychologues, éducateurs,

Carrat, Coltès, Costalou, Larzac et compagnie complétaient le casting. Son cerveau en repos triait, rangeait, classait, signe des temps venus de clore l'épopée du gamin perdu, de retour dans le monde des vivants.

Les laves chaudes du volcan refroidissaient lentement, porteuses de promesses d'avenir fertile. Il s'annonçait laborieux, riche, hérissé de défis. Une fraicheur discrète régnait maintenant chaque matin. Prélude timide de temps froids, elle accompagnait le compte à rebours de Noël. La nativité paraissait encore lointaine. Pour celle du petit Jésus de Sainte Eulalie, c'était demain. Les derniers temps de ce chaos originel furent denses. Mille voyages s'offraient au fugueur. Ils foisonnaient dans un salmigondis encore trouble. Le travail de rattrapage scolaire proposa une ossature solide. Autour de celui-ci s'articulait l'apprentissage d'une vie de travail, d'épanouissement. La présence intermittente, mais fidèle de la jeune Margot occupait un poste sentinelle rassurant. La routine ennuyeuse et tellement nécessaire permit au socle construit de sécher. Le blé était semé, il n'aurait plus qu'à récolter. La maturité envahissante entérina l'ensemble. Enfin, on allait pouvoir respirer.

Dépasser le cap Horn des dix-huit ans méritait d'être fêté dignement. « Fox » avait une petite idée, qu'il ne tarda pas à mettre en œuvre dans le plus grand secret. Ce moment finalement perdu dans la poussière des siècles devait revêtir l'esprit d'un symbole fort, donnant au garçon une marque inoubliable, gravée au fer rouge de son accomplissement au terme d'un début de vie que le *big bang* n'aurait pas renié. Il ourdit son complot dans un secret absolu, partagé seulement par le groupe restreint des compagnons de lutte. L'organisation de la fête d'indépendance ne se limitait pas au gâteau.

On passa beaucoup d'appels téléphoniques, on prit des contacts, on échangea dans l'ombre des machinations. Michel disparut même deux jours entiers, pris sur ses repos, avalé par l'immensité du plateau. Allait-il consulter les oracles, déterrer le trésor du Temple ?

Le mystère demeurerait impénétrable jusqu'au 25 décembre. Imperturbable, le Larzac préparait gentiment son départ aux sports d'hiver. Il changeait de fringues tous les jours, alternant le bleu azur d'un petit pull printanier au blanc « gelée matinale » d'un gros laineux, après-midi d'arrière-saison aux mâtinées glaciales. Il finit par garder sa garde-robe d'hiver, avertissement sans frais que les températures allaient sauter à l'élastique. Majestueux et toujours dangereux, il n'y avait plus guère que les Caussenards qui se risquaient dès lors sur ses replis inhospitaliers.

Mattéo continuait son décollage. Il changeait de plus en plus, râleur impénitent devenu plus serein, moins soumis aux relents aigres d'un passé avec lequel il avait appris à vivre, le combat commun et dantesque de tout être sur cette terre. Le petit fugueur de Carenac le haut était loin, supplanté avec joie par un jeune homme au tempérament bien trempé dans les eaux bouillonnantes du Causse en furie, un authentique « gars du coin ». Là où ses parents s'étaient fracassés, il avait vaincu. Comme eux, il aurait pu échouer face au défi audacieusement lancé à cette terre ancestrale. Sa chance dans un malheur consommé à toutes les sauces, était les rencontres opportunes, la confrontation parfois brutale avec les enfants du plateau. Son intelligence était de les avoir écoutés...

Un jour, son tour viendrait de devoir transmettre ce qu'il avait reçu. L'approche de l'échéance donna un rôle de premier ordre à la vieille comtoise de Gaspard. Sans caractère, insultée par la poussière, elle tenait haute sa dignité par un « tic-tac » imperturbable, accusant un léger retard de quelques minutes. Vu l'âge de l'horloge, on pardonnait volontiers ce décalage minime. Elle occupait une bonne place dans la salle de restaurant de Gaspard. Si bonne, qu'on finissait par l'oublier, fondue dans le décor déjà bien fourni en objets hétéroclites. La pression ressentie du temps qui passe redora son blason. Le vieux la redécouvrait, mu par une inquiétude sournoise. Chaque jour, il lui jetait un œil, constatant, impuissant, qu'une journée de plus disparaissait sans faire de bruit, juste « tic-tac ». L'âge avancé de Gaspard ne le tourmentait pas. Celui de Mattéo bientôt parvenu au seuil d'une liberté attendue pesait plus sur sa pensée. Bizarrement, Le presque majeur était le moins torturé. Il avait trouvé une vitesse de croisière confortable, tirant un à un les différents projets qui se présentaient à lui. Il avait du *taf*, beaucoup de *taf*. L'espoir le galvanisait, ses dix-huit ans autorisaient tous les rêves.

Rien ne semblait maintenant l'ébranler. Ironie de la vie, c'était ceux qui le soutenaient, l'étayaient depuis longtemps qui tremblaient !

Du fin fond de son imagination, Mattéo échafaudait un projet, le premier. Sa visite au moulin lui donnait des idées. Il devait s'armer, travailler, se former, avant d'envisager quoique ce soit. Il avait appris bon nombre de choses, rencontré des gens utiles, pour ne pas dire indispensables. Les lancinantes leçons aux côtés de Gaspard permettaient de voir plus loin. La vie l'avait maudit. En retour, maintenant, il l'aimait.

Le moulin ruiné et familial serait le témoignage, le monument à la gloire de cette guerre. Le moment venu, il redonnerait vie à l'édifice moribond, y accueillerait ceux qui voudraient découvrir cette terre au caractère difficile et orgueilleux. À son tour, il les présenterait au Souverain. Ainsi, la boucle serait bouclée. Pour l'heure, il apprenait le maniement de sa dernière arme : la patience.

Novembre, avant-garde d'un hiver rigoureusement prometteur. Le Larzac dévêtu des lumières estivales, révélait sa pudeur en drapant ses reliefs de brumes matinales tenaces et froides. Son engourdissement ralentissait les activités humaines, rompues au rythme versatile du géant. S'aventurer sur ses sentiers masqués demandait une prudence redoublée et une connaissance accrue de ses méandres. Mattéo savait bien, l'ayant subi, qu'il en paierait le prix de le défier. Il se contenta de retourner, conduit par Margot, au chevet de son moulin, décidé à le guérir de ses plaies. La jeune femme resta stupéfaite devant le pari de son ami, conjugué à la fascination paradoxalement lumineuse de cet ensemble martyrisé par les hommes et les éléments. Partager son enthousiasme n'était pas à l'ordre du jour. Leur relation, agréable, mais fragile devrait s'épaissir pour s'approprier un tel projet.

Dès le 24 novembre 1998, un mois pile avant son anniversaire, le pensionnaire vétéran des « Roches » fit le ménage du petit pavillon qu'il occupait partiellement depuis son isolement du groupe. Il déménageait les derniers effets encore sur place. Le relais proposé et réussi des Carrat et autres Coltès en avait fait un simple passager en transit au sein de l'institution. L'Aide Sociale à l'Enfance, responsable du vieux mineur, trouvait son compte dans cette réussite en dépensant peu pour un maximum d'efficacité, d'autant que cette dernière ne lui demandait aucun effort.

Il apparaissait encore dans ses effectifs, plus pour longtemps, le service ne perdant pas de temps pour archiver. Avec lui, bon nombre de jeunes majeurs passeraient à la trappe de la protection de l'enfance, oubliant mécaniquement ses... protégés.

Bonaventure n'était plus une urgence, une vilaine guêpe empêchant le respect des horaires de débauche, requérant une empathie aussi rare dans ce type d'administration qu'un rhinocéros de Java. Leurs routes se séparaient, au grand soulagement de Mattéo. Symboliquement, un tout autre dispositif récupérait l'ex-cauchemar des services sociaux ; l'organisation surannée du Temple sur le Larzac. Si les Templiers ne représentaient plus qu'un joyau enterré, l'intelligence et la redoutable efficacité de leur réseau lui serviraient d'exemple.

L'Histoire s'immisçait sans bruit dans les gouffres de sa curiosité. Elle imposait sa Passion, et les Templiers du Larzac, suivis par leurs frères rivaux de l'Hôpital, en constituaient la ligne de front. En prime, il s'était imprégné de leur invincible détermination au combat, quel qu'en soit le but.

Du banal magazine trouvé par son père dans une salle d'attente sans âme vingt ans plus tôt, aux murailles de La Couvertoirade, les Blancs Manteaux frappés de la Croix pourpre avaient toujours suivi les Bonaventure. Hasard, destinée, peu importe. Les damnés de la terre se retrouvent tôt ou tard, en ne chantant pas forcément l'Internationale. Le prince des casses-couilles abandonnait sa couronne sans regret. D'autres viendraient, multipliant les conneries, les fugues, juste pour rappeler que leur cœur bat. Il se surprit à refaire le film, en balade solitaire au moulin des Rédounelles. Il revoyait les images fraîches de ses pénibles aventures. Aussi loin qu'il puisse se souvenir, il remit au jour des visages, des épisodes, des blessures. Il s'arrêta, sidéré de constater qu'elles n'étaient plus insupportables. Il avait muri, il avait dompté sa brûlante énergie, ses pires démons.

La période de l'avent, Dieu me pardonne, passa sur une cadence infernale. Pourtant prévu, on parvint au 24 décembre en s'étonnant qu'il fût déjà là. Les préparatifs du réveillon occupaient la Couvertoirade, repliée sur elle-même. Peu de monde pensait à elle, l'été était loin. La petite église Saint-Christophe attendait l'arrivée des quelques fidèles bravant le frimas pour honorer la naissance du Christ. En les voyant, Mattéo, qui ne s'était jamais beaucoup penché sur les voies du Seigneur, songea qu'un de ces jours il irait vérifier qu'elles étaient impénétrables. Il aurait des questions à poser, il aimait comprendre. Dans l'attente de la révélation, il regarda sa montre. Le réveillon prévu chez Gaspard lui donnerait la force d'affronter cette nuit particulière. Si, 2000 ans plus tôt un enfant juif était né, sa majorité sonnait aussi. Dans une toute petite poignée d'heures, il passerait un cap. Il se dit que c'était très con, mais il en ressentait une putain de vieille angoisse, échappée de ses geôles. Il comptait sur ses alliés pour dépasser l'heure H dans la bonne humeur.

Gaspard et sa petite fille s'affairaient aux derniers préparatifs. Gé, Pauline, Jean Lou et Babette les parents de Margot, Michel et sa femme Martine arriveraient bientôt. La soirée s'annonçait agréable, conviviale. En regagnant le restaurant de Gaspard, totalement consacré à la fête entre amis, un doute le traversa. La tablée ne correspondait pas au nombre de convives. Elle en comptait plus.

- Oh ! Gaspard ! C'est quoi ce plan ? On reçoit un bataillon ce soir ?
- Mais non. J'ai invité deux, trois amis en plus voilà tout !

Peu convaincu de la réponse, il monta à l'étage se doucher et se fringuer plus classe. À dix-huit ans, on est coquet sans limites.

Une heure d'ablution plus tard, jean et chemise propre, cheveux vaguement ordonnés et barbe rase disciplinée, il s'admira une demi-seconde dans la glace et quitta sa petite chambre. En bas, les invités étaient arrivés. On parlait, on riait. Mais, « quel bordel ils font », se dit-il, « on croirait qu'ils sont cinquante… ou déjà quatre grammes dans chaque bras » ! Intrigué, amusé, il descendit nonchalamment les marches. Les trois dernières témoigneraient longtemps du choc. Stoppé net dans son élan, Mattéo eut une hallucination, mieux, un mirage.

Rassemblés autour de la grande table, levant tous un verre de bon champagne à son attention, des visages le terrassaient, accompagnés d'un tonitruant *« bon anniversaire Mattéo »* ! Interdit, la gorge nouée, ébahi, la voix en grève surprise, la bouche ouverte du nigaud, il reconnut immédiatement chacun. La liste initiale des participants s'était étoffée. Les invités « surprises » le ramenaient en arrière à la vitesse de la lumière. Il n'y croyait pas. Devant lui s'avançait la chaîne humaine de ceux qui ne l'avaient jamais abandonné, le tirant à la surface dans les pires moments de sa jeune existence.

Arsule, Chantal et Raymond Costalou, Graziella, Aïcha, ils étaient bien là. La première à lui tomber dans les bras fut Chantal, chialant comme une perdue. Raymond, ce rugueux Caussenard ne valait pas mieux. L'étreinte dura, chaude, à étouffer un éléphant.

Le truculent Arsule serra sa main avec l'agitation fusionnelle d'un fan rencontrant une star. Pour un peu, il aurait demandé un autographe. Fermant la chaîne, Michel, si souriant ce soir que c'en était suspect. Ce vieux chien d'éduc' affichait un regard de cocker ; il masquait mal son émotion. Le dernier de ses Compagnons de route tenait entre ses mains calleuses un long et volumineux paquet.

- Bon ! J'ai connu des instants plus bavards ! Ce coup-ci, tu y es. Te voilà majeur. On arrive au bout d'une longue balade tous les deux. Ceci est notre cadeau à tous. Rassembler tout ce petit monde n'a pas été simple ! Mais voilà, c'est fait. En remettant le présent, il serra cette bourrique entêtée dans ses bras, la première fois de leur relation, avec un bisou franc sur la joue.

Touché, coulé. Le récipiendaire perdait ses moyens, laissant aller de grosses larmes. Son paquet dans les mains, on eut dit une poule qui avait trouvé un couteau. À y regarder de près, chacun avalait de larges bolées d'émotion, statufiant les êtres, paralysant la réflexion. Loup Alpha, Gaspard sut rompre le sortilège.
- Allez, petit, tu l'ouvres, qu'on puisse se rincer le gosier !
La plaisanterie anodine suffit à réveiller la troupe.
Sans attendre, Mattéo attaqua anarchiquement le papier enrubanné. Le carton libéré, il en souleva le couvercle.
Un seul mot réussit à s'évader de sa bouche.
- Oh !

Décidément pas très prolixe le jeune Bonaventure, ça changeait. Médusé, il contempla l'objet qui se dévoilait. Conjugaison hardie d'inertie et de force vive, sobre, juste magnifique, une épée damassée paraissait s'impatienter sur son pauvre lit de papier ; tout un programme. Au mutisme s'associa l'hypnotisme. Avec une délicatesse de nourrice, il saisit l'arme en examinant chaque millimètre. Michel se crut donc en devoir de remettre du son.

- On était tous d'accord sur ce choix. Je suis parti deux jours aux frontières du plateau, chez Corentin, un pote forgeron. Il n'a pas chômé pour sortir cette lame du feu. Ce n'est pas une épée de touriste, fais attention. Elle est ton prix mérité. Jadis, en adoubant les jeunes Chevaliers, on leur remettait l'épée. Je ne sais si tu es Don Quichotte ou Lancelot, mais nous t'avons armé. Tu as appris, tu es prêt. Ta vie t'attend !

Dix-huit ans auparavant, il débarquait au milieu d'une bataille entre vie et mort. La faucheuse avait gagné la première manche. Elle venait de se prendre une raclée dans la seconde. La trêve de Noël entrait en vigueur. Il était temps de se remettre en buvant un bon coup et plus si affinités. Les censeurs de l'inquisition sociale perdaient définitivement le pouvoir de leur diktat. Mattéo prit donc le temps de retrouver Raymond et Chantal. Une soirée suffirait juste à réanimer une relation anémiée par des décisions ineptes et aseptisées. Le temps leur appartenait.

La nuit passa vite, festive, joyeuse, heureuse. À l'aube d'un nouveau jour, le roi de la fête n'arborait plus le port noble de la veille. Fait comme un rat, pas complètement bourré, « fatigué » convenait mieux, il termina sa nuit en compagnie de Margot, guère plus vaillante que lui. Une seule chose recevait les suffrages de la certitude : ils ne repeupleraient pas le Larzac cette nuit.

Le siècle, au contraire, accouchait d'une de ses dernières filles. La petite dernière proposerait au jeune adulte une nouvelle page d'écriture. Le travail de construction dévorerait une platée d'effort gargantuesque. Inquiétude, peur, angoisse, ses ennemies d'hier, n'étaient plus que des harpies apprivoisées. Là où elles l'avaient détruit, elles seraient désormais des gardes fous de prudence, généreuses en réflexion.

Son vieux volcan endormi, il en subirait toujours les agitations telluriques souterraines. Il devrait rester vigilant, attentif. Ses Compagnons de combat demeureraient à leur poste de sentinelle, relégués aux abords des coulées de lave refroidie. Son histoire brutale l'avait finalement rendu fort. Yellowstone pouvait maintenant devenir parc naturel. Si Mattéo Bonaventure n'était plus un fugueur, son voyage continuait.

Mais ça, c'est une autre histoire.

À suivre….

Note de l'auteur

Si les personnages et certains lieux de cette histoire sont purement imaginaires, la genèse de celle-ci trouve ses racines dans un vécu empirique. Trente-cinq années passées à pratiquer le passionnant métier d'éducateur spécialisé m'ont permis de recueillir notes, histoires, événements, expérience, personnalités et rencontres.

En 1988, l'accompagnement éducatif d'un grand adolescent au comportement asocial et délinquant a fait naître l'idée de « mémoires d'un fugueur ».

La violence, la souffrance exprimées par ce jeune, à l'instar de beaucoup d'autres ont nourris mes réflexions et mon imaginaire.

Je sais que mon objectivité vis-à-vis des administrations, des institutions et de l'internat en particulier est discutable. Ce choix, car c'en est un, m'appartient et reflète ma perception des choses. Elle ne se veut pourtant pas généraliste, les êtres de valeur se croisant dans tous les services. Mais je ne saurai nier mon attachement aux éducateurs d'internat, souvent mal considérés, sous-estimés même par leurs pairs du milieu ouvert. Les foyers sont le terreau originel de la profession, le terrain difficile, le vivier où se forgent les éducateurs de terrain.

Mattéo Bonaventure, personnalité attachante et exaspérante, représente à lui seul « une synthèse » d'enfants et adolescents que j'ai eu le privilège de connaître.

296

Le plateau du Larzac, omniprésent en toile de fond, son histoire et ses habitants, est une autre de mes passions. Je n'aurais pu penser meilleur endroit pour dresser le cadre de la narration. Comme ces enfants placés pour le meilleur et pour le pire, le Larzac présente une apparence inhospitalière, rebelle. Vouloir le, les connaître, c'est dépasser le premier regard, la première impression. Alors, seulement, on découvre un trésor de beauté, de force, de sensibilité. Rien ni personne ne se résume à la réalité réductrice du premier contact. Comme le disait André Malraux, « la vérité d'un homme commence par ce qu'il cache ». On ne connaît les êtres et les lieux qu'en prenant le risque de marcher vers eux, de s'exposer. On peut en revenir déçu, blessé, c'est vrai. On peut aussi en dévoiler la richesse. L'éducateur ne peut « accompagner » qu'en prenant ce risque. Il est un élément fondamental de la démarche éducative, humaine simplement. Se lancer aux côtés de bénéficiaires difficiles, c'est un euphémisme, demande une humilité, une patience et un engagement total.

Michel dit « Fox », est comme Mattéo, une synthèse, celle des éducateurs qui m'ont transmis leur savoir, ces grognards d'internat, travaillant dans l'ombre des enfants.

A l'heure où j'achève cet écrit, je me dis que sa destinée est plus trouble que celle de son héros. S'il m'est permis un seul espoir, c'est bien celui de convaincre qu'être éducateur c'est promouvoir l'Humanité dans sa Noblesse la plus aboutie, c'est convaincre que ces générations de jeunes « incasables » ne sont point des gravats à rejeter. Juste des diamants bruts attendant l'instant de se révéler.

Le 3 Janvier 2019, terre de Berry
Antoine Richard

Nos Créations Libres Livres

*via les éditions **Books on Demand***

- Mélodie, âme perdue - Claude Schmit, 2024
- Le Vol du Héron - Isabelle Beaujean, 2024
- De l'émOtion... en réflexOlogie - I. Beaujean, ré-édition 2024 *préfacée par le Dr. Christian Bourit.*
- Le miroir des Anges. *MS408* - Isabelle Beaujean, 2023
- D'encre et de Peau - Isabelle Beaujean, ré-édition 2023 *préfacée par Sophie Chauveau*
- Les disparus de Saint-Palais - Sylviane Cagnier, 2023
- Un café en terrasse - Gérard Chareyre, 2023
- Un chemin dans la Nuit , Isabelle Beaujean, 2023
- Les Chants d'ESEBELBEL, *Haïkus de ciels et de cendres* - Isabelle Beaujean, 2022
- Le vent de la TERRE - René Barret, 2022
- Albatros ou Chien-Loup - D. Thomas & T. Blasphème, 2022
- Les héritiers du nouveau monde - Didier Mayet, 2022
- Sous le Pont des mots... *coulent des histoires* - Isabelle Beaujean, 2022
- Movie Life, *l'homme que j'étais* - Ylan Corso, 2022
- Flaques de Lune dans la Nuit - Isabelle Beaujean, 2022
- Histoires et Légendes de Kédalys - Claire Mittereau, 2022
- Tout pour la poésie - Bernadette Murat, 2021
- Lettre à Ava, *la fin des colombes* - Déo-Christian Haringanji, 2021
- *Il était une fois...* La Manufacture - Robert Pasquiet, 2021
- Un coup sur le carafon, *Rendez-vous avec Miss Parkinson* -G-P de Barfon, 2020
- Le Train de la vie, contes de la vie d'un homme enfant - Gérard Chareyre, 2020
- D'encre et de Peau - Isabelle Beaujean, 2020
- Le P'tit Débarras au fond du couloir - Isabelle Beaujean, 2020
- Les Lumières de ma vie - Fabienne Couturier-Blin, 2019
- Nancy Holloway, *la Perle noire des Sixties* - Gilles Guillemain, *préface de Josiane Balasko,* 2019
- Les Lumières de ma Vie - Fabienne Couturier-Blin, 2019
- La Vigne en France et son Terroir - François Reignoux, 2019
- De l'émOtion en réflexOlogie - Isabelle Beaujean, 2019
- De réflexologies en REFLEXOLOGIE - Isabelle Beaujean, 2019
- Quand la tête fait maigrir - Pascal Delattre, 2019
- Neige interdite *(nouvelle édition)* - Isabelle Beaujean, 2019
- Les Saisons de l'Absence - Isabelle Beaujean, 2019

Créations Libres Livres
Un accès au monde de l'auto-édition accompagnée !

Laurence Dubranle, associée à l'édition
Isabelle Beaujean, associée à la création

Pour contacter nos auteur(e)s ou nous soumettre un projet
creationslibreslivres@orange.fr

Merci aux équipes de **B**ooks **o**n **D**emand

LIBRES LIVRES
Un accès au monde de l'autoédition accompagnée !

Édition : BoD • Books on Demand GmbH, In de
Tarpen 42, 22848 Norderstedt (Allemagne)
Impression : Libri Plureos GmbH, Friedensallee
273, 22763 Hamburg (Allemagne)

ISBN : 978-2-3225-5449-2
Dépôt légal : Août 2024